MEMORIA de la HISTORIA

Personajes

Memoria de la Historia pretende ofrecer a los lectores la Historia contada por quienes la hicieron, por los mismos *personajes* que en vez de figurar en las páginas de los libros como objeto pasivo, adquieren voz y nos cuentan su vida y su peripecia en primera persona. La Historia como una novela personal, autobiográfica, en la que todo lo que aparece en estas páginas es verdad, con hechos ciertos y comprobados, pero que se presentan con la inmediatez y el dramatismo que da al relato la voz del protagonista, supuesto historiador de sí mismo gracias a la pluma de unos escritores que consiguen el difícil y apasionante equilibrio entre los materiales de la crónica, tratados con el máximo respeto, y el enfoque que corresponde a la más amena de las narraciones novelescas. Otra vertiente de estas semblanzas es la evocación de *episodios* del pasado en tercera persona con todo el rigor que exige el trabajo del historiador y la amenidad de la novela.

Éste es el objetivo de una colección que aspira a fundir lo más atractivo que pueden ofrecer la historia y la literatura.

Yo, Sade

Rafael Conte

Yo, Sade

Planeta

COLECCIÓN MEMORIA DE LA HISTORIA/34
Dirección: Rafael Borràs Betriu
Consejo de Redacción: María Teresa Arbó, Antonio Padilla, Marcel Plans y Carlos Pujol

Córcega, 273-277, 08008 Barcelona (España)
Ilustración al cuidado de Ester Berenguer
Diseño colección y cubierta de Hans Romberg
Ilustraciones cubierta: retrato imaginario del marqués de Sade y detalle de «Desnudo en reposo», de Boucher, Alte Pinakothek, Munich

Procedencia de las ilustraciones: Archivo Editorial Planeta, Bulloz, Goldner, Federico Arborio Mella y Autor

Primera edición: enero de 1990
Depósito Legal: B. 42.523-1989
ISBN 84-320-4523-3
Printed in Spain - Impreso en España
Talleres Gráficos «Duplex, S. A.», Ciudad de Asunción, 26-D, 08030 Barcelona

Índice

A Luis de Pablo,
que está en el origen de este libro,
y a Antonio Prieto y Rafael Borràs,
que lo están al final

PRIMERA PARTE

Como un cuento de hadas

1

Hace ya ocho años que escribí mi testamento, sobre todo para proteger los intereses de la sola persona que ha sido capaz de acompañarme y estar a mi lado, en mis mejores y peores momentos, la pobrecilla *Sensible*, y eso durante casi un cuarto de siglo —tanto ya— desde que fui liberado en 1790 de las prisiones a las que me había condenado el antiguo régimen. Al fin y al cabo todos los regímenes son iguales, también Robespierre me hizo encarcelar, y hasta casi me llevó a los pies de la guillotina, o Napoleón me encerró en Sainte-Pélagie primero, después en Bicêtre, y luego en Charenton, donde todavía permanezco esperando el favor del restaurador Luis XVIII, que nunca llega. Aquí he pasado buenos momentos, sobre todo cuando el señor Coulmier permitió que *Sensible* viniese a vivir a mi lado, o cuando apoyó mi idea de organizar con los alienados representaciones teatrales que han tenido el éxito que luego se sabe. ¡Ahí es nada, teatro en un manicomio, representado por locos y dirigidos por el mayor loco de todos, quien humildemente les habla! Si el teatro es ya de por sí locura, esta doble locura tiene los visos de ser el verdadero reflejo de la realidad, que es el germen de todo. Luego vendrán los médicos y dirán que puede tratarse de un buen tratamiento terapéutico, y hasta es posible que algún artista —preferentemente autor teatral— se fije en estas ideas mías para llevarlas al escenario.

Imaginaciones de viejo, y de viejo loco además. Coulmier fue destituido, y ahora hablan de trasladarme a otro lugar. La pobre *Sensible* me repite que pronto me concederán la libertad, una libertad que me ha sido arrebatada contra todo derecho y justicia, ya que ningún tribunal me ha condenado, a no ser aquel lejano de Aix-en-Provence, cuya sentencia fue derogada después. Bien que me quemaron entonces en efigie, pero todo aquello fue una farsa, como una gran farsa ha sido toda mi vida.

De todas formas, tendría que hacer un nuevo testamento, aunque sólo fuese para corregir los errores del primero; para empezar, las tierras de la Malmaison ya no me pertenecen y tendré que buscar otro lugar para que mis restos reposen en paz. Sólo me quedan el castillo y las tierras de Saumane, lo que no me gusta demasiado, ya que fue allí donde vivió aquel redomado hipócrita que fue mi tío paterno, el gran e ilustrado abate Jacques-François de Sade, el amigo de Voltaire, el biógrafo de Petrarca y de nuestra antepasada Laura de Novès, el viejo cobarde, huidizo y rijoso que no sabía estar sin buenas compañías del bello sexo, pese a su condición eclesiástica. ¿Mas quien soy yo para arrojar piedras sobre mi propio tejado? ¿Acaso no vino a verme ayer la jovencita Madeleine Leclerc, que ahora cuenta ya con dieciocho años de edad, pero que empezó a venir a verme, con el permiso de su madre y el que otorgó más a regañadientes mi pobre *Sensible*, hace ya casi dos años, cuando sólo contaba dieciséis? Noventa y dos visitas ya, en dos años, y en su mayor parte acompañadas de ∅, que así es como lo denomino en mi diario íntimo cuando jugamos a la «alcoba». Para un viejo de setenta y cuatro años no está mal, aunque, como se sabe, todo depende de que haya o no carne fresca. Aunque esta niña es alegre y gentil, y se porta cariñosamente, no hay que olvidar que le estoy enseñando a leer y a escribir y a comportarse, y que además siempre le doy una «figura». Ella no quiere que diga un franco, y prefiere pedirme siempre «figuras», y a veces le doy dos o tres, según se haya portado, pues no siempre está de igual talante, y ayer, por ejemplo, se negó a hacer dos cosas que le pedí, y que no diré cuáles eran. Aunque me prometió sumisión, y me dijo que me cuidará cuando vivamos juntos, ya sé que sólo podré hacer lo que ella quiera.

Por otra parte, aunque perjure lo contrario, yo sé que se suele ir de juerga con sus compañeros los días de fiesta. Ayer estuvo ingeniosa, pero inactiva y despreocupada durante la sesión, y hasta a veces fría. Sólo le pude dar una figura, aunque ella pareció contenta y me dijo cosas delicadas. Pero no hay que engañarse: en esta materia la que manda es la naturaleza, y los jóvenes la poseen en mayor medida, y los viejos estamos a su merced. Son nuestros carceleros.

El fuego languidece en la chimenea. Esta habitación está situada en el segundo piso del ala derecha del conjunto del hospicio, y cuenta con un trastero, una antecámara y esta sala principal, con una gran ventana adornada de viejas cortinas, que da sobre los jardines a orillas del Marne. Tengo una pequeña biblioteca, con casi trescientos volúmenes, y este sólido escritorio en madera de roble, aunque no en muy buen estado, con ocho cajones: un biombo, una cama baja —me cuesta trabajo acostarme y levantarme—, una cómoda con tablero de mármol, un espejo, un armario, varias sillas y sillones de paja. Entre los libros, los setenta volúmenes de las obras de Voltaire, Suetonio, Tácito, *Don Quijote, La princesse de Clèves,* La Fontaine, Newton, Condillac, el *Émile* de Rousseau, ese genio tan bondadoso y casi tan desgraciado como yo, madame de Stäel, Chateaubriand —*Le génie du christianisme,* un libro para refutar— y algunas de mis obras, las que he podido firmar con mi nombre, *Aline et Valcour, Les crimes de l'amour,* y en cuatro ejemplares la última publicada, *La marquise de Gange,* apta para la educación de jovencitas.

El director que sustituyó a Coulmier, señor Roulhac de Maupas, no quiere que Donge me lea los diarios y haga copias de mis manuscritos; le he escrito para que vuelva de su decisión. El mes pasado *Sensible* entregó en el Odéon *La tour mystérieuse* y las *Jumelles* en el teatro de la calle Feydeau. Dentro de tres días vendrá a verme el señor Paquet, para darme la copia a corregir de *Isabelle de Bavière;* también me ha anunciado que Bigoreau acepta publicar *Adélaïde de Brunswick*. Y aquí tengo conmigo, ya terminados, los diez volúmenes de *Les journées de Florbelle,* mi obra maestra que asombrará al mundo. Apenas me puedo mover, estoy demasiado gordo y veo mal, sufro de asma, de cólicos gástricos y tengo fiebre todos los días, pero la cabeza me funciona como siempre, mejor que siempre, mejor que todo lo demás, mejor que el culo, mejor que la p... Me han dicho que van a tenerme que poner un suspensorio, pero eso ya lo dirá el nuevo alumno de medicina que viene dentro de cuatro días a empezar sus prácticas, el doctor Ramon, dicen que se llama. Contra la vejez nada pueden la medicina ni los médicos; pero me gustaría recobrar la libertad antes de morir, y editar como es debido mis últimas obras. Nadie puede hacerlo sino yo, ni la pobre *Sensible*, ni la prima Delphine de Talaru, pese a su abnegación.

He vendido un bosque de Saumane; a ver si saco dinero para reparar el palacio que está hecho una lástima, y es lo último que me queda, lo único de donde poder legar algo a mi *Sensible*, a mi querida Constance Quesnet, la mejor mujer que he conocido en mi vida, y la que más me ha amado. Renée-Pélagie murió hace cuatro años ya, tan gorda como yo y además ciega: me tocó una buena mujer para esposa, pero demasiado puritana y reprimida, y no se podía hacer nada con ella. La cosa terminó mal, después de lo bien que se había portado defendiéndome contra todos, contra su propia familia, durante mis largas prisiones en Vincennes y la Bastilla; pero al final perdió mis manuscritos —la irresponsable, la maldita, la censora—, y cuando salí en libertad ya no quiso verme. Estaba tan dolido que yo tampoco insistí demasiado, aunque luego me defendí como gato panza arriba cuando el proceso de separación y la partición de bienes. ¿Bienes? Cuatro levitas, cinco chalecos, cinco pantalones, un camisón, cuatro bonetes, seis camisas, nueve pañuelos, siete pares de medias, un sombrero y algunos zapatos. Y así dicen que voy mal vestido: no puedo hacer milagros.

Aquí, en la pared, un cuadro, el de mi padre el conde Jean-Baptiste-Joseph-François de Sade, a quien siempre veneré, y tres miniaturas, una de mi madre Marie-Éleonore de Maillé de Carman, otra de mi hijo mayor Louis-Marie, y la última de Anne-Prospère de Launay, la canonesa que fue mi cuñada, la hermana pequeña de Renée-Pélagie de Montreuil, que me amó como nadie hasta el punto de negar sus lazos de sangre, de huir y renegar de su familia, de abominar de Dios, ese engañabobos, hasta el punto de negarse también a vivir cuando la empujaban a casarse con otro. ¡Qué historia tan romántica!... Me tomarán por un héroe frustrado por el destino, por un juguete de las circunstancias, por un amante desdichado, por un libertino de calidad —como ese idiota de Mirabeau— o una víctima injustamente perseguida. Pero todos están muertos, y hasta Napoleón tasca el freno en Santa Elena. Luis XV, Luis XVI, Robespierre..., mi propia suegra, la presidenta de Montreuil, la que más y más duramente me persiguió. Descansen en paz. Yo también me dispongo a hacerlo, aunque todavía no quiero, y me arrastro, empujo mi enorme cuerpo inflado vestido de harapos, y digo y proclamo que yo soy mi destino, que yo me lo he construido paso a paso, que he amado, leído y escrito sin cesar hasta hoy mismo, que he investigado por qué el hombre es desgraciado, y que en la busca del placer no me he detenido ante nada ni ante nadie. Y al final sigo creyendo que el culpable es Dios, mejor dicho, ya que no existe, esa idea de un Dios que la desgracia de los hombres les empuja a fabricar. Y repito hoy, 7 de noviembre de 1814, a los setenta y cuatro años de edad, que Dios es el único error que no le puedo perdonar al hombre.

2

Algunos me tratan de loco, y hasta hay médicos que empiezan a relacionar mi nombre con algunas perversiones —así las llaman— sexuales. Nunca he entendido que haya límites en el sexo, que el cuerpo humano tenga otras fronteras que su piel y sus huesos. Limitar el sexo es un pensamiento carcelario, ponerle fronteras al placer es como intentar poner puertas al campo. El deseo es el motor del universo, el origen del hombre y su final, y nada podemos contra ello. Que haya tenido que decirlo yo, saltando por encima de los espíritus más cultivados de mi tiempo, que al final se detenían como paralizados antes de dar el último paso, yo, un jovencito aristócrata de costumbres más o menos disolutas, emparentado hasta con la familia real, eso no me lo perdonarán jamás. Ni siquiera los revolucionarios, pues hasta el sangriento Robespierre tenía algo de religioso: el suyo era un terror puritano, su sangre era sacrificial, y la que yo he derramado en mis palabras y en mis actos iba dirigida a conseguir más placer para enseñar a los hombres la manera de ser feliz. Todas las maneras de ser feliz, pues la cantidad de la desdicha es tan gigantesca que todas las armas son buenas para luchar contra ella. Rousseau quería imaginarnos buenos —qué ingenuidad— y Voltaire, que era más listo, proclamaba que había que proclamar la existencia de Dios, de un Dios en el que no creía. Es igual: tampoco a él se lo perdonarán. Diderot se escapaba por otros caminos: era un buen burgués.

Palabras, palabras, ¡palabras! Todo es cuestión de palabras. Yo he pasado la mitad de mi vida adulta en prisión por culpa de las palabras, no nos engañemos. Y creo que las palabras van a jugar un papel mucho más importante —y cada vez más— en el futuro. Cuando empecemos a pensar en ellas, más que en lo que dicen, será el principio del fin, y al final también será el verbo, como se dijo del principio.

También mi apellido se está convirtiendo en una palabra: Sade, Sade, SADE. ¿Quién sabe lo que quiere decir esta palabra, destinada a tener tantos derivados? En *L'Ami des Lois*, en 1799, cuando me dieron por muerto —adjudicándome la autoría de *Justine*, pese a todas mis protestas— dijeron lo siguiente: «Se dice que Sade ha muerto. Sólo el nombre de este infame escritor exhala un olor cadavérico.» *Sólo el nombre...* De nada me sirvió haber publicado *Justine* de manera anónima. Yo ya sabía que la obra iba a escandalizar, y al final tuve que adoptar esta precaución que se revelaría inútil. Fue en 1791, estábamos en pleno proceso revolucionario, antes del Terror, y hasta tuvo dos ediciones distintas en el mismo año, que se diferenciaban en el formato y en el número de páginas de cada volumen, y algo en los grabados. Pero no me explico las razones por las que se supo que yo era el autor.

La obra se imprimió en París, en casa del impresor Girouard, pero con el siguiente título y pie de imprenta: *Justine, ou les malheurs de la vertu. En Hollande. Chez les libraires associés, 1791*. Dos volúmenes en 8.°, de 283 y 191 páginas. Frontispicio de Chéry, grabado por Carrée. La otra edición es en 12.º, las páginas de los volúmenes son de 337 y 228 y el frontispicio de Chéry es más pequeño, está al revés y fue grabado por Texter. Ni esta novela, ni ese excelente diálogo narrativo y teatral que es *La philosophie dans le boudoir*, ni *La nouvelle Justine ou les malheurs de la vertu*, ni la obra ya completa de *La nouvelle Justine ou les malheurs de la vertu, suivi de l'histoire de Juliette, sa soeur ou les prospérités du vice* las he podido publicar con mi nombre propio, sirviéndome de añagazas que no han servido de nada. Ellas me han conducido aquí, sobre todo la última. Algunos han dicho que me encerraron por ser el autor de ese diálogo grosero y bastante rastrero de *Zoloé et ses deux acholytes*, donde tanto se critica a Josephine de Beauharnais y a la pareja Tallien y al primer cónsul Bonaparte. Nada de eso es cierto, y no sé quién podrá ser el autor de esa obreja lamentable, de no ser el inútil de Restif de la Bretonne, que quiso darme la réplica con su *Anti-Justine*, pero que ya ha muerto y estará en el limbo de los fracasados, con sus fetichismos de pies y zapatos, y sus incestos con su hija Agnès. Que le aproveche.

Lo cierto es que con mi propio nombre sólo he podido publicar *Aline et Valcour*, *Les crimes de l'amour*, la pieza de *Oxtiern*, esa novela ingenua de *La marquise de Gange* y un panfleto contra mis críticos, y sobre todo contra Restif, *L'auteur des «Crimes de l'amour» à Villeterque, folliculaire*. Eso ha sido todo, bastante poco en relación con todo lo que he escrito a lo largo de todos estos años de encierro; pero ¿dónde estará el resto de mis manuscritos? ¿Dónde *Les 120 journées de Sodome*, sobre todo, en aquel enorme manuscrito en un rollo de papel continuo que desapareció en la toma de la Bastilla, por la desidia o la torpeza de mi mujer? ¿Torpeza, incuria o censura deliberada? ¿Quién sabe? Menos mal que aquí conservo mis *Journées de Florbelle*, que podrán volver a ponerlo todo en su sitio. Espero que este manuscrito final se salve de las iras de mis perseguidores, o del celo obtuso del único hijo que me queda, ese avaro de Claude-Armand-Donatien de Sade, que ya me ha arrebatado casi toda mi fortuna y se niega a pagar lo que debe por mi pensión al hospicio de Charenton.

Pero, en fin, procuraré depositar alguna copia en manos de Constance Quesnet o de la prima Delphine de Talaru, si es que no consigo publicarlo antes de morir. Pero estoy convencido de que al final mis manuscritos se salvarán, volverán a aparecer algún día, saldrán a la luz por encima de todo, pues mis palabras empujarán a la posteridad a buscarlos sin descanso, y hasta el final de los siglos. Que así sea.

Pero hablaba del nombre, de la importancia de los nombres y de las palabras, de esa palabra, SADE, que parece maldita para tantos de mis coetáneos ya. El nombre de mi familia, que ostento en su decimocuarta generación, procede de Avignon, de un pueblecito que está a catorce kilómetros en el camino hacia Nimes, y que se denomina *Saze*. De ahí los nombres de *Sado, Sadone, Sazo* o *Sauza*, que de todas estas maneras aparece en los documentos de la historia. ¿Acaso se sabe que el nombre de Sade admite una declinación? Es la siguiente: *Sade, sadonem, sadonis, sadoni, sadone*. Nuestro escudo está formado por una estrella de ocho puntas de oro sobre campo de gules, a la que se añadió posteriormente por privilegio imperial —y hablo del sacro imperio romano germánico, no de las caricaturas actuales— una águila bicéfala, con las testas picudas, desplegadas en sable, membradas con diadema de gules también. Y el nombre de *sade* también es sustantivo en francés antiguo, y adjetivo que quería decir suave, amable, gracioso y gentil, o verbo como *sadaier* —acariciar, besar—, o sustantivo como *sadaiement*, o adverbio como *sadement*, lo que quiere decir todo lo mismo. El más divertido es acaso el diminutivo *sadinet*, que tiene un significado erótico privilegiado, pues se aplica a cosa o parte del cuerpo que sea suave, aterciopelado, como el sexo femenino o el llamado monte de Venus. Confieso que me hace gracia el diminutivo, que hasta François Villon empleó en su tiempo con este mismo sentido.

También mi nombre propio ha dado lugar a múltiples especulaciones, y lo seguirá dando, pues yo mismo he contribuido en numerosas ocasiones a sembrar la confusión. He firmado de muchas maneras, como Donatien-Louis-Aldonze, o simplemente como Louis o como Aldonse, y eso me ha traído complicaciones, como cuando se me negó el derecho a rectificar en el asunto de mi inscripción en las listas de emigrados. En tiempos del Terror, yo, que nunca salí de mi patria, que trabajé como un revolucionario más en la sección de Piques en París, en la plaza Vendôme, de la que fui secretario y hasta presidente y para la que escribí varios opúsculos políticos, vi mi nombre inscrito como antiguo noble emigrado en las listas de Avignon y del departamento de Bouches de Rhône. La familia de mi mujer sí flirteó con los emigrados, y hasta mis hijos lo fueron en algún momento, empujados por su madre. Pero el asunto era feo, pues podían condenarme y confiscarme todos mis bienes. Conseguí que mi nombre fuera tachado de una de las listas, pero no de la segunda, a pesar de todos mis esfuerzos, y al final en París dijeron que, como los nombres eran diferentes, no cabía arreglarlo.

Menos mal que todo aquello duró poco. En realidad, mi nombre propio, el que figura en mi acta de bautismo, es el de Donatien-Alphonse-François, pero está visto que no me gusta demasiado, pues además fue producto de un error de los domésticos que me llevaron a la pila bautismal en la iglesia parroquial de Saint-Sulpice en París, un barrio que se está poblando de librerías religiosas. ¡Puaff! El nombre que se me destinaba era el de Donatien, por mi padrino el abuelo materno Donatien de Maillé, marqués de Carman, el de Aldonze, viejo y pícaro nombre provenzal, por parte de mi abuela paterna y madrina, Louise-Aldonse d'Astoaud, que también me otorgaba el de Louis, al que prefirieron el paterno de François. Está claro que los domésticos parisinos no debían de estar muy familiarizados con el nombre de Aldonze, pero aun así sólo acertaron con el más complicado, el de Donatien, porque era el que más les sonaba. Eso fue todo, y de ahí mis juegos y vacilaciones hasta el final.

Soy conde de Sade, y firmo como marqués; aunque desde la revolución ya no firmo como nada, a veces lo he hecho como simple «señor de Sade» y otras como sencillo ciudadano, que es mi más noble título al final. En realidad, en mi familia ha sido constante el baile de títulos; de siempre han sido «señores de» aquí o de allá, de Lacoste, Saumane, Mazan, y así sucesivamente, pero también condes, por lo general, mientras el título de marqués estaba reservado al primogénito y heredero, y así lo llevé yo hasta la muerte de mi padre, y con ese nombre fui conocido en mis primeros escándalos y procesos judiciales: y se me quedó. ¡Qué le vamos a hacer! Hoy es mi hijo, Donatien-Claude-Armand, quien se ha apropiado el de conde, posiblemente para que no le confundan conmigo, o para poder negar el parentesco. Y ya no puedo hacer nada, mejor dejarlo como está. Pienso que todos mis descendientes harán lo mismo, y que el título de marqués, aun existiendo, se borrará de la superficie de la tierra. Mejor así, pues me da la ilusión de —aunque no haya sido cierto— haber sido único al final.

Mi familia es provenzal, mejor dicho de Avignon, y desde siempre. Allí está nuestra vieja casa solariega, que yergue su fachada renacentista, y el gran palacio que se hizo construir mi tía Henriette-Victoire de Sade, casada con Ignace, marqués de Villeneuve, señor de Martignan y de Saint-Maurice, de historia sentimental más bien accidentada y pérfida, pero que tuvo tres hijas y ha dejado ese gran palacio neoclásico tan vasto y amplio que hasta podría algún día albergar un museo.

Los Sade figuramos en documentos en la historia desde 1171, con los primeros privilegios concedidos a un tal Bernard de Sade. También vivía entonces un Hughes de Sade (o Ugo de Sauza), caballero del Temple. Bertrand de Sade, que asistió a una asamblea en Arles, engendró a Raimond de Sade, a partir del cual se encadenan las generaciones familiares, todas ellas bien documentadas por testamentarías, contratos matrimoniales o de otro tipo, correspondencias. Es curiosa la manía de mi familia por conservarlo todo, hasta el más pequeño papel, de hacer copias de las cartas enviadas, de comunicárselas entre sí de unos a otros. Luego me dicen que yo he escrito demasiado, sobre todo cartas, pero eso lo llevaba en la sangre. No puedo pensar que nadie, en el futuro, tenga la menor duda acerca de mis actos y palabras a lo largo de toda mi vida, y si esas dudas existen, se deberá a ocultaciones y censuras, que tal como han ido las cosas todo puede ser.

Sin embargo mi familia, aunque noble, nunca ha desdeñado el trabajo, y hasta hace muy poco —exactamente hasta mi abuelo— no ha formado parte de la nobleza de corte, y ha sido deliberadamente provinciana. Ha habido en mi estirpe cuatro obispos, muchos militares, algunos dignatarios papales, caballeros de la Orden de Malta, y hasta comerciantes en gran escala y juristas y consejeros. Y entre mis antepasados se cuenta una de las figuras más admirables de la historia, la hermosa Laura de Noves —otro pueblecito cercano a Avignon—, que casó con Hughes de Sade el Viejo, al que dio once hijos, pero que también fue amada y cantada por el famoso poeta italiano Petrarca, que así lo dejó establecido en una anotación latina a un manuscrito de Virgilio: «Laura, célebre por su virtud y tan prolongadamente cantada en mis poemas, apareció ante mis ojos por vez primera en el tiempo de mi juventud en flor, el año del Señor de 1327, el 6 de abril, por la mañana, en la iglesia de Santa Clara de Avignon.» Laura de Noves, Laura de Sade, modelo de hermosura, dechado de virtudes, imagen perfecta de la mujer amada en el Renacimiento... Mucho se ha hablado de estos amores de Petrarca, que también han sido admirablemente descritos en la culta y elegante biografía que al poeta dedicó mi tío el abad de Sade, una de mis lecturas preferidas en Vincennes y la Bastilla. Todo el mundo ha dicho siempre que sus amores con Petrarca fueron limpios y puros y hasta platónicos, empezando por el testimonio del propio poeta; pero, mal que le pesara a Hughes el Viejo, ¿qué otra cosa hubiera podido declarar en público un amante, por afortunado que hubiere sido? Las costumbres aviñonesas de la época no eran demasiado santas, hasta entre los religiosos, y hasta en algunos de los admirables versos de Petrarca se insinúan goces más materiales y sustanciosos, y hasta los celos del esposo que no pudo reprimirlos. De todas formas, Laura ha sido también una imagen fascinante en mi vida, se me ha aparecido en sueños, y resulta mucho más lógico imaginarla como una amante plena y completa, sin esas mojigaterías del amor cortés, que sólo existió en las palabras. Lo que es lógico y racional es lo que al final resulta siempre ser verdad. ¿No se llegó a decir que la misma Laura era la hermana de su propio esposo, en una época donde el incesto se absolvía con una buena multa que acompañaba a la absolución? En verdad, esto se ha desmentido, pero la mera existencia de ese infundio lleva a pensar que las costumbres del tiempo no estaban para cánticos espirituales sin más. O, mejor dicho, que todos los cánticos espirituales lo eran también materiales, y ya está.

Una peste maligna se llevó a la simpar Laura en la flor de su hermosura, en 1348, y yo sé que desde entonces me espera al otro lado, que aunque no exista sí es una profunda realidad cuando estamos en éste. Yo lo soñé en la noche del 16 al 17 de febrero de 1779, en mi calabozo de Vincennes, cuando leía la *Vie de Petrarque*, del abad de Sade, y así se lo conté a mi esposa, que, como siempre, no entendió nada y pensó una vez más que estaba loco. Era medianoche, más o menos, y acababa de dormirme con el libro en la mano. Y de repente ella se me apareció... ¡Yo la veía! «El horror de la tumba no había alterado en lo más mínimo el brillo de sus encantos, y sus ojos lucían todavía con la misma luz que cuando Petrarca los cantaba. Un crespón de velo negro la envolvía por completo y sus hermosos cabellos rubios flotaban descuidadamente por encima. Parecía como si el amor, para hacerla más bella todavía, hubiese querido suavizar todo aquel lúgubre aparato en el que se ofrecía a mis ojos. "¿Por qué gimes tú, en la tierra?", me dijo. "Ven conmigo. Ya no habrá más desgracias, ni preocupaciones, ni males, en el espacio inmenso en el que habito. Ten el valor de seguirme..." Al oír estas palabras, me prosterné a sus pies, diciéndole: "¡Oh, madre mía...!" Los sollozos estrangularon mi voz. Ella me tendió una mano, que bañé con mis lágrimas; ella también lloraba. "Me complacía —añadió— cuando habitaba este mundo que tú detestas, mirar hacia el porvenir, multiplicando mi descendencia hasta ti, y no te imaginaba tan desdichado." Entonces, absorto en mi desesperación y repleto de tristeza, llevé las manos a su cuello para abrazarla y retenerla, o para seguirla, regándola con mis lágrimas, pero el fantasma desapareció, y me quedé solo con mi dolor.»

Hughes el Viejo se consoló pronto y se casó siete meses después con Verdaine de Trentelivres. Casi dos siglos después, cuando Francisco I pasó por Avignon, hizo abrir la tumba de Laura en la iglesia de los Cordeliers, y al lado de sus huesos, en una caja de plomo, encontró una medalla y un soneto italiano, que señalaba aquellos restos como los de la amada de Petrarca.

El monarca añadió un epitafio de ocho versos en francés, lo introdujo en la caja de plomo y volvió a cerrar la tumba. Y hace unos años, ante los disturbios que asolaban Avignon, se corrió el riesgo de demolición de la iglesia, ahora llamada de los Célestins, y escribí a mi abogado Gaufridy, mi compañero de juegos infantiles y espía titulado de mi suegra durante tantos años, para que dispusiera el traslado de los restos de Laura a una capilla cualquiera de mis propiedades.

También hubo entre mis antepasados el primer presidente del parlamento de Provenza, que tres siglos más tarde me condenaría a muerte. El tiempo da muchas vueltas, desde luego. Pero hubo otra mujer importante entre mis ancestros, la favorita de Catherine de Médicis, la hermosa Charlotte de Beaune, hija de Gabrielle de Sade, que casó en primeras nupcias con Simon de Fizes, barón de Sauve y secretario de Estado bajo Carlos IX y Enrique III, y en segundas con François de la Trémouille, marqués de Noirmoutiers. Fue célebre por su hermosura, pero sobre todo por sus líos con Enrique IV, el primer Borbón, el de «París bien vale una misa», y con el duque de Guise después. Como se sabe, las costumbres de la corte en tiempos de Catherine de Médicis no eran demasiado edificantes, y muchas veces las damas de honor servían desnudas la mesa, como cuenta Brantôme en sus *Damas galantes*, y así lo hiciera mi querida Charlotte de Beaune. Allí había de todo, desde palmaditas en las nalgas hasta verdaderos azotes, costumbre que me ha hecho tan tristemente famoso, pero que como puede verse no he inventado yo.

Pero dejemos el baile de las estirpes y ascendientes, que ya ha durado demasiado. Sólo añadiré que mi abuelo, Gaspard-François de Sade, tuvo diez hijos, cinco varones y cinco hembras, siendo mi padre el primogénito y heredero. De ellos conservo memoria de los tres primeros, mi padre, su hermano Richard-Jean-Louis, militar, caballero y comendador al final de la orden de Malta, que terminó siendo bailío y gran prior en Toulouse, y el tercero, Jean-François Paul-Aldonze, que eligió la carrera religiosa, fue vicario general en Toulouse y Narbona, y abad comandatario en Ébreuil, y terminó en nuestras tierras de Saumane, como abad culto, ilustrado, conocido en los medios literarios de la época, amigo de Voltaire y frecuentador asiduo de hermosas mujeres, sin cuya compañía nunca supo vivir. ¡Ah! Se me olvidaba decir que también fue encargado de mi educación de vez en cuando, que siempre me acompañó con sus consejos hipócritas y en alguna que otra orgía —en las que participaba con denuedo— para luego escribir en sus cartas a mi suegra verdaderos horrores sobre mí.

Pero, en fin, el hecho de haber sido el autor de las *Mémoires pour la vie de François Pétrarque, tirés de ses oeuvres et des auteurs contemporains* —publicadas en tres volúmenes en Avignon, en 1764 y 1767— me reconcilia con su lamentable figura. Es un buen libro, y lo he leído tantas veces que al final reconozco que mi tío el abad me ha influido bastante a lo largo de mi vida. Estos tres hermanos fueron en su juventud unos buenos juerguistas, que malgastaron en buena parte la pequeña fortuna de mi abuelo. Voltaire los distinguió con su amistad, y hasta escribió algún versillo insignificante a la boda de mi padre —«Vais a seguir las banderas / de Bellona y de Himeneo ... nos enseñaréis un día / qué servicio es el más duro / si el de Villars o el de Amor»—, a los que mi propio padre, que también escribió poemas y piezas teatrales justamente olvidadas, respondió declarándose «novato en amor y guerra». Pero fue más importante la correspondencia cruzada entre Voltaire y mi tío el abad, pues se escribieron durante casi toda su vida.

De todas formas, el abad de Sade fue un juerguista impenitente. En 1762 fue detenido y pasó varios días encarcelado al ser sorprendido por la policía en una casa de lenocinio, lo que he sabido por la orden de libertad que dictó el rey a nombre de «Paul-Aldonse de Sade, de cincuenta años de edad, sacerdote en la diócesis de Avignon y abad comandatario de la abadía de Ébreuil, que fue encontrado en París en casa de la denominada Piron, mujer de vida airada, y en compañía de la prostituta llamada Léonore». En fin, tuvo numerosas amantes, y con alguna de ellas vivió placenteramente en nuestras tierras de Saumane. Y cuando fue nombrado vicario general en Toulouse, los versos de Voltaire fueron bastante mejores: «Así pues, ya imagináis / que una vez que el triste nombre / de vicario poseáis / ¿ya tendréis que renunciar / a amar y a complacer? / Por muy cura que seáis, / señor, señor, amaréis / seáis obispo o pontífice / amaréis y gustaréis; / ése es vuestro ministerio, / amaréis y gustaréis, / pues siempre vos triunfaréis / en la Iglesia y Citerea.» Estos versillos hacen sonreír, pero, bueno, el gran Voltaire está en su prosa y en su ladina hipocresía. ¿Cómo hubiera podido triunfar en esta maldita sociedad, que era más hipócrita y mendaz que todos nosotros? Así llegó la revolución, la revolución..., ¡qué gran ocasión perdida!

De las cinco hermanas de mi padre, cuatro fueron religiosas —la fortuna del abuelo no daba para menos— y dos de ellas llegaron a abadesas, todas ellas en conventos de Avignon y cercanías. La única que se salvó fue Henriette-Victoire, de la que ya he hablado anteriormente, pero que a su vez sólo tuvo descendencia femenina. Demasiadas mujeres acaso..., aunque en verdad nunca sobran las mujeres, pues por ellas nos movemos los hombres, esto es, se mueve el mundo. Lo que sucede es que son pocas las que tienen conciencia de su poder y obran en consecuencia. Para que las mujeres sean libres tienen que obrar por su propia cuenta, según sus deseos, romper todos los lazos, religiosos o conyugales, y saber que el placer y el amor nada tienen que ver con la reproducción ni con la perpetuación de la especie, que deben evitar a toda costa, como mi querida *Juliette*, la mejor de todas entre todos mis personajes femeninos.

3

Así pues, nací el 2 de julio de 1740, en París, en el hotel de Condé, hijo de Jean-Baptiste-Joseph-François, conde de Sade, y de Marie-Éleonore de Maillé de Carman. Fui el segundo hijo del matrimonio, que había tenido tres años antes una hija, Caroline-Laure, que sólo vivió dos años, aunque seis años más tarde tuve una hermana, Marie-Françoise, que falleció a los cinco días de nacer. «Aliado, por tanto, por parte de madre, con lo más granado del reino, y perteneciendo por la del padre a lo más distinguido de la provincia del Languedoc, nacido en el seno de la abundancia y del lujo, pensé, desde que tuve uso de razón, que la naturaleza y la fortuna se reunían para colmarme con sus dones; así lo pensé porque así me lo decían, de manera tan imbécil, y ese ridículo prejuicio me convirtió en altanero, déspota y colérico; me parecía que todo tenía que cederme paso, que el universo entero tenía que satisfacer mis caprichos, y que sólo yo mismo era dueño de crearlos y satisfacerlos.»

Mi padre era militar, había sido coronel de la caballería papal en Avignon, capitán de dragones en el regimiento de Condé y había combatido en 1734 como ayudante de campo del mariscal Villars. Un año antes de nacer yo, había comprado por ciento treinta y cinco mil libras el cargo de lugarteniente general del Rey en las provincias de Bresse, Bugey, Valromey y Gex, y durante mi infancia fue diplomático, ministro plenipotenciario y embajador, aunque su excesiva tacañería le impidió triunfar en esta carrera. Mientras mi padre viajaba por motivos diplomáticos, mi madre, dama de compañía de la princesa de Condé —en cuyo hotel vivíamos— cuidaba de mí, lo que no era tan sencillo. Pero el gran Condé y su esposa murieron pronto, y les quedó un hijo de corta edad, poco más o menos de la mía, con quien un día me enzarzé en una pelea a muerte, de la que no pudieron apartarme más que por la fuerza.

Total, que a los cuatro años mi madre partió para seguir a su esposo en sus viajes diplomáticos —o a esperarle encerrada en un convento— y a mí me enviaron a Avignon, bajo la férula de mi abuela materna y de mis numerosas tías y primas y a Saumane con el abad. Al principio me dolió dejar el hotel de Condé, ese gran conjunto de edificios que se alzaba entre lo que hoy es el *carrefour* del Odéon y los jardines del Luxemburgo. Allí se eleva el teatro del Odéon, justo donde nací, lo que parece una señal, pues siempre he amado el teatro, las actrices, los estrenos, he escrito mucho teatro, lo he representado como aficionado y he conseguido también estrenarlo como profesional, y hasta al final de mi vida vivo sobre todo con una actriz, mi querida *Sensible*, mi Constance abnegada, que hace digno honor a su honrado nombre. El teatro es la más elevada de las artes, la que encierra todo el misterio de la vida humana, y sólo por ser un gran dramaturgo hubiera cambiado los grandes placeres y las magnas desdichas de mi vida entera. Aunque es muy posible que lo sea, pese a quien le pese.

Fui enviado, pues, a casa de mi abuela en el Languedoc, y su ternura demasiado ciega alimentó en mí todos los defectos que ya he anunciado. Entonces yo era un jovencito rubio, de ojos azules y comportamiento gracioso, que no dejaba de ser admirado por todas aquellas mujeres de mi familia, que me llamaban «el bambino rubio». Era alto, espigado, aunque luego no crecería demasiado, pues sólo mido 1,68, aunque mi obesidad me hace parecer más grande en la actualidad. Y de todas formas también caí en manos del señor abad de Sade, mi digno tío, con quien pasé temporadas en Saumane, donde vivía menos como un religioso que como un hombre culto, curioso de todo, de cuestiones de la antigüedad griega y latina, y de historia, y siempre acompañado de hermosas damas.

Saumane era un palacio repleto de subterráneos, lo que me inspiraba largas correrías y asimismo grandes terrores nocturnos. Algo de todo ello se respira en varias de mis novelas, como en las historias de *Justine* y *Juliette* y *Les 120 journées*. Cuando las publiqué, me acusaron de estar influido por la novela gótica inglesa, la de la señora Radcliffe, Walpole y compañía, aunque tengo que advertir que ni Mathurin ni «Monk» Lewis habían publicado por aquel entonces sus obras maestras.

Lo cierto es que sí he admirado hasta la pasión a un gran novelista inglés, pero ése ha sido Richardson, el de *Pamela* y *Clarisse Harlowe*, cuyos conocimientos del alma humana, y sobre todo de la de la mujer, han sido para mí una perenne lección. Pero yo tenía los misterios desde mi infancia, en las grandes y onduladas llanuras provenzales, en los laberintos de las garrigas abandonadas, en los palacios y castillos semiderruidos, en aquel sol aplastante que se transmutaba en oscuras noches friolentas, al ritmo del mistral, ese viento incontenible, que ululaba por los pasadizos, las poternas y los subterráneos secretos. Y allí encontré, aunque esto fue más tarde, el gran escenario de mi vida, mi castillo de La Coste, al pie de las montañas del Luberon, donde he vivido con frecuencia, y donde he sido más feliz que nunca. Ya no me pertenece, y debe estar en ruinas, pues fue asaltado en los años revolucionarios, pero si alguna vez salgo de aquí, nada me gustaría más que recuperar La Coste e irme allí a vivir, con mi querida *Sensible*, los pocos días que me queden de vida.

A los diez años me volvieron a llevar a París, y se acabaron en realidad los hermosos días de mi infancia, los años de libertad y de aventuras. Mis padres vivían separados: el conde en el palacio de Misiones Extranjeras, contando y recontando el escaso dinero que le quedaba —pero ¿en qué lo habría gastado?— y mi madre en el convento de las Carmelitas. A mí me llevaron primero al colegio Luis el Grande, regentado por los jesuitas, en la calle Saint-Jacques, y me pusieron además un preceptor, el abate Amblet, un hombre firme y de buena inteligencia, apto sin duda para formar mi juventud, pero que para mi desgracia no guardaría durante mucho tiempo. No fui un buen alumno, y no conseguí laurel alguno en aquel colegio espantoso, regido por una disciplina bastante militar, donde además los castigos eran muy severos, empezando por el consabido de los azotes. Sí, fui azotado por mis maestros, pero sin placer alguno. Los azotes que se reciben en las orgías sexuales —o que se perpetran— son muy distintos, se gradúan de otra manera, se dirigen sobre todo a soliviantar y despertar nervios ya fatigados, cosa que nadie parece tener en cuenta cuando se habla de uno de mis deportes favoritos.

También reinaba la homosexualidad, tanto entre religiosos y alumnos como entre alumnos solos. Nada tengo en contra de la homosexualidad, ni de la pederastia, y llegado el momento he practicado ambas con toda limpieza, dando y recibiendo placer, que es lo único de que se trata. Lo que sucede es que no creo ser homosexual, aunque me hayan acusado de ello una y otra vez. Homosexual, no; sodomita, sí. Ésa es la diferencia. El centro mismo de mi sexualidad está en el culo; me gusta entrar por él, y ser penetrado por él, con hombres si es preciso, pero sobre todo con mujeres. No hay nada más hermoso, más cerrado al principio, que esa novena puerta que se abre hasta extremos inverosímiles al compás del combate más desenfrenado. Fui sodomizado y sodomicé en el colegio, pero aquello no eran más que batallas de adolescentes inexpertos y desahogos de curas rijosos, y no resultó ser un buen aprendizaje. El abate Amblet nunca supo nada.

De todas formas algo bueno encontré en Luis el Grande: las representaciones teatrales que organizaban los religiosos, a las que me entregué en cuerpo y alma, como actor, tramoyista, apuntador y hasta como auxiliar en el montaje y la dirección, y corrigiendo —sin que se notara, en verdad— algunos textos, que por lo general escribían los propios jesuitas. Eran unos textos ingenuos y lamentables, como *El templo de la fortuna, David, rey de Israel, Los peligros de la libertad, Mauricio mártir,* y otras sobre *Ciro, rey de los pastores* y *El emperador Justiniano,* estupideces insignes que sin embargo me apasionaban porque me iniciaban por dentro a esa gran afición de mi vida que no me cansaré de repetir: el teatro.

De todas formas, sólo estuve cuatro años en el colegio, siempe externo —las habitaciones privadas de los alumnos costaban lo suficiente para que mi padre no soltara los cordones de su bolsa, el tacaño—, viviendo en el hotel de Condé o en casa de mi preceptor, en la calle de los Fossées de Saint-Jacques. Pero en 1754, cuando apenas contaba catorce años, fui sacado repentinamente de los jesuitas y colocado como alumno en la escuela preparatoria de la Caballería Ligera del Rey, en Versalles. Y, pese a todo, no guardo mal recuerdo de mis queridos y torpes jesuitas, y algo me enseñaron, dentro de aquel clima de violencia y disciplina: la naturaleza odia el vacío —primero lo dijo Descartes, pero mis maestros lo repetían sin parar— y por ello nunca pude ver un hueco sin intentar llenarlo; y algo más: nunca se peca como se debe sin saber bien por qué y cómo se debe pecar. Lo demás es pura y mera inconsciencia, y sin conciencia no puede haber ni pecado, ni placer. Sólo el ser consciente es capaz de sentirse y ser feliz.

4

Para entrar en la escuela de Caballería tuve que obtener un certificado de nobleza, que me extendió el genealogista Clairambault, y además la pensión era de tres mil libras al año, con lo que se puede imaginar el dolor de corazón de mi padre al tener que aflojar la mosca.

En realidad, sólo estuve veinte meses de alumno, pues pronto fui nombrado subteniente, aunque sin paga, y en 1757, a mediados de enero, ya era oficial portaestandarte en el Regimiento de Carabineros del conde de Provenza, y marchaba a la guerra de los Siete Años contra Prusia repleto de energía y loco por actuar. Así quedó incompleta mi educación, tanto entre los religiosos como entre los militares, y me vi obligado a obrar como un hombre cuando apenas era un muchacho recién salido del cascarón. Pero puedo asegurar que hice bien la guerra. «Ese ímpetu natural de mi carácter y esa "alma de fuego" que hube de recibir de la naturaleza no hacían sino añadir un mayor grado de coraje, de fuerza y de actividad a esa virtud feroz que se denomina valor, y que tan equivocadamente se tiene por la única que resulta necesaria a nuestro estado.»

Aquella guerra fue una estupidez, de la que Francia salió mal librada, pues Luis XV no fue capaz de sostener la presión que sobre toda Europa había ejercido su antecesor el Rey Sol; pero personalmente me sirvió de desahogo, pues en ella aprendí las posibilidades de la fuerza y de la brutalidad. Mi primera medida fue la de la desmedida. ¿Qué otra cosa es una guerra? Un poco alocado, pero muy bravo, decían de mí mis superiores, sin pensar que esa bravura no era otra cosa que el aprendizaje de la libertad. Además, ya se sabe que para aprender un idioma no hay cosa mejor que acostarse regular y habitualmente con una mujer del país, y así lo hice, sobre todo con una buena y gorda baronesa que tenía tres o cuatro veces mi edad y que me educaba primorosamente. Terminé la guerra con el grado de capitán en el Regimiento de Caballería de Borgoña, pero también con una serie de penosas explicaciones a mi padre sobre la degeneración de mis costumbres, como lo señalé en una carta a mi preceptor el abate Amblet.

«La cantidad de faltas que he cometido durante mi estancia en París, en un permiso, la manera como me he comportado frente al más dulce y tierno de los padres hacen que ahora se arrepienta de haberme dejado venir. ¡Que me castiguen los remordimientos por haberle disgustado y el temor a perder su amistad! No quiero enfadar al más suave de los padres y al mejor de todos los amigos. La pretendida felicidad que alcanzaba en medio de esos placeres se agotaba en cuanto satisfacía mis deseos, y sólo me quedaban los remordimientos. Por la noche me arrepentía, pero a la mañana siguiente venían a proponerme otra salida y la aceptaba, pues pensaba que me había divertido, aunque no hubiese cometido más que tonterías. Mi padre tenía razón cuando decía que yo sólo obraba por el qué dirán, por las apariencias. ¡Si hubiera hecho sólo lo que me daba placer de verdad, me habría evitado muchas penas y no habría ofendido tanto a mi padre! Aquellas muchachas con las que nos entreteníamos no me procuraban placer de verdad, pues nunca se goza en realidad cuando se paga, y mi amor propio sufría al pensar que sólo era amado porque acaso pagaba mejor que otros.»

En realidad, los enfados de mi padre resultaban excesivos, pero yo no podía plantear las cosas de otra manera, pues dependía financieramente de él, y ya conocía su proverbial tacañería. Un compañero, el señor de Castera le escribió diciendo que yo me portaba bien, añadiendo una frase clave: «Su pequeño corazón, o mejor aun su *cuerpo*, es furiosamente combustible: ¡que tengan cuidado las alemanas!» Pues nada, como también añadía que yo había prometido sólo gastar un luis al día, mi padre empezó a protestar de nuevo.

La guerra terminó, mal, como ya se sabe, y peor para Francia, que perdió sus territorios en el Canadá, la Luisiana, el Senegal, y quedó reducida en las Indias a una simple presencia simbólica. Inglaterra reinaba en los mares y Federico II de Prusia se estaba convirtiendo en el gran rey que después se supo, el déspota ilustrado amigo de Voltaire y de Diderot y de Catalina de Rusia. Por cierto, que había subido al trono el mismo año de mi nacimiento. Pero en cierto modo, cuando estaba en campaña, recobraba el sentido de la naturaleza de mi niñez provenzal; recorría a caballo el campo de batalla, hasta el punto de que a los tres días de estar en un lugar lo conocía como la palma de la mano, hasta la más pequeña quebrada. Estaba mucho tiempo solo, no gastaba ceremonia alguna, y tenía pocos amigos. Ya sé que para triunfar es necesario hacer la corte, adular a los poderosos, pero todo eso no me gusta nada; nunca he sabido hacerlo y nunca he tenido un verdadero amigo: todos traicionan al final.

El caso es que la guerra terminó, y volví a casa con el grado de capitán, pero no a París, donde mi padre temía por mis aficiones al juego y a las mujeres, sino a La Coste, donde entre mi tía y la señorita de Rousset, una de mis amigas de niñez, me prepararon un gran recibimiento, con una gran recepción y un baile. Dulce y querida «Milli» de Rousset, tan poco agraciada como amable y ligera, tan lista y gentil, que tanto me ayudaría después, la persona que a lo largo de mi vida me ha escrito las mejores y más graciosas cartas... Descanse ella también en paz. Supo levantar mi ánimo como nadie, y aunque también en ocasiones reñí con ella, al final venció su buen sentido y el cariño que supo tenerme siempre.

Por aquel tiempo mis padres, que vivían separados como ya he dicho, no me proporcionaban otro hogar que los provenzales. Mi padre pensaba en casarme, pues así creía que sentaría la cabeza. Pero yo me divertía en Avignon, y coqueteaba con las lindas señoritas de la ciudad. Ya tuve una medio novia en Hesdin, al norte del país, durante la guerra, y después vino la señorita de Cambis, pero ninguna de ellas satisfacía las ambiciones de mi padre, que eran sobre todo económicas: no tenían suficiente dote. El marqués de Sade estaba en venta, pero ello no impidió que me enamorase como un idiota de una jovencita aviñonesa de la buena sociedad, castellana de Vacqueyras —nombre de resonancias trovadorescas, un mundo que siempre me fascinaría—, con la que me comprometí a fondo. Hacía el amor con un fuego inimitable. Laure-Victoire-Adeline de Lauris era hija de un marqués provenzal, de una familia cuya nobleza era comparable a la mía. En verdad que era una coqueta redomada, pero yo estaba dispuesto a perdonárselo todo. En medio de nuestros amores volcánicos, me descubrí una gonorrea tanto más molesta cuanto que pensaba casarme pronto. Pero yo quería hacerlo con la señorita de Lauris mientras mi padre me había buscado una joven normanda provista de una buena dote, Renée-Pélagie de Montreuil, a quien yo no conocía personalmente.

La señorita de Lauris se enfadó porque dejé de verla a causa de la gonorrea. Alguien le dijo que yo pensaba que era ella la causante de mi mal, y ello la colmó de ira, y me devolvió la palabra de compromiso, que por cierto todavía no se había hecho pública. Le escribí una carta indignado, pues nunca pensé que ella fuese la culpable de mi gonorrea, que por otra parte también tuvo que padecer; le prometí mi vida entera, le juré amor eterno, pero todo fue en vano. Pienso que en el fondo lo que no quería era casarse, ni conmigo ni con nadie, para seguir con sus flirteos y enamoramientos. De hecho la volví a ver después, una vez casado, y estaba igual de resplandeciente y amable; murió soltera; el mundo perdió un ángel de amor y yo la lloré bastante. Además era de Avignon y se llamaba Laura. A veces pienso que mi vida hubiera sido diferente con ella, pues sus disposiciones para el amor eran incomparablemente superiores a las de otras mujeres de su condición que conocía por entonces. Y debo recordar aquí, al final de mi vida, una deliciosa cancioncilla que le dediqué después, en un tono trovadoresco y provenzal que le iba como anillo al dedo: «Hasta en las mínimas cosas. / La veo mañana y tarde, / y si contemplo una rosa / tiene el brillo de su tez. / Y si una flor me interesa / es porque brota a su paso. / En todo veo a mi amada, / todo recuerda su encanto... / Amor ofrece su imagen / al despertar en la aurora; / pero ¡ay! de mi homenaje / todo sacrificio es vano... / El dios de amor, como en fuego / graba tu ardor hasta el punto / que en mi alma sólo encuentro / su retrato y corazón.» Tampoco estuvo tan mal, después de todo...

Al final fue mi padre quien se llevó el gato al agua, y me casó con quien había dispuesto. Al principio me enfadé, luego lo acepté a regañadientes —la señorita de Lauris, un mes antes de mi boda, persistía en darme calabazas—, y luego todo salió bastante bien, pues la normanda elegida, Renée-Pélagie de Montreuil, resultó una compañera abnegada y fiel, y se sometió a todos mis caprichos, que al principio la horrorizaban bastante. Pero mi madre vivía en el convento de las Carmelitas, mi padre en Misiones Extranjeras, y había que casarme a toda costa. Entre otras cosas, con mi boda, mi padre se desentendió de mí, como si pasara sus poderes paternales a la madre de mi esposa, la presidenta de Montreuil, pues su marido el presidente tampoco pintaba nada en aquella familia. Y aquí ha salido un nombre clave, un personaje que resultó ser crucial a lo largo de mi vida, que en un principio me aceptó, me quiso, hasta posiblemente me adoró, y que indudablemente lo hizo todo para seducirme.

En realidad, el matrimonio formado por Claude-René Cordier de Launay, barón de Échauffour y señor de Montreuil, presidente del tribunal de apelación de París, y Marie-Madeleine Masson de Plissay, era de nobleza reciente, y de lo que se denominaba entonces «nobleza de toga». Para ellos, el matrimonio de su hija mayor —tenían cinco hijos, aunque luego, años después, en mis furores e insultos contra mi suegra la acusé de haber dado a luz varios bastardos más— con el heredero de la casa de Sade colmaba sus ambiciones sociales. Al fin y al cabo mi madre estaba emparentada con los Condé, esto es, con sangre real, y mis expectativas como heredero de una pequeña tribu de eclesiásticos y tías religiosas eran bastante sustanciosas.

Las negociaciones para el contrato matrimonial, llevadas por mi padre y mi suegra, fueron largas y complejas, aunque al final se pusieron de acuerdo a mis expensas. Quiero decir que todo el mundo prometió el oro y el moro, pero en realidad no nos dieron en principio apenas nada a mi esposa y a mí. Mi padre, que se decía agobiado por las deudas, me traspasó sus cargos y propiedades, sobre todo los castillos de La Coste, Saumane, Mazan y Cabanès, que comportaban casi más gastos que ingresos —20 000 libras al año— y me propuso en la sucesión de su cargo de lugarteniente general del rey en las cuatro provincias de Bresse, Bugey, Valromey y Gex, así como cederme las tres últimas anualidades; esto es, unos treinta mil francos, que nunca pagó. La dote de mi mujer, muy sustanciosa —aunque menos que las herencias que se le prometieron—, me fue administrada con parsimonia y excesivo celo; en realidad, fue mi suegra la que dispuso en todo momento de los cordones de la bolsa de mi propio hogar, que en principio estaba bien dotada. Por parte de su padre, mi esposa recibía 80 000 libras, y 50 000 por parte de su madre, y de otras herencias recibía la promesa de 170 000 más, aunque todo ello en forma de legados prometidos, que sólo daban lugar a una renta. Mis suegros nos alojaban y mi suegra administraba los fondos, que yo gastaba alegremente.

En fin, tras la concesión de la autorización real, el 17 de mayo de 1763 me casaba con Renée-Pélagie en la iglesia de Saint-Roch, en París, y todo el mundo parecía contento. Mi esposa, no demasiado guapa pero agradable, mi padre aliviado con mi boda, mi hermosa cuñada Anne-Prospére de Launay a nuestro lado, mi suegra, sobre todo, tranquila a pesar de mi mala fama de mujeriego y jugador, y resplandeciente de belleza carnal seductora y cuarentona, todos parecían felices de verme casado y bien casado. Yo tenía mis reservas, pero pensaba que mi esposa tenía condiciones y sentido común: esto es, que nunca protestaría demasiado. Y además, los secretos de la carne se estaban despertando en ella merced a mis hábiles manejos, que le descubrían un mundo nuevo al que parecía no hacer demasiados ascos. Mi suegra me llamó «un muchacho divertido», y a mi tío el abad le dijo que le gustaba mi aspecto «dulce, razonable y de buena educación». Parecía el final de un cuento de hadas.

SEGUNDA PARTE

La bajada a los infiernos

1

Heme aquí, al día siguiente de mi boda, un 18 de mayo de 1763, noble, rico, casado con una esposa agradable, con una carrera militar y nobiliaria importante a la vista, sin más preocupaciones que hacer mi vida lo más agradable posible; sólo un pequeño problema a la vista: mis gustos demasiado particulares en lo que se refiere a los placeres del sexo, de los que siempre he querido extraer la mayor cantidad posible de felicidad, y ello, como ya se sabe, no está demasiado bien visto. Luego sólo hay que procurar que no se vea. En la alcoba, Renée-Pélagie no sabe comportarse todavía, pero su disposición es buena, y aunque dice que le hago daño si entro en ella por detrás, no por ello se niega a dejarse hacer, aunque sólo fuere por el amor que dice profesarme. Mi suegra es otra cosa; no dice nada, aunque estoy seguro de que lo sabe todo, y en ocasiones hasta me provoca como si no le pareciera mal, y otras me permite nocturnas correrías extraconyugales; pero, eso sí, siempre encuentro su mirada posada sobre mí, como si me siguiera hasta los lugares más excusados, con ojos que acarician y vigilan a la vez. No puedo quitármelos de encima. Mi cuñada Anne-Prospère, la hermana de mi esposa, también me mira no sé si con indulgencia, admiración o envidia. De todas formas está destinada a seguir una carrera de religiosa, y alardea de su vocación con ojos risueños y temblorosos; es demasiado hermosa para que siga viviendo tranquila en esta casa, bajo el mismo techo que yo, sin que el destino nos haga alguna vez tropezar juntos.

Mi suegra no hace sino discutir con mi padre, que se niega a cumplir los términos acordados en mi contrato de matrimonio, que él mismo negoció y firmó en mi nombre. Pero Marie-Madeleine de Montreuil es una fuerza de la naturaleza, que hace que todo se doblegue a su voluntad, y que inspira el furor y la admiración. Todo el mundo recurre a ella, pues sabe poner de acuerdo su acción con su tiempo y su ambiente, obra según los prejuicios de su clase, pero controlando sus motivos. Hace siempre todo lo necesario para triunfar, sin que los derechos ajenos sean para ella un obstáculo. Ignora o desprecia lo que no está de acuerdo con su razón, pero emplea medios tan sutiles y variados que sus objetivos resultan claramente definidos, y sabe a la vez seducir, intimidar y corromper, y usa todas las influencias pareciendo no emplear la suya. Su gran palabra es «seguridad», piensa en todo a la vez cuando le hace falta, el pasado no cuenta a sus ojos, nunca lamenta nada, ni tiene remordimientos.

Alguien trazará su retrato en líneas similares a las que acabo de escribir, y el mundo nunca sabrá si fue para mí el monstruo que al final he repetido hasta la saciedad, o hubo algún misterio por en medio que nunca nadie aclarará. No pienso hacerlo tampoco yo. Hace largo tiempo que murió, y pienso que acaso en su terrible comportamiento conmigo hubo al final de todo: respeto a las conveniencias, ira justiciera, deseo de salvar a mi mujer y a los niños, despecho, o hasta amor contrariado. Todo se dirá, y es bueno que se diga, como muestra de respeto a este gran personaje que nunca me cansaré de maldecir.

Al principio me llevé con ella a las mil maravillas, mejor que con mis padres, y mejor que con mi propia mujer; la inteligencia de mi suegra la colocaba muy por encima de todos ellos, y además hasta era hermosa cuando la conocí, mucho más graciosa, carnal y seductora que la propia Renée-Pélagie, mi pobre y abnegada puritana. Cuando representábamos obras de teatro en el palacio de Échauffour, la presidenta de Montreuil era siempre la primera en actuar, la que más fuego y pasión ponía en su trabajo, la que siempre estaba a mi lado en los problemas del montaje, en la selección del vestuario y de los muebles, o en la elección de los lugares que había que iluminar, la que mejor cantaba las coplillas finales que yo escribía según las circunstancias. ¿Que así me vigilaba mejor? Bienvenida vigilancia, tanto más cuanto que también favorecía mis escapadas nocturnas lejos del lecho de mi esposa, o pagaba mis «picaderos» de París y los suburbios, sin hacer demasiados aspavientos por ello. Ya lo dije una vez: la quise mucho, y fue para mí una verdadera madre, y ello durante muchos años, y en medio de graves problemas, hasta que llegó mi escapada italiana con Anne-Prospère; aquello no me lo perdonó jamás, me volvió la espalda para siempre, y me persiguió con saña hasta el final. Y lo que más grave me resultaría después sería acumular el odio suficiente para poder corresponder a la felicidad que ella misma me arrebató, después de habérmela tan generosamente otorgado en el principio. Nunca lo podré olvidar.

Pues bien, seis meses después, todo pareció venirse abajo, en la noche del 18 al 19 de octubre de 1763, en París. Existe un documento explícito sobre lo que pasó aquella noche, y aunque mi nombre desapareció de él, merced a las maniobras de mi familia, es muy posible que se conozca algún día y se averigüe toda la verdad. La culpa la tuvo Jeanne Testard, que se dijo obrera en un taller de abanicos, pero que completaba sus ingresos de vez en cuando con la prostitución. La contraté por dos luises de oro de 24 libras cada uno, una cantidad respetable, y por medio de la Du Rameau, una de las celestinas que empleaba en aquellos años. La llevé en un carruaje a una casita que alquilaba cerca de la calle Mouffetard, con la puerta cochera pintada de amarillo, y allí, tras quedarnos solos y bajo llave en un cuarto del primer piso, le pregunté si creía en Dios, en Jesucristo y en la Virgen, y si era religiosa; me dijo que sí, y yo me puse a blasfemar y a insultarla, diciéndole que era una necia crédula, que todo era engaño y embuste, y que yo me había masturbado en un cáliz, que Cristo era un h... de p... y la Virgen una f... y que, para colmo, hice comulgar a una muchacha a mi lado, y con las dos hostias que no tragamos la había poseído colocándolas en sus partes y diciendo: «Si eres Dios, véngate.»

De hecho yo estaba muy excitado, y cada vez más conforme veía el espanto en sus ojos; me dijo que estaba embarazada, y le enseñé varas de azotar y varias disciplinas, con las que le propuse azotarla y que ella me azotara a su vez, pero no consintió en ello. Las paredes de la estancia estaban llenas de grabados tanto eróticos como religiosos, de imágenes y otros crucifijos. Descolgué dos Cristos de la pared, me masturbé en uno de ellos y el otro lo arrojé a sus pies para que lo pisoteara, cosa que hizo porque la amenacé con matarla. Gritaba «¡me c... en ti!», aunque luego se negó a ponerse una lavativa y defecar encima de la imagen. Luego le leí versos y textos contra la religión y la propuse tomarla por detrás. Nada figura en la deposición de Jean Testard sobre lo que ella misma hizo o dejó de hacer. Tuve que dejarlo así, para evitar mayores males, pero sólo puedo decir que se ganó los dos luises prometidos, y que se fue a su casa libre y sin haber sufrido nada, y con la promesa de regresar. Al fin y al cabo, estando embarazada, fui tan caballero como para proponerle que lo hiciéramos por detrás, y no por el nefando vaso de la propagación. De la propaganda, ¡vaya por Dios! De todas formas, la sesión fue un éxito, y el terror en los ojos de aquella muchacha me hizo gozar como nunca. Y ya se sabe que cuando estoy en erección desearía que el mundo entero desapareciera.

Pero no desapareció, Jeanne tuvo miedo y me denunció, fui hecho preso y encerrado en el torreón de Vincennes, bajo la custodia del inspector Marais, un personaje con el que me iba a cruzar muchas más veces a lo largo de mi vida. El ministro del rey, señor de Saint-Florentin, estaba dispuesto a castigarme severamente, no tanto por mis excesos sexuales —frecuentes en la época, donde, pese al secreto, se hizo célebre el «parque de los Ciervos» del puritano, hipócrita y mojigato Luis XV—, sino por mis blasfemias e impiedades. Habría que recordar que tres años después de lo que cuento fue ajusticiado por blasfemia el caballero de La Barre, lo que luego provocaría la célebre defensa de Voltaire. Eran tiempos increíbles, donde se podía hacer de todo salvo decirlo o atacar la religión. Naturalmente, pude escribir a mi familia, que tomó mi defensa en seguida, sobre todo mi suegra, ¡vive el cielo!, que se portó de maravilla, y al final el rey dispuso mi libertad, sin cargo ni juicio alguno, aunque me asignó en residencia obligada el palacio de Échauffour.

2

En total, mi detención sólo había durado dos semanas, y nadie, ni yo mismo, hubiera podido pensar que se trataba de la primera de una larga cadena que atenazaría toda mi vida. En realidad, mi vida ha estado llena de entreactos demasiado largos. Pero toda la familia se puso en marcha, el golpe fue brutal para todos, mi padre viajó hasta Fontainebleau para solicitar la gracia real —aunque luego se quejó de los gastos que le había ocasionado el viaje—, y yo mismo escribí en seguida a las autoridades, a mi suegra, al capellán de las prisiones, que me envió un confesor, mostrándome lo más arrepentido posible. No se podía hacer otra cosa.

Lo que más sorprendió, y sigue sorprendiendo todavía, tantos años después, fue la violencia relatada en el testimonio de Jeanne Testard, y sobre todo la violencia teórica contra la religión, más que la orgía sexual propiamente dicha, que fue poca cosa en realidad. Un ateo moderno diría que en todo caso se trataría de un hombre haciendo el amor por detrás a una mujer con un poco de pasta de harina hojaldrada: el último minué en París. Pero el hecho de que hubiera tantos instrumentos de tortura, varas para azotar, disciplinas de alambre fino o de cuerdas, grabados eróticos y antirreligiosos, imaginería eclesiástica y hasta versos blasfematorios compuestos evidentemente con anterioridad, mostraba a las claras que no se trataba de un acto improvisado; era uno más, dentro de una larga serie que no se pudo descubrir. Mi dinero me había costado.

Pero ¿por qué tanto furor y tanta rabia contra la religión? Eso fue lo que más sorprendió, y de lo que mi propia suegra, la presidenta de Montreuil, me pidió explicaciones una y otra vez, ya que no se contentaba con las que le proporcioné. En un principio, la regla general para conseguir el placer reside más en la transgresión que en el acto mismo: es necesario cargarlo de contenido filosófico, y el único valor que sostiene de verdad esta civilización en la que me ha tocado vivir —incluso durante la revolución y la época napoleónica— es desde luego la religión. Sin religión no hay nada, ni rey ni reino, ni imperios, ni nobles que puedan considerarse tales, ni obras de arte, ni riquezas pretendidamente honestas. Es la religión la que marca los límites del sexo, la que bendice los placeres lícitos y condena los ilícitos, quien otorga a los jueces el derecho de juzgar, a los policías el de perseguir y a los verdugos el de matar. Y sobre todo es la potencia que mantiene a los pobres en la pobreza, porque así ganarán el reino de los cielos. Voltaire lo vio muy bien, y de su «deísmo» —esto es, la necesidad de que un dios exista— Robespierre extrajo su deísmo revolucionario particular, y se inventó una religión laica y revolucionaria que terminó en un río de sangre. ¿Sangre? Las religiones están llenas de sangre, pero no la de sus pretendidos mártires, sino la de sus víctimas. «Se calcula en más de cincuenta millones de individuos las pérdidas ocasionadas por las guerras y matanzas de religión. ¿Y acaso hay alguna de entre ellas que valga tan sólo la sangre de un pajarillo?»

Esta última frase, que algún día se hara célebre cuando se conozca, pertenece a uno de los manuscritos que perdí en el asalto a la Bastilla, y que todavía no he podido recuperar; pero estoy seguro de que algún investigador no dejará de descubrirlo un día, pues la potencia de sus palabras es tal que estoy convencido de su perennidad. Su título exacto es *La vérité, pièce trouvée dans les papiers de La Mettrie*, y consiste en un manuscrito de cuatro grandes hojas de las que en cinco páginas viene un poema no muy largo así titulado, escrito en alejandrinos rimados, con un total de 136 versos, mientras que otras dos páginas contienen diversas notas al poema en sí. Hay algunas correcciones, una variante obscena de algún verso, y lo escribí —creo— en 1787, en el período más fecundo en cuanto a escritura se refiere de todo mi encarcelamiento. No me resisto a citar alguno de sus fragmentos, pues me lo sé casi de memoria: «¿Mas qué quimera es ésta, estéril e impotente / esta divinidad a imbéciles predicada / por odioso amasijo de curas e impostores? / ¿Acaso quieren contarme, como sectario suyo? / ¡Ah, nunca, yo lo juro, mantendré mi palabra! / Jamás este extraño y repugnante ídolo / delirante, infantil, producto irracional / causará en mi corazón, la más mínima impresión. / Contento y glorioso en mi epicureísmo / pretendo morir como un buen ateo / y que ese infame Dios, con quien quieren asustarme / sólo sea concebido, por mí para blasfemarle. / Sí, estéril ilusión, mi alma te detesta, / y aquí para convenceros, mejor yo lo protesto. / Quisiera que un momento pudieras existir / para gozar del placer de insultarte mejor.»

Bonito, ¿eh? ¿Acaso no decían que mis versos eran flojos y tópicos y que no permitían una buena declamación en los teatros? Yo desafío a todos los actores del mundo a que reciten *La vérité* en sus escenarios, hasta el final de los siglos. Ya verán el resultado. Creo que la medida de mis alejandrinos es excelente, que las rimas son exactas y los acentos están bien colocados. Y en cuanto a su contenido, me reafirmo en él también ahora, más de un cuarto de siglo después, salvo en la parte en la que glorifico a la naturaleza, pues le atribuyo la razón de todos los excesos. La tiene, pero no es tan optimista mi juicio al final.

El poema está colocado bajo la advocacion de La Mettrie, y tengo que hablar de mis lecturas ahora. Siempre he leído mucho, desde mi juventud, conozco a todos los clásicos, leo el latín, el italiano, el alemán, y me entiendo en español e inglés. Adoro a los grandes clásicos griegos y latinos, a los franceses, a Shakespeare, Cervantes, Rabelais, a los ingleses Richardson y Sterne, y a los franceses de mi siglo, Voltaire, Rousseau y Diderot, desde luego. Nunca dije nada de Choderlos de Laclos, ni lo diré jamás: es un gran artista y un redomado hipócrita: al final, en *Les liaisons dangereuses*, esa obra maestra fallida, tiene que condenar a los libertinos, matar al vizconde de Valmont y arruinar y picar de viruelas a la marquesa de Merteuil, que son los dos mejores y más grandes personajes de su novela. ¿Novela? ¡A saber! Todo el mundo dice que es una copia de la realidad.

Quien no me gusta nada es ese imbécil grafómano de Restif de la Bretonne, impresor desenfrenado de sus propios libros, que escribe directamente con los tipos de imprenta porque no sabe manejar la pluma. Escribe sin parar, dice que es un autor realista, que sus libros están copiados de la realidad, aunque también tenga utopías enloquecidas e impracticables, pero al final nada vale nada. No tiene estilo, ni sabe construir, es un delator y confidente de la policía, y hasta se atrevió a publicar clandestinamente una refutación de mi *Justine* titulada precisamente *L'Anti-Justine,* en la que, frente a las desgracias que yo acumulaba sobre mi virtuosa heroína, él contraponía los placeres paradisiacos de una pareja de amantes que al fin y al cabo eran padre e hija. ¡Si hasta va a resultar que he influido en quienes más desprecio, y que hasta Restif resulta sádico antes —o a la vez— que Sade!

Pero, bueno, lo que sucede es que Restif de la Bretonne carece de imaginación, que sus incestos con su hija Agnès son ya de dominio público, y así sucesivamente. Yo, desde luego, nunca he sido un escritor realista, ni lo seré jamás. Utilizo lo real y lo trasciendo, lo llevo hasta más allá de cualquier límite, me sirve de palanca para negarlo, destrozarlo, y así revelarlo mejor, lo exagero hasta convertirlo en una fantasía, en una alegoría, en toda una simbología de nuestra condición humana: como los cuentos infantiles, como los de hadas, como las novelas negras, los folletines, los melodramas, las novelas de aventuras y de viajes y hasta los cuentos filosóficos.

Y, a propósito de filósofos, me olvidaba citar entre mis lecturas a los pioneros del materialismo, a Helvetius, al barón de Holbach y su *Système de la nature,* y a La Mettrie con *L'homme-machine.* Creo que estos autores, que utilizo y refuto cuando quiero, para ir siempre más allá —¿acaso no me quejaba a mi esposa en prisión, pues me enviaba la refutación del de Holbach, pero no el *Système de la nature*?— han sido maltratados hasta por los enciclopedistas mismos, que por otra parte han sido bastante tímidos en su gran obra en relación con la religión. Ni D'Alembert, ni Diderot, ni Voltaire, se han comprometido demasiado en este terreno. La religión fue para ellos un tabú, y toda mi vida y mis escritos se han dirigido siempre contra cualquier tabú. Ahí ha estado mi libertad.

Pero mi primer escrito dirigido frontalmente contra la religión y la Iglesia fue el *Dialogue entre un prêtre et un moribond* compuesto en mi celda del torreón de Vincennes en el verano de 1782, de una sola tirada, sin apenas correcciones. Si los enciclopedistas fueron muchas veces anticlericales, y hasta antirreligiosos, también atacaron frecuentemente a los ateos y al ateísmo en general, y en esta mojigatería cayeron en el deísmo libre o en la creencia en una naturaleza bienhechora; pero allí estuve yo para proclamar en voz bien alta la necesidad del ateísmo como un absoluto primordial, del que es necesario partir en todo momento. Luego escribiría la *Pensée sur Dieu, La vérité,* ya citada, o mi *Pétition* de la sección des Piques a los representantes del pueblo francés, del 15 de noviembre de 1793, en la que propuse el culto idolátrico a las Virtudes en los altares mismos ya desafectados del catolicismo. Y por último no quisiera dejar pasar el largo panfleto que incluí en mi novela dialogada *La philosophie dans le boudoir,* de 1795, con el título *Français, encore un effort... si vous voulez être républicains.* De todos estos textos, los tres primeros se perdieron en el asalto ya citado a la Bastilla; el penúltimo pude publicarlo normalmente —era un ensayo político—, y el último tuvo que aparecer como de autor anónimo.

Me divirtió mucho escribir ese diálogo entre un cura y un moribundo, que además es algo perfectamente teatral, como a mí me gusta hacer, hasta el punto de que pienso que podría escenificarse con facilidad. Cuando el cura llega a consolar al moribundo, lo primero que le dice es que se arrepienta, y se lleva la sorpresa de que el enfermo accede con toda rapidez: «Sí, amigo mío, me arrepiento...»; mas poco le dura la alegría, ya que de lo que se arrepiente el moribundo es de no haber seguido con mayor energía las tendencias viciosas de su naturaleza, y prosigue su provocación en forma de parodia y de falsa lamentación denunciando en el «divino redentor» al «más ordinario de todos los granujas y al más insulso de todos los impostores». Y al cura que se indigna y pide a Dios que aplaste al moribundo blasfemo —«¡Oh, dioses, le escucháis y no le fulmináis!»—, este último responde con falsa humildad: «No he cosechado más que flores, siendo así que hubiera podido conseguir una amplia recolección de frutos.»

Profesión de fe materialista, insultos contra Dios y

sus imbéciles seguidores, mi moribundo no es solamente un hereje, como llega a veces a creer el sacerdote, sino un ateo integral, que dice de Cristo: «Era sedicioso, turbulento, calumniador, granuja, libertino, grosero, impostor y malvado y peligroso, pues poseía en más el arte de imponerse al pueblo.» Y el asombroso final, cuando el moribundo llama y entran las mujeres para corromper al predicador... seis mujeres más hermosas que la aurora... sí, desde luego, pocas veces me he divertido tanto. Esa «pueril religión era una de las mejores armas en manos de nuestros tiranos», como digo en *Français, encore un effort*... Hay que desarraigar esa planta maligna que es la religión, abatir para siempre el árbol de la superstición, suprimir los templos, derribar los ídolos, hacer leña de los confesonarios y liberarnos del cetro y el incensario a la vez: «¿Qué os ofrece, os lo pido, esa imbécil religión? ¿Acaso ese insulso impostor de Nazaret provoca en vosotros alguna gran idea? ¿O alguna virtud su repugnante y sucia madre la impúdica María?... La religión es incoherente con el sistema de la verdadera libertad.» Y punto.

3

Pero volvamos a la baja Normandía, al palacio de Échauffour, propiedad de mi familia política, donde la gracia real me había asignado residencia obligatoria a mediados de noviembre de 1763. Lo primero que hice fue dejar embarazada a Renée-Pélagie, como medida de precaución, para que se olvidara más de prisa del escándalo de Jeanne Testard. Poco después mi tío el abad publicaba el primer volumen de su *Petrarca*, lo enviaba a la corte y todo el mundo se hacía lenguas de sus exquisitas cualidades. A la primavera siguiente mi esposa había perdido el hijo que esperaba, y el rey me permitió volver por tres meses a París. De hecho, en noviembre fue derogada la asignación a residencia.

Mientras tanto, en los castillos de Évry y Échauffour nos pusimos a hacer teatro como locos, y yo a actuar, dirigir y a escribir cancioncillas finales para los espectáculos. Me gusta un díptico de una de ellas, que todavía recuerdo: «No hay que extrañarse de nada / sólo hay un paso del mal al bien.» Obras de Regnard, de Gresset, de Rochon de Chabannes y sobre todo *L'avocat Patelin*, de Brueys y Palaprat, hicieron las delicias de la familia y sus amistades. Y en mayo de 1764, en Dijon, fui recibido por el Parlamento de Borgoña como lugarteniente general del rey en las provincias de Bresse, Bugey, Valromey y Gex, y tuve ocasión de pronunciar un noble y elevado discurso de buenas intenciones. Lo único que lamento ahora es no haber conocido más de cerca al presidente Des Brosses, que luego escribiría su célebre *Viaje* o *Cartas desde Italia*, pero que sobre todo era un libertino discreto y concienzudo, y que por aquel entonces formaba parte del Parlamento de Borgoña, aunque no ejercía demasiado como tal.

Mi mujer volvió a confiar en mí, mi suegra seguía vigilante de todas formas, aunque gentil, seductora y cercana, pero yo no sospechaba por entonces que otros ojos se habían fijado en mí. Y eran los del inspector Marais, que hacía sus informes para el jefe de la policía, el señor de Sartine, que mediante resúmenes entretenía a su majestad Luis XV y a sus más cercanos parientes y amigos con historias y anécdotas de la vida mundana parisién. Marais había dicho después de conocerme, cuando me conducía a Vincennes: «Volveremos a oír hablar del señor marqués de Sade.» Y volvió, él el primero desde luego, pero durante mucho más tiempo que el que calculaba y con peores consecuencias al final para los dos, como ya se verá.

Por aquel entonces los espías de Marais presentaban sus informes: «El señor de Sade se ha acostado esta noche con la señorita Colet, actriz de la Comedia Italiana», pudieron decir al final de 1764, aunque tras comprobar que ya venía algún tiempo haciéndolo sin que lo hubieran sabido. Lo cierto es que mi trabajo me costó. La Colet era alta, graciosa, aunque no demasiado guapa, pero sus encantos eran otros. Tenía, en primer lugar, un ingenio vivo y fértil, era muy divertida, y hacía el amor con una prodigiosa tenacidad. Había debutado a los quince años, y tenía veintiuno cuando la conocí, y, aunque había pasado por varias manos —una de las cuales le contagió unas purgaciones de las que ya estaba curada—, en la segunda mitad de aquel año compartía sus favores entre el señor de Lignerac, que le daba veinte luises al mes, y el conde de Rochefort, cuya contribución se elevaba a treinta, más el pago de algunas deudas atrasadas. Entre otras cosas, este último le regaló un par de pendientes con diamantes, de no menos de cuatro mil libras de precio; también se interpuso un momento el caballero Elchin, noble inglés muy enamoradizo, quien la poseyó mediante treinta luises de oro por la noche.

El lunes 15 de julio, al salir de la Comedia Italiana, le envié una carta inflamada —«es difícil veros sin amaros, y más todavía amaros sin decíroslo»— que sin embargo la enojó, sintiéndose ultrajada de tanto fervor repentino. Una hora después le envié otra de arrepentimiento —«¡qué desgraciado soy al haberme entregado en exceso a toda la violencia de mi pasión!»—, jurándole respeto y amor eterno. Bueno, ya se sabe cómo se hacen las cosas, aunque tengo que decir que me costó más de lo que esperaba. Un error táctico, pues la señorita Colet, dentro de su vida lujuriosa y libertina, basaba su comercio y rentabilidad en saber guardar las apariencias, y aparentar resistir más de lo que en realidad resistía. Además, yo no podía competir en riquezas y dádivas con aquella caterva de adoradores demasiado adinerados para mis escasos recursos. Mi suegra seguía teniendo los cordones de la bolsa.

Por mucho que lo retrasara, la señorita Colet cedió, y aquello fue una verdadera delicia, aunque me costaba veinticinco luises al mes: su avaricia no tenía remedio, hasta el punto de que muchas veces se iba con un nuevo amante que le interesaba más bien poco para lograr más dinero simplemente. Y así se vino conmigo estando el marqués de Lignerac como titular, lo que naturalmente no me satisfacía a mí tampoco, por lo que procuré ir a solazarme por mi cuenta a casa de la celestina Brissault, una nueva amiga que me proporcionaba jovencitas con las que ejercer talentos un poquito más enérgicos. La familia de Lignerac le cortó los víveres, por lo que dicho caballero tuvo que dejarme el puesto de titular en el lecho de la señorita Colet, lo que no dejó de colocarme en posición bastante embarazosa, ya que yo no tenía suficiente dinero para mantenerla en solitario: era insaciable en el amor y la bolsa. La Brissault me aconsejó que la dejara, pero lo que me incitó a hacerlo en realidad fueron los celos, pues el de Lignerac la veía de vez en cuando todavía, y la citada señorita recibió costosísimos regalos cuyo origen no supo explicarme.

Quien me lo explicó bien fue una quinta e inesperada persona, mi propia suegra, la presidenta de Montreuil, que estaba mucho más enterada de mis correrías de lo que yo podía suponer. Fue el duque de Fransac quien regaló aquellas joyas a la señorita Colet, lo que me impulsó a romper con ella y pedirle que me devolviera mis cartas. Se puso rabiosa, y me insultó, pero yo insistí: «Me voy —le dije—, y encuentro tanto placer ahora al alejarme de vos como el que antaño tuve cuando me acercaba.» Hice bien, pues al duque de Fronsac sucedió otra vez el caballero Elchin, el inglés, y el propio Lignerac, que fue su amor más sostenido. Pero sus excesos le costaron caro. La vi alguna que otra vez todavía, y con cierto gusto, aunque nunca la reconciliación llegó a ser completa; pero el dinero lo colmaba todo. El final no pudo ser más triste, pues la señorita Colet falleció poco más de un año después, interrumpiendo de esa manera una prometedora carrera artística y galante.

Aquellos años —1765, 1766 y 1767— estuvieron repletos de aventuras de carácter erótico, galante o simplemente prostibulario. En las casas de lenocinio ejercía mis talentos con mayor libertad, y eran frecuentes los azotes, las pequeñas torturas y los actos de sodomía; pero ello no me bastaba, y tenía además que llevar una vida mundana bastante disipada, aunque solamente fuera para arrastrar un poco más hacia allá la vigilante mirada de mi suegra, que parecía pasar por todo, pero que también procuraba ocultarlo todo a los ojos de mi sencilla y púdica Renée-Pélagie, mi santa esposa que ya me encargaba yo que fuera dejando de serlo. La intervención de la presidenta de Montreuil en el asunto de la señorita Colet fue bastante correcta, pues denunció sin reprochar, pero no dejó de proporcionarme cierto mal gusto de boca, como si yo fuera un chiquillo a quien se le toleraban sus chiquilladas; no hubo más remedio que subirlas de punto.

Y así, a la señorita Colet sucedieron más actrices, bailarinas y hasta alguna jovencita de buena familia:

la Beaupré, la señorita de C... —respetemos el anonimato—, la célebre Beauvoisin, la señorita Dorville, la señorita Le Clair, con la que me divertía en lindas sesiones de azotes, la bailarina Le Roy, y la también bailarina D..., otra de la que no quiero decir el nombre. ¡Ah!, y la señorita Rivière, también bailarina y bastante libertina, pero que me trajo de cabeza. De todas ellas, la que más me duró, con la que mejor lo pasé, me divertí de lo lindo, y con la que conservé una buena amistad, hasta que falleció no hace mucho cargada de años y de riquezas, fue la señorita de Beauvoisin, que fue primero criada y luego actriz, y uno de los primeros y más rutilantes astros de la vida galante parisién durante aquellos años. Se daba sin medida y sin recato, acumulaba los amantes uno tras otro, o más bien unos encima de otros —al principio la compartí con quien la mantenía en primer lugar, el señor Douet de la Boulay, y con el *gigoló* señor De Pienne—, pero que era alegre, franca y abierta en sus vicios, sincera y cariñosa, y para colmo buena administradora y con la cabeza siempre clara. Tenía veintidós años cuando la conocí, y había sido iniciada en la vida galante por el célebre Du Barry. ¡Ah, la Beauvoisin...! Era tan limpia... y tan fiel a su manera. Una vez, cuando el titular marqués de Louvois tuvo que marchar precipitadamente a su regimiento, le sucedió la misma noche el caballero de La Tour, un verdadero semental...

De repente, sin embargo, me dio una especie de ventolera y me fui a Avignon y al castillo de La Coste tras raptar a la Beauvoisin de las narices de todos sus enamorados, pues me la llevé conmigo y hasta muchos la creyeron mi esposa durante aquel viaje, que duró casi tres meses. Bien es verdad que nadie conocía personalmente a Renée-Pélagie en mis tierras de Provenza, y que mi conducta con la Beauvoisin era bastante inequívoca, pero nunca la presenté en realidad como si fuera mi esposa. En La Coste restauré un salón para dar representaciones teatrales, y bailes, banquetes y espectáculos se sucedieron sin interrupción, con inusitada animación y con la presencia de la nobleza y buena burguesía de los alrededores. Hasta mi propio tío, el abad de Sade, vino desde Saumane a pasar bastantes días con nosotros y no se recataba de participar en nuestras pequeñas orgías.

Pero mi suegra fue puesta sobre aviso, la familia se puso en marcha, y fui acusado por una tía religiosa —a instancias de mi suegra— de libertino y degenerado y de haber presentado como mi esposa a una mujer de mala vida. Luego me enteré que había sido el propio abad de Sade el origen de la denuncia, y no pude contenerme: «Vuestros reproches son poco moderados, querida tía —le escribí—, y en verdad no esperaba encontrar en boca de una santa religiosa palabras tan fuertes. Ni permito, ni sufro, ni autorizo que se tome por mi mujer a la persona que está en mi casa... ¿y cuando una de vuestras hermanas —mi tía la de Villeneuve-Martignan— casada como yo, vivía aquí públicamente con uno de sus amantes pensabais que La Coste era ya un lugar maldito?... Y en cuanto a aquel del que habéis sabido todo lo que decís, por muy sacerdote que sea, siempre tiene una pareja de putas en su casa, y perdón por servirme del mismo término que vos, y esa su casa sería más bien un serrallo que un castillo, o mejor todavía, un b...» Luego le dije que todo era producto de la sangre familiar que corría por mis venas, con lo que me desahogué a la perfección. Más tarde, en los años malos, tuve que pedir perdón y retractarme y decir que había escrito la carta al dictado de la Beauvoisin.

Mi suegra se puso en marcha para conseguir que rompiera con mi amante. Escribió a mi familia de Provenza, a mi tío el abad, se enteró de mis nuevas deudas. Volvimos a París, después de todo, primero a casa de la Beauvoisin, aunque después tuve que presentarme en Échauffour. Dejaba atrás cuatro mil quinientas libras de deudas, de las que me salvó el ingenio de la Beauvoisin, que me prestó diez mil bajo un contrato que me obligaba a pagarle hasta su muerte quinientas al año. Era buena administradora, como ya he dicho, pero en esta ocasión fue demasiado confiada conmigo. Y hubo asimismo un serio percance: la Beauvoisin tuvo un aborto, y pienso que el hijo frustrado era mío. Con lo que, una vez más, y a la vuelta de todo, tuve que dejar volar al pájaro, y la Beauvoisin volvió a su vida habitual, a brillar con mayor luz que nunca, y pasó de mis manos a las del marqués de Saint-Contest, y de las de éste al caballero de Choiseuil y vuelta a empezar. Ella misma se denunció mediante una carta anónima que me envió, y aunque en principio me irrité sobremanera —«... adiós —le escribí—; no te importunaré más, ya no te volveré a ver en toda mi vida, monstruo de ingratitud y falsedad. Sé feliz, que no turbaré tu dicha, si es que puedes serlo a pesar de la desgracia en que me sumes»—, lo cierto es que, cuando se me pasó el enfado, tuve que reconocer que su comportamiento no carecía de habilidad, entereza y cierta dignidad en medio de todo. Se trataba, una vez más, de ser sincera hasta cuando no podía serlo.

Tampoco dejé de verla del todo, y de vez en cuando nos encontrábamos, y, en alguna de estas ocasiones, si estábamos libres, recordábamos los buenos tiempos pasados y hasta los volvíamos a poner de actualidad. En 1767, el titular en los favores de la Beauvoisin, caballero de Jeaucourt, se quejaba de que le había engañado con el «pequeño Tombeuf», oficial de la guardia y con «el marqués de Sade, que parece haber vuelto con ella».

Bueno, habladurías. De todas formas, como el escándalo en La Coste había sido mayor de lo habitual, le hice otro hijo a Renée-Pélagie, y esta vez con resultado positivo, pues mi primogénito, Louis-Marie, nació en París el 27 de agosto de 1767. En enero de este mismo año, a los sesenta y cinco años de edad, había fallecido mi padre, Jean-Baptiste-Joseph-François, conde de Sade; mi pesar fue tan sincero que hasta me devolvió los favores de mi suegra, bastante recelosa al final de todas estas historias. También por estas fechas fui nombrado capitán comandante de un regimiento de caballería, y tuve que incorporarme al ejército durante algún tiempo, pero ello me sirvió para escaparme a Lyon y volver a ver un poco a la Beauvoisin, que estuvo como nunca. Pero seguía sintiéndome constantemente vigilado, por mi propia familia, sobre todo por mi suegra, y por la policía, sobre todo por el inspector Marais y los hombres del señor de Sartine.

4

Mi madre se recluyó definitivamente en las Carmelitas, y yo alquilé una casita en un pueblecito de los alrededores de París, en Arcueil, desde primeros del año siguiente, que me servía para llevar prostitutas, jovencitos de ambos sexos, y organizar discretas orgías, que sin embargo dieron que hablar en el pueblo. Cobré fama de violento y pendenciero porque una vez agredí a un cochero que pretendía cobrarme de más; en fin, ya se sabe lo que sucede en las comunidades pequeñas, que todo son rumores y exageraciones.

Pero estas murmuraciones y la mala fama que empezaba a cobrar en Arcueil estallaron del todo con motivo de un asunto en sí bastante trivial, pero que hizo más ruido del necesario. Todo empezó —y terminó— el domingo de Pascua del 3 de abril de 1768, bastante temprano, a las nueve de la mañana más o menos. Yo había pasado una mala noche, pues me habían fallado unos planes previos, y me paseaba por la plaza Victoires, junto a la verja que aislaba la estatua de Luis XIV, vestido con redingote gris, chaleco blanco, espadín al cinto y bastón, cuando vi a una mendiga que pedía limosna con un extraño acento germánico. Pasaba de la treintena, y su aspecto era humilde, aunque no desarrapado, tenía unos ojos negros de extraña hermosura y a través de sus humildes ropas se adivinaba cierto equilibrio entre un cuerpo maduro y la gracia con que se movía.

Me acerqué a ella y le prometí un escudo si me seguía. Ella protestó, diciendo que era una mujer honrada, viuda de un oficial pastelero, ella misma hilandera de algodón, aunque actualmente sin trabajo. Se llamaba Rose Keller, y era natural de Alsacia, lo que explicaba su mal acento francés. Yo le dije que no se trataba de nada malo, sino de limpiar mi apartamento, y ella me siguió primero a una habitación cercana y después a un fiacre, pues le dije que el apartamento que debía limpiar estaba lejos, en una casa de campo. Ella me siguió sin protestar, y yo le dije que no tuviera miedo, que se la trataría bien, mientras cerraba las ventanas del coche, lo que indicaba a las claras que se trataba de un encuentro libertino, a lo que ella no respondió nada, de donde deduje que aceptaba en resumidas cuentas.

Llegados a mi casita de Arcueil subimos al primer piso, y allí la dejé sola en un cuarto con dos camas, encerrada con llave, pues yo tenía que ir a despedir a otras dos jovencitas que había llevado también a la casa mi criado Langlois. Volví una hora después, con una candela en la mano, y le dije: «Bajemos, amiga mía», a lo que ella no respondió, siguiéndome a otro cuarto en la planta baja. Allí le ordené que se desnudara, y ella se negó, pero yo la amenacé de muerte, diciéndole además que si lo hacía no debía temer nada, pues era para divertirnos un poco. Ella se resistió, pero finalmente se quedó en camisa, prenda que yo le arrebaté dejándola en cueros vivos. En el cuarto vecino la tendí decúbito supino sobre un canapé, donde, cubriéndole la cabeza con un cojín, la azoté con unas disciplinas de cuerdas a nudos, tres o cuatro veces como mucho, mientras ella gritaba y se quejaba. Yo me había vestido sólo con un chaleco sin mangas y un pañuelo en la cabeza, mientras la azotaba, y la hice callar amenazándola con un cuchillo: «Te mataré y te enterraré con mis propias manos», le dije ferozmente, y se calló, llorando sin embargo y diciendo que no quería morir sin haber cumplido con Pascua. «Yo mismo te confesaré», le grité, pues me venía ya el orgasmo, al que me entregué por completo, como en una especie de ataque y lanzando gritos enormes.

Cuando todo hubo terminado, le puse pomada en las heridas de los latigazos, y le dije que se lavara y limpiase bien. Una vez repuesta, le di de comer —buey cocido, pan y vino—, y la volví a encerrar en el cuarto del primer piso donde antes la había dejado esperando al llegar a la casa. En realidad, tenía pensado guardarla allí, bien alimentada y tratada desde luego, al menos durante algunos días más para repetir la sesión, que para mi gusto había resultado excepcional. Pero todo el mundo sabe lo que sucedió después. Rose Keller estaba muy asustada, pudo anudar dos sábanas y escaparse por la ventana.

Mi criado Langlois la siguió con una bolsa de dinero, prometiéndosela si volvía, pero la Keller, en camisa y desmelenada, tropezó con un grupo de mujeres de Arcueil a las que pidió socorro. Eran las cinco de la tarde del mismo día, todo había terminado, pero ahora todo empezaba para mí, varios procesos, el escándalo, las exageraciones y leyendas que desde entonces me han rodeado, y hasta la prisión, pues no recobraría la libertad casi hasta fines de ese mismo año. En fin, puede decirse que el «otro» marqués de Sade, el terrible, el temido y celebrado, el odiado y censurado hasta el final, nació ese mismo día de Pascua, en esta pequeña orgía de sexo y violencia, que por otra parte apenas tuvo nada de terrible. Allí desapareció mi verdadera persona, y empezó a vivir la caricatura en la que al final me han convertido.

Naturalmente, hubo diferencias entre los testimonios de Rose Keller y el mío propio. Ella negó que en ningún momento hubiera sabido que la había contratado para una sesión erótica ni sexual; que la había llevado engañada a Arcueil, y que la había atado al canapé de brazos y piernas para poder azotarla mejor sin que pudiera escapar. También dijo que la había azotado nueve o diez veces, y con varas y disciplinas alternativamente, y que le había apuñalado con una navajita, vertiendo cera y lacre en sus heridas. En fin, toda una fantasmagoría que no reposa sobre la menor realidad. Ella supo siempre de qué se trataba, se mantuvo quieta en el canapé, aterrorizada o no, o acaso por gusto, quién sabe, no la apuñalé ni le produje cortes y ni siquiera excoriaciones o incisiones, como también se ha dicho, y lo que tomó por cera no era sino pomada para curar las heridas que le había producido. Eran heridas de verdad, pero no más graves que las habituales en estos casos. De ahí a fabricar leyendas negras sobre mujeres torturadas y asesinadas —y luego dirían que envenenadas cuando el asunto de Marsella—, enterradas o disecadas y hasta momificadas, habitaciones repletas de huesos humanos, o jovencitos de ambos sexos asimismo víctimas de mis sevicias, va tanto trecho como del día a la noche. Pero una *Gaceta de Holanda*, o alguna carta de la señora Du Deffand a Horace Walpole, el diario del librero Hardy, o los testimonios a toro pasado de Mirabeau y Restif de la Bretonne, o el horroroso panfleto terrorista de Dulaure o el *Tribunal d'Apollon*, basado todo ello en las exageraciones histéricas de las comadres de Arcueil, han podido vencer a la verdad que se estableció en los tribunales de justicia.

Hay un dato sin embargo que posiblemente haya coadyuvado, aunque indirectamente, a forjar estas leyendas irresponsables, y es el de mi peculiaridad sexual, bastante manifiesta en este caso, y que sin embargo no sería correctamente estudiada hasta mucho después. ¿Por qué? ¿Por qué no se analizó más a fondo esta característica de mi sexualidad en el proceso mismo que siguió? Pues bien, y aunque esto parezca una provocación, voy a decir por qué: porque no es algo tan excepcional, porque quien más o quien menos ha experimentado sensaciones parecidas, y porque en resumidas cuentas en el placer sexual está integrada una buena dosis de violencia, que a nadie puede extrañar. ¡Mas, ay, cielos!, ¿quién creerá al marqués de Sade cuando diga que él no ha inventado el sadismo, que existe desde siempre, desde que el mundo es mundo, pues forma parte de la naturaleza humana, y es un componente de lo que llamamos amor, o sexo cuando queremos ser un poco más serios?

De hecho, nadie pudo entender en un primer momento por qué a Rose Keller apenas la toqué, salvo para cuidar de sus heridas; mi sexo se mantuvo lejos de su cuerpo, y tan sólo se alimentó de lo que mis ojos veían. Pues el placer que aquella mujer me dio, desnuda, tendida boca abajo en aquel canapé de tela indiana blanca y roja, con las nalgas erguidas y el terror pintado en sus ojos negros, aferrándose con todas sus fuerzas al suave tejido que se arrugaba crujiendo bajo sus dedos espasmódicos, gimiendo por su vida, llorando suavemente o aullando a gritos, ha sido uno de los mayores que he sentido en mi vida, llegando así hasta un orgasmo pleno, cosa que no me suele resultar fácil de conseguir. En efecto, mis orgasmos tardan bastante, y cuando al final llegan, tras sucesivas e insistentes excitaciones, vienen en medio de un furioso ataque de todo el cuerpo, que se conmueve, vibra y se sacude enérgicamente, mientras aúllo con todas mis fuerzas y derramo una gruesa y espesa cantidad de esperma muy granulado, como medio solidificado, que señala el punto culminante de todo el proceso.

Esta ceremonia singular, a la que ni siquiera Renée-Pélagie se ha acostumbrado del todo —y por otra parte no es de extrañar pensando que pocas veces consigo llegar con ella al orgasmo pleno—, resulta ser bastante personal, y difiere en intensidad a lo que sucede en el resto de los seres humanos, según me han confesado algunas amigas expertas, a quienes por lo general no las asustaba en absoluto. Pero, como se puede imaginar, también el grado y la intensidad de mi placer ha resultado siempre ser muy superior, y sólo cuando he sabido comunicar este fuego y esta pasión he podido hacer el amor de verdad, y hacer sentir a mis interlocutores sexuales algo parecido a lo que yo mismo siento, y así triunfar plenamente en mis relaciones amorosas, que siempre han sido lentas y trabajosas al principio, pero enormemente satisfactorias al final, hasta el punto de que todas las mujeres que han gozado conmigo sexualmente de verdad nunca han podido separarse del todo de mí, y siempre han conservado por mi humilde persona un aprecio y una fidelidad a toda prueba, desde la señorita de Lauris o la Beauvoisin hasta mi propia esposa o mi *Sensible,* Constance Quesnet, pasando por la muy alta y reverenda canonesa Anne-Prospère de Launay, mi hermosa, delicada y desenfrenada cuñada.

Pero todavía no hemos llegado a ello, y aún me quedan por explicar muchas otras cosas. En primer lugar eso que he anotado de que el sadismo ha precedido al marqués de Sade desde siempre; ejemplos de crueldades mezcladas con el amor existen desde el origen del mundo, y no es preciso extenderse demasiado en ello, desde Calígula y el papa Borgia a mi hermosa antepasada Charlotte de Beaume, ya citada; pero es que además no puede ser de otra manera, ya que en el encuentro sexual, si es pleno, la violencia late desde el principio y estalla al final con toda su fuerza: es el choque de dos naturalezas, de dos energías que se liberan intentando al mismo tiempo que darse, superar a la otra, entregarse y apoderarse al mismo tiempo. Esto es, el amor es sexo, y el sexo es violencia en último término. ¿Qué de extraño tiene entonces que haya amantes que ejerzan esa violencia para excitarse más, o que también acepten experimentarla en carne propia? Pues no se olvide que existe también lo que podríamos llamar el «sadismo pasivo» —no me gusta el nombre, alguien inventará otro—, esto es, el del placer que experimenta quien padece esa violencia. Violencia que puede ser física, y que hasta es deseable que lo sea, pero también mental, como al fin y al cabo fue el caso de Rose Keller. Pues, en verdad, todo el asunto se podría haber reducido a una azotaina un poco dura, lo que ya era algo desde luego, pero lo que en realidad me conmovió y me llevó a las puertas del paraíso no fueron los azotes ni las heridas, sino el terror en el hermoso y maduro rostro de aquella mujer vibrátil, que gracias a mi cruel representación creía de verdad que estaba a las puertas de la muerte. Fue más fuerte que ella y quizá por eso mismo se escapó. ¡Lástima!

Pero, bueno, las comadres de Arcueil se fueron juntando unas a otras, cuidaron —mal— de Rose Keller y la llevaron al procurador real, al brigadier de la guardia y a un notario, cuya mujer, Marie-Louise Jouette, una verdadera histérica, se puso en marcha con una violencia inaudita, facilitó la intervención de su marido y llevó a mi pobre y encantadora víctima hasta el juez, quien escuchó a seis testigos —¿testigos de qué, si todo había pasado entre dos únicas personas?— e incoó el correspondiente procedimiento criminal. Mi esposa llamó en seguida a mi antiguo preceptor, el abate Amblet, y mi suegra lo destacó con un amigo jurista a Arcueil, para intentar calmar los furores de Rose Keller mediante la correspondiente indemnización. La alsaciana los recibió tendida boca abajo en una cama en casa de la Jouette, y les declaró que estaba «inapta para servir» —¡qué ironía!— y les pidió mil escudos para su desestimación. Al final, tras varias idas y venidas, aceptó dos mil cuatrocientas libras, más siete luises de oro para cuidados y medicinas.

Mas no acabó aquí la cosa, pues intervino otra vez el señor de Sartine, con el inspector Marais y toda la caterva de la brigada mundana, como podríamos llamar a su policía secreta, que dictaminó mi prisión en el castillo de Saumur, a donde me condujo mi querido abate Amblet. El asunto fue llevado al Parlamento de París y al tribunal criminal de la Tournelle, y un nuevo elemento añadió gravedad al asunto: lo sucedido tuvo lugar el día de Pascua, en lo que quiso verse una deliberada blasfemia. Así, los jueces volvieron a oír a más testigos, a Rose Keller, a todo el mundo menos a mí, aunque me defendió el abate Amblet. Para mi familia, todo el asunto estaba siendo artificialmente exagerado, pero ¿cómo atajar tal cúmulo de rumores y falsos testimonios de segunda y tercera mano? En Saumur fui correctamente tratado, y comía en la mesa del comandante del fuerte, pero en mayo llegó el inspector Marais para conducirme a otra fortaleza, la de Pierre-Encise, en las cercanías de Lyon.

Aunque la desestimación de Rose Keller fue decisiva, ya que el rey me otorgó una orden de abolición del proceso, no impidió que tuviese que declarar personalmente en junio ante el juez en la Conciergerie de París, al que presenté la orden real. No faltan quienes señalan que la enemistad entre mi suegro, el presidente de Montreuil, y otro alto magistrado, el señor de Maupeou, agravó más las cosas. Pero al final al asunto quedó resuelto. Aunque no se me concedió la libertad todavía, ya que estuve en prisión hasta el mes de noviembre, el hecho es que la Cámara en pleno del Parlamento de París me condenó a una multa y a pagar las costas del proceso.

Mi esposa, que en esta ocasión se reveló ya como una fiel compañera y me defendió todo lo que pudo, vino a Lyon y me visitó frecuentemente en la fortaleza de Pierre-Encise, donde fui también tratado con corrección y dignidad. Tuve algunos problemas de salud, pues sufría de almorranas, pero a mi salida de la prisión, y por orden real, tuve que retirarme a mi castillo de La Coste. Fui solo, ya que mi esposa, de nuevo embarazada, regresó a París, donde quería dar a luz y defender además mi situación económica, que era ya bastante complicada. Según mi suegra, que siempre hizo muy bien los cálculos a su favor, yo había derrochado desde mi matrimonio la fabulosa suma de sesenta mil libras, y todo un ejército de proveedores y usureros de toda calaña me esperaban en París para cobrar sus deudas. «Vuestra situación financiera es desastrosa», dijo a mi esposa su madre, pero yo me resistía a pagar, y ya en La Coste me puse a organizar de nuevo fiestas y representaciones teatrales.

Pero no quisiera concluir este episodio de mi vida sin citarme a mí mismo, sin añadir aquí las palabras que puse en boca de la Clairwill cuando hablaba con Juliette de las delicias de la flagelación: «Nadie puede dudar hoy, a estas alturas, que la flagelación pasiva es de un gran efecto para devolver el vigor apagado por los excesos de la voluptuosidad; esta operación dolorosa es el remedio soberano del agotamiento, y opera sobre la fatiga de los riñones, la falta de fuerzas o la frialdad, y confiere a esas partes debilitadas una violenta conmoción, una irritación voluptuosa que las vuelve a encender y lanzar su semilla con infinito vigor; el agudo sentimiento del dolor en las partes golpeadas sutiliza y precipita la sangre con más abundancia... y en cuanto a la flagelación activa, ¿acaso hay en el mundo voluptuosidad mayor para seres tan endurecidos como nosotros? No hay nada que conlleve mejor esa imagen de la ferocidad, que satisfaga más, en una palabra, esa inclinación a la crueldad que hemos recibido de la naturaleza... ¡Oh, delicia, someter a un ser joven e interesante y dulce y que en lo posible posea algunas afinidades con nosotros, y hacerle padecer con dureza esa especie de suplicio, divertirse con sus lágrimas, excitarse con sus quejas, irritarse con sus saltos, inflamarse con sus sacudidas, con esos retorcimientos voluptuosos que el dolor arranca a su víctima, hacer derramarse su sangre y sus lágrimas, saciarse en ellas, gozar sobre su hermoso rostro de esas mismas contorsiones del dolor, recoger con la lengua esos líquidos purpúreos que tan bien contrastan con su tez liliácea y una piel blanca y suave, aparentar calmarse un momento para volver a proferir nuevas amenazas cada vez más fuertes y no ahorrar nada en la cólera, y recorrer con la misma rabia las partes más delicadas, esas mismas que la naturaleza parece no haber creado sino para homenaje de los más idiotas, como son los pechos o el interior de la vagina o el mismo rostro!...» Perdón por estos párrafos tan largos, que me parecen, sin embargo, suficientemente expresivos.

5

Los cuatro años siguientes fueron un poco confusos, en verdad. Volví a La Coste, donde poco a poco me instalé casi definitivamente, pero de allí regresé a París, nuevamente con licencia real, mi esposa dio a luz a mi segundo hijo, más sólido y duro que el primero, Donatien-Claude-Armand, que nació el 27 de junio de 1769, y que al fin y al cabo va a ser mi único superviviente y el heredero de mi linaje, aunque sé de sobra que no me lleva en su corazón y que lo que desea es enterrarme lo antes posible para poder olvidarme mejor y más de prisa. Es un tacaño, ya me ha robado toda mi fortuna —o lo que quedaba de ella, aunque también posee la herencia de la familia materna, que sigue siendo cuantiosa—, y me ha arrebatado documentos y manuscritos que posiblemente destruirá. Aunque no lo sé en verdad, pues en nuestras familias siempre se conserva todo, es una manía profunda, y es posible que lo que haga es sepultarlo todo bajo miles de llaves y en los lugares más escondidos.

También viajé por Holanda, donde intenté publicar un breve escrito erótico, aunque sin demasiada fortuna, pues no conservo ni un solo ejemplar, y la edición, pequeña, desapareció en seguida; asimismo esbocé un viaje a Holanda en cartas, pero también he perdido el manuscrito, y eso que era trivial y no tenía complicaciones morales de ningún tipo. El rey no me quería en la corte, y así me lo hizo saber, aunque no había necesidad alguna. Nunca me gustó la vida de cortesano. También tuve que incorporarme al ejército, esta vez como comandante de un regimiento de caballería, pero mis oficiales superiores se negaron a recibirme, dada mi mala fama, con lo que me contenté con que me ascendieran a título honorífico y mi carrera militar terminó de una vez. El 17 de abril de 1771 nació mi tercer hijo, una niña por fin, a la que llamé Laure, como es natural, exactamente Madeleine-Laure, pero que en modo alguno satisfizo mis aspiraciones. Siempre fue fea, desde muy niña, y su fealdad se acrecentó con la edad, siempre vivió pegada a las faldas de su madre y falleció poco después de ella, sin que hubiese conocido varón. No pareció jamás ser hija mía, y en ella venció la sangre puritana, ortodoxa y mojigata de su madre, aunque tengo que reconocer que al menos Renée-Pélagie intentó en algunos momentos de su vida cambiar su naturaleza y prestarse a mis deseos con toda su voluntad, pese a que al final venciese su inclinación natural y regresara al limbo convencional del que no pude arrancarla en definitiva.

Mis jaleos económicos no terminaban nunca, y hasta estuve unos días en prisión por deudas, aunque salí pagando tres mil libras y firmando más documentos para pagar el resto en fechas determinadas. Total: que, cansado de tanto viaje y tanto ajetreo, me volví a La Coste, acompañado por mi esposa, mis tres hijos, y, agradable sorpresa, de mi hermosa cuñada la canonesa Anne-Prospère de Launay, que abandonó el convento —en realidad la vida religiosa no le sentaba nada bien, y ya había hecho planes con su madre, mi digna y vigilante suegra, para poder casarse algún día— y decidió venirse a vivir algún tiempo con nosotros en Provenza, en ese excepcional escenario de mi castillo de La Coste que siempre fue para mí mi sanctasanctórum, mi refugio, mi paraíso, mi útero verdadero, el lugar del mundo donde mejor y más intensamente he vivido. ¡Oh, La Coste, nido de águilas, castillo del terror y del placer, laboratorio de mis mejores experiencias, panoplia de escenarios y espectáculos sin fin, desalmenado y perdido ya para siempre! Me gustaría hablar de La Coste un poco, pues ha sido para mí un lugar casi sagrado, y sus piedras han sido regadas con mi sangre, mis lágrimas y mi esperma. Pero no sé cómo hacerlo en realidad, no tengo palabras, enmudezco de rabia y de pasión al pensar que ya no es mío, que tuve que venderlo —y además a un sinvergüenza, que por otra parte ya ha recibido su merecido—, y que lo que más desearía es poder recobrarlo para salir de aquí y volver a él, derruido como está, para reconstruirlo y terminar mis días entre sus viejos muros, sus poternas, fosos, puentes levadizos, y su vista infinita sobre el extenso e ilimitado valle del Calavon.

Habría que empezar diciendo que La Coste es un castillo. Pero no uno de esos «castillos» o *chateaux* a la francesa, que no son sino lindos y lujosos palacios blandos y galantes, que nada tienen que ver con los altivos y rocosos castillos de Castilla, allá en España, que es a lo que más recuerda La Coste. Es un castillo escarpado, construido sobre un enorme promontorio rocoso —en realidad, su verdadero arquitecto ha sido la gigantesca roca que lo sustenta, pues sobre ella se ha edificado y se ha excavado siguiendo sus límites y ajustándose a sus condiciones—, que en un principio albergó un campamento romano, aunque ya con anterioridad era un refugio prehistórico. Allí se construyó el primitivo castillo, que fue parcialmente derruido cuando se retiraron los sarracenos tras la batalla de Poitiers, y existe un documento que relata la crónica de la iglesia de Apt donde consta el nombre de su reconstructor en el siglo XI, el barón Eldebert, pero de dichos trabajos sólo quedan los subterráneos excavados en la enorme masa rocosa. En realidad, fue la familia de los Simiane quien habitó La Coste durante siglos, exactamente desde 1461, cuando lo heredó Barthélémy de Simiane, quien residió en él permanentemente y lo reconstruyó casi por completo, y 1716, cuando uno de los últimos descendientes, aliado a mi familia por matrimonio, falleció sin herederos y lo legó a mi abuelo paterno.

Naturalmente, a los pies del castillo nació un poblado, Lacoste, que además tuvo una vida bastante agitada, pues fue un reducto protestante en un país predominantemente católico, enclavado entre dos ayuntamientos fértiles y poderosos, como Bonnieux y Menerbes, y además allí se refugiaron también algunos restos de la herejía valdense, que fueron salvajemente exterminados en el siglo XVI. El castillo y el pueblo están situados en la región de Avignon, por debajo del monte Ventoux y los Alpillos, y en las primeras estribaciones de las cadenas de los montes del Luberon, descendiendo hacia Aix-en-Provence y la región de Marsella. La masa pétrea se extiende de norte a sur, teniendo a un lado la abrupta bajada hacia el valle, donde relucen los viñedos, los almendros, las encinas y los extensos pinares de Provenza, y los huertos más lejos, ya acercándose al Calavon, y una extensa y alta llanura en su flanco izquierdo, separado del castillo por un gran foso que había que cruzar por puente levadizo. Allí estaba la gran entrada principal, que daba sobre un patio de armas, y otro recinto amurallado con una nueva gran puerta que se abría sobre el verdadero patio del castillo, allí donde se hallaban la gran galería frontal, la entrada a la capilla a la derecha, a la gran cocina y los servicios a la izquierda, la cisterna adosada que recogía el agua de la lluvia y al frente el gran salón-comedor, escenario de muchas y muy agradables fiestas, donde cabían seis grandes mesas y hasta sillas para veintidós comensales, en más de cuarenta metros cuadrados.

En la torre nordeste, un gran salón de juegos y en el ala de la capilla los cuartos rojo, verde y azul, con sus correspondientes servicios de baño. En la primera planta la marquesa tenía sus habitaciones en el interior del ala oeste, habiéndome reservado yo la torre nordeste, mientras en el ángulo noroeste hice construir el verdadero corazón del castillo, al lado de una gran terraza, un salón de 120 metros cuadrados para las representaciones teatrales, del que el escenario ocupaba más de treinta, y había espacio suficiente y holgado para más de un centenar de espectadores. En esta planta también, pasada la capilla en el ala este, una serie de habitaciones constituían lo que se ha llamado mi laboratorio, en el que las leyendas hablan de experimentos sexuales y criminales sin fin. Es cierto que allí alojé muchas veces a jovencitos de ambos sexos, que me ayudaron a celebrar lo que algunos denominan «misas negras», dentro y fuera de la capilla, y que las orné con abundantes grabados y pinturas eróticas, tapices sombríos y hasta huesos humanos que me proporcionaron para nuestras sombrías y gozosas ceremonias. Pero nadie murió allí jamás, pues yo he podido ser un libertino, pero nunca he sido un criminal, no se olvide, y jamás nadie pudo probar lo contrario.

El segundo y último piso, de construcción más reciente, albergaba un inmenso granero y múltiples dependencias de servicio, y hasta en ocasiones allí me refugié cuando me perseguía la justicia, con excelentes resultados, pues se trataba de un escondite bastante recatado, hasta mi detención final que fue precisamente en esas dependencias en 1778.

Nadie sabe los esfuerzos que hice para convertir aquel nido de águilas en una habitación cómoda y refinada, la cantidad de muebles, tapices, esculturas y cuadros que allí transporté e instalé, las reformas que hice en el edificio y el parque que construí enfrente, con abundancia de olivos, almendros y árboles frutales que detenían la fuerza del mistral. Mis posesiones de alrededor no eran muy extensas, sólo 120 hectáreas, pero siempre estuvieron bien cuidadas, y mis relaciones con los habitantes del poblado fueron buenas hasta la revolución. El vino de la región, no obstante —y todo hay que decirlo— nunca fue demasiado bueno, mas durante muchos años se cultivó la seda, y abundaban las «magnanerías» de gusanos de seda, y también hubo mucho contrabando de tabaco destinado a las posesiones papales del condado de Avignon, que lo tenía prohibido.

En fin, éste fue mi paraíso, mi refugio, mi santuario y mi biblioteca y mi casa de placer al mismo tiempo. En 1792 yo ya había salido de la Bastilla y Charenton, y puse todas mis fuerzas al servicio de la revolución, hasta el punto de ordenar la demolición de las almenas del castillo para simbolizar la abolición de los privilegios nobiliarios, en los que nunca creí —aunque a veces me aprovechara de ellos—, pero no me sirvió de nada, y el 17 y 18 de setiembre el castillo fue asaltado, desvalijado y demolido por una horda de delincuentes comunes que lo destrozaron todo. A pesar de sus gritos, de sus manifestaciones y protestas, me niego a creer que fueran movidos por hipotéticos furores revolucionarios, sino más bien por el ímpetu de la rapiña, del robo, de su propio interés, pues tras haberlo saqueado todo se dedicaron a una devastación inútil.

El castillo quedó en ruinas durante algunos años, hasta que, obligado por mis apuros económicos, lo vendí en 1796 al «ciudadano y representante del pueblo» J. S. Rovère, tal como estaba y por la suma de 64 000 libras. El malnacido se quejaba luego y me llamaba granuja diciendo que lo había estafado, pues las reparaciones se revelaron demasiado costosas. ¡Pues qué!... ¿Acaso no sabía el *ci-devant* marqués Stanislas de Rovère que, ayudado por un hermano obispo, se dedicaba a comprar a bajo precio las propiedades de nobles exiliados por la revolución, lo que valían las cosas por aquel entonces, y cómo había que proceder para sacarles el máximo provecho? Mediante manejos turbios como el citado había amasado una fortuna gigantesca, ¡y además se quejaba! ¿No era acaso él quien más y mejor conocía este tipo de negocios? Pero el granuja terminó mal a su vez, pues se comprometió en un frustrado golpe de Estado de la ultraderecha y fue deportado a la Guayana, donde falleció a causa de los rigores de aquel clima y sus enfermedades. Su mujer quiso unirse a él, pero su barco fue asaltado por unos piratas y al final se ha decidido a vender los restos de La Coste a un precio ridículo. Me han dicho que el mejor postor es Jacques Grégoire, el viudo de mi antigua y llorada sirvienta la suiza Gothon, que ha ofrecido mil doscientas libras. ¡Ojalá lo consiga! Nadie mejor que quien compartió el lecho con Gothon, una de las personas que más y mejor cuidaron de mi persona y del castillo, para ser digno de poseerlo. Y si algún día salgo de aquí, posiblemente pueda recuperar esas ruinas a un precio interesante, pues no creo que Grégoire tenga fortuna suficiente para poder restaurarlo, y yo, en todo caso, podría vender mi última posesión, el castillo de Saumane, cercano a La Coste, y que todavía se halla en buen estado.

6

Bueno, pues ya estoy en La Coste, con mi esposa, hijos y cuñada, desde finales de 1771, y otra vez empieza la ronda de espectáculos, fiestas y representaciones teatrales. Por fin consigo poner en escena una obra corta mía, *Le Philosophe soi-disant*, con bastante éxito entre mis amistades y el público, y otra de mayor envergadura, *Le mariage du siècle*; mas por lo general echo mano de obras de autores ya conocidos, Destouches, Saurin, Regnard, y hasta de Chamfort, Voltaire y Diderot: *Le Glorieux, Les moeurs du temps, Beverley, Le retour imprevu, Le deserteur, Le sonambule, La jeune indienne, Adelaide du Guesclin, Nanine* y *Le père de famille*, y tantas y tantas otras.

Se me ha reprochado tanto mi amor desmedido por el teatro como la escasa calidad de mi producción escénica, que sin embargo es bastante considerable. En primer lugar considero que el teatro no sólo es espejo de la sociedad y escuela de costumbres, sino una representación de la realidad, una metáfora de lo real, en fin, el arte por excelencia, ya que mediante la ficción contiene al mundo. Y en segundo lugar hay que tener en cuenta que he escrito más de cuarenta obras de muy distinto estilo y pelaje, y que siempre he querido hacerlo para que se represente, para un público que deseo lo mayor posible, luego muy heterogéneo, con lo que no puedo arriesgarme a las osadías y transgresiones que suelo emplear en mis libros. Por eso mismo, en todas estas obras que hice representar en La Coste —y también en Mazan, cerca de allí, de cuyo dominio era también coseñor— no hay obras de Molière o Marivaux, sino menores, más sencillas —alguna excelente, como *La jeune indienne* de Chamfort—, otras lacrimógenas, como la de Diderot y otras francamente detestables, como las de Voltaire. ¿Empaña además en algo el genio de Voltaire la escasa calidad de su teatro? ¿Por qué se me niega el mismo derecho? Y además, aparte de adaptar al teatro algunos relatos, como hice con *Oxtiern*, también hay en mis novelas diálogos perfectamente escenificables, o situaciones teatrales, así como en alguno de mis ensayos. Mi teatro habrá que estudiarlo también, pues está arraigado en mí y en mi obra, y en mi filosofía y en mi concepción del mundo, no se olvide.

En fin, en las cuarenta y cuatro dependencias de La Coste pasaron muchas cosas. Demasiadas tal vez, pero alguna de ellas de la mayor importancia en mi vida, y ahora paso a hablar de uno de los episodios en los que con mayor pasión entregué mi alma y mi cuerpo, posiblemente del más alto y excepcional de todos, de la historia de amor cuyo recuerdo ha colmado cada uno de los momentos de mi triste y aherrojada existencia, que todavía me hace vibrar cuando lo evoco, y del que doy gracias a mi destino por habérmelo proporcionado, aunque también fuese la causa de la mayor parte de todas mis desgracias, pues me enajenó para siempre la voluntad de toda mi familia, propia y conyugal, de la sociedad, y de mi suegra, la presidenta de Montreuil, que fue quien a la postre todo lo precipitó al conseguir la orden real que me encerraría para —casi— siempre.

Sí, ya he llegado, ya estamos en la historia de mis relaciones con Anne-Prospère de Launay, hermana menor de mi esposa Renée-Pélagie de Sade, nacida Cordier de Launay, que le llevaba cuatro años de edad. Yo contaba entonces treinta y un años, con lo que Anne-Prospère tenía unos veintisiete cuando la conocí en el sentido bíblico de la palabra. Era una de las personas que había firmado el acta de mi matrimonio, aunque por aquel entonces era demasiado joven y, mal que les pese a novelistas, manipuladores de leyendas y crédulos exagerados, no hubo nada entre nosotros entonces. La destinaban a la vida religiosa, y poco después ingresó en un convento en Clermont-Ferrand, donde su familia le había pagado una renta propia y fue nombrada canonesa honoraria. Y hete aquí que, de buenas a primeras, a pesar de los recelos de mi suegra y su digna madre Marie-Madeleine de Masson de Plissay, esposa

Cordier de Launay, presidenta de Montreuil y baronesa de Échauffour, la canonesa Anne-Prospère abandona el convento y se retira al castillo de La Coste en compañía de su hermana, sus tres sobrinos y su cuñado, el impenitente y escandaloso libertino que no hace sino poner una y otra vez en tela de juicio el honor de la familia.

Toda esta historia resulta bastante extraña, empezando por la súbita confianza que pareció embrujar a mi suegra dejando partir a su joven hija menor en tan peligrosa compañía, y no es de extrañar que posteriormente se hayan dado tantas especulaciones de todo tipo, tantas interpretaciones descabelladas, y se hayan despertado en suma tantas y tan frustradas vocaciones de novelistas que han mostrado imaginaciones a cada cual más desenfrenada al tratar esta historia. En realidad, todos tienen parte de razón, y en lo que yerran es al convertir en clave tan sólo alguno de los detalles, prescindiendo de todos los demás. En resumidas cuentas, que como todos quieren tener razón nadie la tiene en definitiva.

En un principio la única verdad era que Anne-Prospère quería dejar el convento, y propuso a su madre pasar una temporada más o menos larga fuera del mismo. En París, o en los castillos de Evry y Échauffour, no parecía muy oportuno dada la intensa vida social que llevaban por entonces los Montreuil. Fue mi propia cuañada la que propuso venirse a La Coste, iniciativa que su madre tomó en principio a mal, estando mi escandalosa persona de por medio. Y aunque la propuesta parecía en un principio bastante ingenua e inocente, por venir de quien venía, que había pasado varios años apartada del mundo, cuyos ecos le llegaban muy amortiguados, no lo era tanto en realidad, según me confesó la propia Anne-Prospère después. De hecho, mi figura despertaba más su curiosidad que su animadversión, la fama de mis escándalos en cierto modo la atraía, y al fin y al cabo, al iniciar la madurez, rubio, de ojos claros y talla media, culto e ingenioso —aunque esté mal el decirlo—, con fama de seductor y autor de canciones y piezas de teatro, y para colmo su estrecho pariente por alianza, nada tenía de extraño que quisiera conocerme y tratarme de cerca, de lo más cerca posible, aunque en principio nada explícito de sexual o sentimental se mezclara con este legítimo deseo.

El retiro, dejando aparte al propietario del lugar, parecía de lo más adecuado: un castillo en provincias, en la Provenza además, retirado de los centros de gran población, en medio del campo, bastante aislado, y cómodo para vivir después de las reformas que yo mismo había llevado a cabo. A mi suegra se le ocurrió otra nueva idea, tras haber protestado por nuestras costumbres de tratar con actores y dar representaciones teatrales formando lo que ella misma llamó «una familia bastante deambulatoria» o ambulante en suma. Bien podía servirle de informadora la misma Anne-Prospère, que así se convertiría en un testigo de primera mano para contarle cómo era nuestra vida conyugal y familiar, que tanto la intrigaba, completando así la red de espías y de informadores que la presidenta de Montreuil había formado ya en nuestro entorno. Mi suegra no se fiaba de mí, aunque hasta entonces me quería, o siempre había tomado mi partido en todos los escándalos y líos en los que me había metido; pero tampoco se fiaba de mi esposa, a la que veía cada vez más compenetrada conmigo, más entregada a extrañas costumbres, manías y hábitos insólitos, y cada vez más exaltada al tomar mi partido en todas las discusiones que en torno a mí se abrían de continuo. Y ello impelió a mi suegra a servirse de su hija segunda como testigo o espía que podía ser además privilegiado por su situación en el interior de aquella extraña familia. Fue un error por su parte, desde luego, que mostró que también hubiera debido desconfiar de la misma testigo elegida. A partir de entonces, la presidenta de Montreuil no confiaría absolutamente en nadie.

En realidad, poco tardamos en caer uno en brazos del otro y sin la menor dificultad. Anne-Prospère era una mujer en plena juventud, de cuerpo sano, ágil, inquieto, de espíritu curioso y medianamente cultivado, que había leído bastante —aunque menos que yo— y más novelas que filosofía o pensamiento, y entre aquéllas alguna verdaderamente libertina, a escondidas de sus superioras del convento. Y, aunque es verdad que en toda mi vida erótica o sexual siempre he evitado emplear la palabra amor, que me parece un engañabobos, una máscara para «dignificar» los deseos de la naturaleza, como si ya de por sí no fueran lo suficientemente dignos y poderosos además, dicha palabra pudiera muy bien convenir a alguna de mis historias anteriores.

En efecto, yo nunca he estado enamorado, o casi nunca. No lo estuve ni lo he estado nunca de mi esposa, la abnegada y al final traidora Renée-Pélagie, ni tampoco lo estoy ahora de mi querida *Sensible*, Constance Quesnet, ni de esta casi niña Madeleine Leclerc, a quien pago para que consuele mis seniles melancolías sexuales que no por la edad dejan de ser tan presentes y poderosas como siempre, al menos algunas veces, ya que no con tanta frecuencia como antaño, y desde luego no he amado nunca a la mayoría de las actrices, cortesanas, prostitutas que he frecuentado, y con las que en ocasiones he dado motivo a los escándalos que ya se saben. Supongo que pude sentir amor en ocasiones por la señorita de Lauris, acaso por la actriz señorita Colet, no creo que lo tuviese por la Beauvoisin, pese a lo bien que fue todo, y desde luego creo que a veces lo he sentido, más poderosamente todavía, por mi propia suegra, pese a nuestras conflictivas y equívocas relaciones de siempre; pero la que más me ha hecho sentir esa estupidez llamada amor, que no creo que pueda dar lugar nunca a una verdadera relación humana sólida y duradera, pero que cuando aparece engaña a quien parece embargar y le hace sentir placeres de un imposible séptimo cielo, que aunque no exista, como no existen los seis anteriores, funciona de tal manera acreciendo nuestras fuerzas, nuestro ánimo y nuestra disposición, que al fin y al cabo bien venido sea; pues bien, esa persona fue precisamente mi cuñada y casi hermanita menor Anne-Prospère de Launay, con la que además he tenido la buena suerte, aunque parezca una desgracia, de que nuestra historia terminase pronto, de tal manera que ni siquiera tuvo tiempo de configurarse ni como verdadera ni como falsa. Una bendición, pues además resulta ser a la fuerza la excepción que confirma la regla general de mis pensamientos al respecto.

Timidez por su parte, osadía por la mía, equilibrio y discreción a continuación, galantería otra vez más de mi lado, curiosidad de ella, algunos dirían que malsana, pero perfectamente natural y cada vez más difícilmente controlable, cierta granujería habilidosa y ambigua en mi comportamiento, el hecho es que los cuerpos se abrían paso a través de toda la hojarasca de educaciones recibidas, de convencionalismo social, de costumbres, hábitos y hasta vestimentas, hasta que al final se encontraron barriéndolo todo con su natural empuje, como sucede en un torrente de primavera. Anne-Prospère empezó ayudando a su hermana a llevar la casa, cuidando a los niños a veces, dirigiendo a la servidumbre, entablando excelentes relaciones con nuestro entorno familiar y de la nobleza vecina. A mi tío el abad de Sade, que entonces habitaba el castillo de Saumane, no lejos de La Coste, lo sedujo desde los primeros momentos. El abad le regaló un pequeño caballo corso, y Anne-Prospère se lo agradeció en una carta no exenta de coquetería y expresiones galantes. «Estoy muy enfadada por no poder ir personalmente a agradeceros con todos mis cariños vuestro gentil obsequio...», le decía en una graciosa nota, previa a la visita que le hicimos toda la familia conjuntamente pocos días después. El abad, ya viejo, pero todavía caballeroso, le hizo objeto de sus mejores atenciones. Al fin y al cabo todo quedaba entre gente de iglesia, aunque ya sabíamos a estas alturas el equívoco sentido que esa institución tutelar tenía para el rijoso de mi tío. La correspondencia entre ambos continuó, en tonos que viraban del rosa al carmesí, hasta el punto de que el abad tuvo que poner los puntos sobre las íes, una vez que nuestro escándalo ya había estallado: «Querida sobrina, ¿cómo podréis suponer que vuestro tío os vaya a rehusar nada de lo que esté en su poder, y tanto más que vuestra reputación, vuestro honor y acaso vuestra vida dependerán de ello? Terribles palabras, sobrina, pues nada tengo en la vida más querido que vuestro honor. Pero quizá he dicho demasiado, y tenemos que explicarnos y tal vez poner los límites de una vez por todas. Tengo por vos la más tierna amistad, pero asimismo más pura y exenta de todo lo que podríais llamar droga. Entre nosotros no hay más que formas: la amistad es más o menos viva según el carácter de quien la siente y los encantos de quien la inspira. No conozco nada más amable que vos, y soy de clima caliente: de la reunión de estos dos datos, sólo puede resultar una muy viva amistad, tal como la que siento por vos. Queréis que la sacrifique, sustituyéndola por un sentimiento más tranquilo. Estoy determinado a hacer lo que vos queráis: sólo se trata de saber hasta dónde puedo.» ¡Admirable carta, digna del autor del *Petrarca*, del galante granuja, del enamorado elegante que siempre fue el indigno abad de Sade! En fin, la literatura nunca se nos dio demasiado mal en la familia.

Todavía conservo un documento en el que Anne-Prospère hizo el recuento de mis encajes y puntillas, y hasta la he anotado, aunque luego mi esposa añadió algunas palabras extrañas: «mal proyecto, horrible, horrible». ¿Sabía ya lo que estaba sucediendo? Me gustaba ir con ella de compras, pasear a caballo por los bosques cercanos a La Coste, lo que dio lugar a las habladurías de algunos vecinos que nos veían pasar. Y como lo que tenía que suceder sucedió, la presidenta de Montreuil fue advertida la primera de nuestra incestuosa relación asidua, y reforzó sus redes de espionaje. He pronunciado la palabra «incesto», maravilloso término al que sin embargo no me ha sido dada la fortuna de poder acceder. Mis dos hermanas murieron, una antes de que yo naciera, la otra pocos días después de su nacimiento. Así las cosas, no tuve más remedio que acceder a lo que podríamos llamar el incesto conyugal, o político, que también tiene sus atractivos.

Mi suegra fue, por tanto, la primera que se enteró de todo, bastante antes de que lo hiciera mi propia esposa, y pidió en seguida explicaciones a la canonesa, que no dejó de dárselas con toda la destructora franqueza de la inocencia. Entre ambas se cruzaron muchas cartas, explicaciones, insultos, órdenes y contraórdenes, pero toda esta voluminosa correspondencia ha desaparecido, así como la que Anne-Prospère y yo cruzamos sin cesar. ¡Qué inmenso material perdido, cuántos hermosos testimonios y documentos sobre el alma humana extraviados para siempre, o encerrados bajo siete llaves y en poder de los Montreuil y los Sade, mis indignos herederos! Una pérdida además tanto más lamentable cuanto que la ausencia de testimonios ha excitado las calenturientas imaginaciones de todas las leyendas posteriores. Se ha hablado de que Anne-Prospère fue el gran amor de mi vida, que nuestra historia fue una verdadera tragedia, que este amor contrariado, que empezó nada más conocernos —¡pensar que por entonces yo andaba al retortero con aquella gran aviñonesa la señorita de Lauris!—, y de tan triste final, fue lo que me llevó a la locura, al frenesí, y a todos mis excesos posteriores. También se ha dicho que fue una historia clandestina hasta nuestra fuga a Italia, y así sucesivamente. ¡Tonterías! Lo cierto es que al final, y ante la energía de su hija menor, la presidenta de Montreuil optó por hacer la vista gorda, pensando acaso que así el amor de mi cuñada me sujetaría en La Coste tranquilo y me impediría mis habituales escapadas escandalosas, con lo que todo quedaba en casa.

¿No fue mi propia suegra la que poco antes aconsejaba que sería preferible que mis amores lo fueran con mujeres casadas, pues así el secreto estaría siempre mejor guardado? Por otra parte, las casadas obligan a un mayor recato y comedimiento externo, extremos que una cuñada impondría con mayor exigencia. También mi esposa se enteró, y una vez más aceptó la situación, en la que además ella seguía gozando de sus correspondientes placeres, a los que iba tomando gusto. Y entonces se vio, en el escenario del pequeño teatro de La Coste, al señor marqués y a su esposa la marquesa de Sade, a su cuñada y hermana la canonesa de Launay, ejercer, con otros invitados y hasta con actores profesionales contratados al efecto, sus talentos de comediantes, sus representaciones, mohínes, recitados y réplicas en los que no era precisamente Anne-Prospère la menos lanzada ni dotada desde luego. También se ha dicho que mi suegra estaba enterada de todo de antemano, pero ello es asimismo faltar a la verdad. Lo estuvo, pero sólo al final, y a regañadientes, y como aceptando un mal menor. Lo que tampoco es óbice para que después, cuando el escándalo estalló a los ojos de todo el mundo, la presidenta de Montreuil adoptara la posición radical, inhumana y cruel que tuve que padecer. No lo hizo por lo que pasó, sino porque se supo lo que pasó, que no es lo mismo. Y por cómo se supo y las habladurías y leyendas que luego se tejieron a nuestro alrededor.

Aquí, ahora mismo, en esta monástica habitación de Charenton, tengo una imagen de ella, una miniatura, que me ha acompañado durante toda mi vida, y ello que ya hace muchos lustros desde que Anne-Prospère falleció, en plena juventud, y cuando todavía tenía toda una vida por delante. También entre mis manuscritos —entre los que me quedan— conservo una descripción de ella, de la época en la que comenzaron nuestros amores, que sólo ha sobrevivido merced al cambio de nombre, y así nadie ha sabido nunca a quién me refería. En él la denomino «Julia», y bien hice así, pues de no haberlo hecho posiblemente este hermoso texto, que tan buenos recuerdos me trae, habría desaparecido para siempre entre las garras de mis censores y perseguidores, tanto familiares como políticos. El texto dice así:

«Julia está en esa hermosa edad en la que se empieza a saber que el corazón ha sido hecho para amar. Sus encantadores ojos así lo anuncian merced a su más tierna voluptuosidad: su interesante palidez supone en ella la imagen del deseo, y si el amor a veces realza su tez, se ve, por lo menos, que es a causa de su fuego sutil. Es alta, su cintura esbelta y elegante, su postura noble, su paso elástico y lleno de gracia, como todo lo que hace. A toda la hermosura natural de su edad, Julia une toda la gentileza y finura de la mujer más amable y mejor formada. Y todavía más: no contentándose con su agradable ser, ella lo ha querido adornar más. Desde muy joven se acostumbró a dejar hablar a su propia razón, y, criticando con filosofía los prejuicios de su educación y su niñez, aprendió pronto a juzgar y a conocer, a la edad en la que otras apenas saben pensar... Julia dejó hablar a su razón, y cuando las vendas cayeron de sus ojos, todos los objetos le parecieron nuevos, y todas las facultades de su alma se acrecieron. Hasta su rostro ganó con ello, y Julia se hizo cada vez más y más bonita... ¡Perdona, adorable Julia, me atrevo a hablar de mi amor, cuando no tenía que hablar sino de ti! ¡Mas, ay, déjame pensar que tanto a tus ojos como a los míos ambas cosas estarán unidas para siempre en nuestros corazones... Algunos malévolos le encuentran un aire coqueto, demasiado coqueto acaso, y excesiva voluntad de agradar; pero ella no tiene la culpa. Julia agrada sin ser coqueta y sin proponérselo. Y aunque hiciera todo lo posible para no hacerlo, para no ser amable, lo seguiría siendo todavía; la coquetería que se le reprocha está en su naturaleza. Es la naturaleza la que la puso en ella.»

7

Interrumpo aquí la evocación de la figura de mi gentil cuñada, tanto por necesidades de la cronología como para mostrar con claridad los extraños caminos que proseguía mi lujuria, o esos abismos donde, mezcladas las señales del paraíso con las necesidades de la voluptuosidad más desbocada, mis desbordadas y desconcertadas energías intentaban recorrer a la vez todos los caminos, pues mi pensamiento al final me sigue indicando que la naturaleza humana todo lo une, que no hay ni vicio ni virtud, ni salvación ni condena, y que en todo pecado se inscribe el rostro de la honestidad, o al menos de la más lógica y brutal necesidad. Todo obedece a los principios de la delicadeza. Esto es: ¿cómo, viviendo estos placeres que acabo de relatar, se me ocurrió pocos meses después en Marsella la extraña orgía que tan funestas consecuencias me causó?

En verdad, todo parecía ir por lo mejor a principios de aquel verano de 1772, cuando yo vivía en La Coste con mi familia y mi cuñada, alternando los placeres de la cama con los de la mesa o los del escenario, consumiendo además con todas mis fuerzas una incandescente historia de amor que por mucha transgresión que supusiera no dejaba de estar, si no admitida, al menos tolerada por parte tanto de mi vigilante y resignada suegra como por la de mi esforzada y valerosa mujer, cuando un desgraciado viaje más o menos de negocios vino a dar al traste con todo.

En efecto, a finales del mes de junio me encontraba en Marsella, donde había ido para cobrar una carta de crédito —siempre mis dificultades económicas, ¡voto a bríos!—junto con mi fiel criado Latour, y allí me dediqué, tras haber cobrado el dinero necesario y requerido, a contratar y comer con actores y actrices, con objeto de alimentar mi teatrillo de La Coste, y a organizar algunas pequeñas orgías y fiestas eróticas con jovencitas y muchachas de la mala vida marsellesa.

Así, el día 27, tras dos citas frustradas, me reuní, junto con Latour, con cuatro jóvenes prostitutas en un piso de la sórdida, cálida y mal famada calle de la Aubagne, a media hora de la mañana. La sesión no fue demasiado larga. Allí estaban, por una parte, Marianne Laverne, de dieciocho años, Mariette Borelly —que ocupaba el pisito como inquilina—, de veintitrés, y Mariannette Laugier y Rose Coste, de veinte cada una de estas últimas. Empecé sacando un puñado de escudos, y prometiendo a quien adivinase la cantidad exacta que con ella empezaría la fiesta. Ganó Marianne, y me quedé a solas con ella y con Latour, a quienes tendí en una cama, y mientras masturbaba a mi criado, llamándole «señor marqués», me dedicaba con la otra mano a azotar a la muchacha. Luego hice salir a Latour, y ofrecí a Marianne unos caramelos de anís con polvo de cantárida, de los que comió siete u ocho, proponiéndole después hacer el amor por detrás, lo que aceptó gustosa, aunque en sus declaraciones posteriores lo negase, dada la severidad de las leyes de la época al respecto.

Esto era algo general entonces, y en casi todas las deposiciones habidas en mi contra por parte de jovencitas y prostitutas se indica el rechazo a los amores *a tergo* para no irritar a los jueces y funcionarios, siendo así que se trataba de una costumbre bastante extendida en los medios de la mala vida marsellesa de aquellos años. Era algo necesario, pues la sodomía estaba rigurosamente castigada con la pena de muerte, aunque tenía que ser probada por la parte perjudicada. ¿Perjudicada? ¿Acaso aquellas pobres mujeres entregadas a la mal llamada mala vida —que siempre es mejor que la que la pobreza impone— se sentían más perjudicadas con las alegres y placenteras sodomizaciones a las que tan gustosamente se sometían, que con las estrecheces y angustias a que les sometían la miseria, el hambre y las enfermedades, por no decir las explotaciones de que eran objeto por parte de sus patronos y amos?

Luego saqué unas disciplinas de pergamino y alfileres, y pedí a Marianne que me azotase, cosa a la que accedió, aunque sólo me dio dos o tres golpes, pues dijo no poder seguir. Entonces la mandé a por una escoba, con la que pudo seguir su tarea, que no parecía en todo caso divertirla demasiado. Luego la despedí, y vino Mariette, a la que azoté con la escoba, pidiéndole luego que hiciera lo mismo conmigo, antes de que hiciéramos el amor violentamente. Con la siguiente, Rose, la tumbé al lado de Latour, que la penetró mientras yo la azotaba, masturbando después a Latour. Mariannette, que vino la última, cobró raros temores al ver las disciplinas ensangrentadas, pero los caramelos con cantárida las calmaron a todas, mientras Latour y yo intercambiábamos los papeles, y mientras él me sodomizaba yo le llamaba «señor marqués», antes de hacerlo al revés. Y él me llamaba «Lafleur», lo que resultaba mucho más divertido. Marianne Laugier apenas tomó caramelos, ni Rose, ni Mariannette; a la primera le olí entre las nalgas, para ver de los efectos carminativos de la droga, mientras sodomizaba a la tercera. En fin, tras más lloros, caramelos y penetraciones por delante y por detrás, tanto por mi parte como por la de Latour, las dejé marchar, dando un escudo a cada una de ellas, y ya no pasó nada más. Por la noche, Latour y yo fuimos a ver a otra muchacha, Marguerite Coste, a la que pagué seis francos por gozar de ella mientras le hacía tragar más caramelos de cantárida. Y esto fue todo, pues, una vez bien desahogado, a la mañana siguiente partía hacia La Coste sin sospechar nada de lo que aquel domingo podía estar pasando a consecuencia de estas pequeñas y normales orgías a las que tan acostumbrado estaba.

Posiblemente toda la culpa la tuvieron los dichosos caramelos de cantárida, expresamente fabricados para mi uso, y que, aunque no contenían traza alguna de veneno —como después se demostró durante el proceso—, comportaban tal dosis de elementos carminativos y afrodisíacos que, tomados en exceso, causaban consecuencias graves en cuanto a cólicos y trastornos intestinales. Así, entre las cinco jóvenes prostitutas de Marsella, Marianne Laverne tuvo fuertes cólicos y hasta una lipotimia, con extrañas deyecciones negruzcas, mientras Marguerite Lacoste, que fue quien más caramelos tomó, estuvo casi a las puertas de la muerte y hasta le llevaron los santos sacramentos, que sin embargo no pudo tragar.

Y así vino el escándalo, los cuidados de las vecinas, los rumores que se fueron amplificando, y la intervención del procurador real, que fue tomando declaración a todas aquellas muchachas, a sus colegas y amigos y a los médicos y auxiliares que las habían cuidado, hasta el punto de que el 4 de julio siguiente se lanzó una orden de detención contra mi criado y mi propia persona, que llegó a ser leída en las puertas de mi castillo de La Coste. Yo me encontraba entonces en el de Mazan, por lo que pude escapar, pero la acusación de envenenamiento e intento de asesinato siguió su curso, hasta que, con extraña celeridad, el tribunal de Aix-en-Provence, tras ocho actos sucesivos de procedimiento ultrarrápido cumplidos en poco más de dos meses, dictó sentencia condenatoria el 3 de setiembre siguiente.

¡Y qué condena, vive el cielo! Mi propia esposa, acompañada de su hermana la canonesa, mi suegro, mi suegra misma, utilizaron todos los medios e influencias a su alcance, hicieron desistirse a Marguerite Coste y Marianne Laverne —nuestro dinero nos costó—, resaltaron la falta de pruebas y de testimonios válidos en las acusaciones de sodomía, y presentaron numerosas actas de descargo por parte de los más eminentes juristas de aquel tiempo. Pues bien, aquel tribunal provinciano, influido por mi mala reputación, por las enemistades existentes en torno a la casa de Sade, por las disputas internas en los medios jurídicos de la época, dictó sentencia de muerte con una rapidez insólita y sin las debidas bases en derecho. Y no solamente eso, sino que, tras un acto solemne de arrepentimiento en la plaza de San Luis, se condenaba al señor de Sade a ser decapitado, y a su sirviente Latour a la horca, y a la quema de nuestros cuerpos y la dispersión de sus cenizas. El 11 de setiembre —seguía la rapidez— el Parlamento de Provenza confirmaba la sentencia, y al día siguiente mismo fue cumplida simbólicamente, y sendas efigies mía y de Latour fueron decapitadas y colgadas y quemadas en la plaza de los predicadores de Aix.

¿Cómo comprender tamaña desvergüenza y osadía, contra alguien como yo que, por nacimiento, talento y cultura estaba muy por encima de todos aquellos picapleitos y magistradillos que sólo se hacían eco de los rumores y quejas de prostitutas, delincuentes y gente de calaña similar, siguiendo así el rastro de todas las malintencionadas y absolutamente prefabricadas huellas de esas orgías desenfrenadas y criminales que las leyendas manipuladas me han atribuido? Primero blasfemo, torturador después, envenenador en esta última ocasión, nada impedía a la imaginación calenturienta de mis adversarios convertirme también en asesino, vivisector y hasta disecador de seres humanos, acusaciones que sin ningún fundamento siempre me han perseguido. Y esta vez además, en el proceso de Aix-en-Provence, ha sido la única en la que he sido perseguido según la justicia y mediante un proceso, aunque absolutamente ilegal, y excesivo, en teoría correcto, y la sola ocasión en la que fui condenado, aunque, como después se verá, todo el proceso fue anulado por sus graves errores de fondo y forma, revisado de principio a fin, y la sentencia considerablemente rebajada.

Otro problema fue el de la reacción de mi querida Anne-Prospère de Launay ante todo lo sucedido; para ella fue un choque tremendo, pues no le cabía en la cabeza que en una situación como la mía, al parecer tan estable, gozando de todos los placeres que ella me concedía sin ninguna limitación, y con la aceptación amable de mi propia esposa y la tolerancia mostrada por su madre y mi suegra respectivamente, pudiera jugármelo todo en una sesión de vicios diminutos y escasamente satisfactorios con cinco aprendizas de prostitutas de Marsella. ¿Qué necesidad tenía? ¿Qué me faltaba por aquel entonces para satisfacer todos mis caprichos, a los que ella se sometía sin restricción alguna?

¡Pobre Anne-Prospère! ¿Cómo podía entenderlo? ¿Cómo poder explicarle al mismo tiempo el estado de excitación permanente en el que por aquel entonces y gracias a ella yo me encontraba tan exacerbadamente sumido? Todo me excitaba, todo me encaminaba a las cumbres del paraíso sexual, pensar en ella me iluminaba, me colocaba en estado de erección permanente, subir y bajar escaleras, montar a caballo, cruzarme con una mujer en la calle cuya grupa me recordase la suya, el mundo entero se había convertido en un inmenso lugar de placer y orgía sexual, y la pequeña sesión de Marsella no fue sino un eco necesario, una descarga absolutamente normal y lógica para un cuerpo en perpetuo estado de erección merced a su ilimitados y constantes favores, que todavía hoy me excitan de nuevo cuando los recuerdo. Pero, en fin, luego pude recordarle todo, explicárselo con minuciosos detalles teóricos y prácticos, pues nada más regresado a La Coste y Mazan, y advertido de lo que sucedía, partí huyendo hacia Italia acompañado por mi fiel Latour... y por la propia Anne-Prospère de Launay, bendita sea.

En un principio, mi esposa fue a Marsella y a Aix, acompañada precisamente por su hermana la canonesa, que no sabía qué hacer, justo cuando todo el asunto había estallado, los detalles empezaban a ser conocidos y el proceso se hallaba ya en marcha. Y así, mientras mi esposa mostraba en todo momento una enorme energía y una voluntad tan deliberada como a veces excesiva en mi defensa, mi cuñada aparecía como más confusa y dubitativa, como si no creyera lo que sus ojos le iban mostrando paso a paso. Luego llegó la intervención de mi suegra, la de su marido el presidente de Montreuil, la de muchos juristas y abogados; pero el tribunal de Aix y el Parlamento de Provenza estaban repletos de amigos y partidarios del presidente de Maupeou, enfrentado tradicionalmente con mi suegro, y además yo pertenecía a la casa de Sade, bastante envidiada en la zona, y me precedía personalmente una oscura leyenda de escándalos y transgresiones que no me hizo ningún favor.

Los rumores se dispararon una vez más, las gacetas calumniosas en la prensa de la época, en los panfletos, en las correspondencias que podían parecer más serias y severas. Pues, además, no sólo la sentencia dictada y cumplida simbólicamente avalaba toda suerte de interpretaciones, sino que un hecho nuevo ennegrecía todavía más mi situación. Mi cuñada, Anne-Prospère de Launay, canonesa, me había seguido en mi fuga a Italia con Latour.

¿Raptada, secuestrada o seducida por su propio pie? En un principio, mi huida, planeada de acuerdo con mi familia, no incluía a su persona; ella se propuso solamente acompañarme hasta la frontera, pues de toda evidencia pretendía quedarse a solas conmigo para escuchar de mis labios las explicaciones sobre todo lo sucedido. Y tan linda y eficaz y seductoramente se lo expliqué todo que, cuando nos dimos cuenta, ya estábamos en Génova y atravesábamos el valle del Po para llegar hasta la eterna Venecia. ¿Qué hacer en aquellas tan lisonjeras condiciones, cómo volver atrás, cómo remediar lo ya hecho? En fin, nos miramos una y mil veces, nos encogimos de los desnudos hombros, miramos el cielo que se deslizaba sobre nuestras cabezas, reímos como un par de locos, y cuando advertimos que el mundo existía en torno a nuestras espasmódicas y sacudidas desnudeces, nos vimos reflejados en las aguas del Gran Canal, fundidos en una sola persona, unidos hasta la última vibración, sumidos en la tierra oscilante, en el agua temblorosa, en el aire palpitante, en la materia eterna con la que nuestros cuerpos se confundían. Y todo aquello no me sería perdonado ya jamás.

Nuestra escapada no duró más allá de un par de meses. Anne-Prospère se dirigió después a La Coste, donde se explicó cómo pudo —pero, ¡diablos!, ¿qué tenía que explicar si todo el mundo conocía lo nuestro desde hacía tiempo, y lo toleraba de mejor o peor grado?— y volvió a mis brazos, para dirigirnos después a Chambéry, en Saboya, territorio que entonces pertenecía al rey de Cerdeña y Piamonte Carlos Enmanuel III, donde nos alojamos en un hotel para luego alquilar, a finales de 1772, una casita por seis meses.

Pero hasta allí llegó la mano larga y negra de mi suegra, que se había puesto ya en marcha de una vez por todas, causando mi primera detención grave hasta fuera de las fronteras de Francia. Y jamás volví a ver a mi hermosa cuñada la canonesa Anne-Prospère de Launay. Mucho después supe que volvió al convento, aunque por poco tiempo, pues en seguida se entablaron negociaciones para casarla con un caballero de Beaumont. De hecho, una de las condiciones que para la boda puso la familia de Beaumont fue la de que se me conservara en prisión para siempre; de todas formas, las negociaciones se rompieron. Anne-Prospère renunció para siempre a su vida religiosa, con lo que perdió el dinero de la dote, unos 25 000 francos, y vivió retirada hasta que la muerte la sorprendió poco después. Sólo conservó alguna comunicación con mi tío el abad de Sade, donde dio testimonio de sus últimos estados de ánimo: «No hay nada peor que los suyos... el mundo me excede, y mis únicos momentos felices son los que paso en mis apartamentos retirada de todos lo más a menudo posible, y donde sólo el estudio me sirve de diversión en medio de las penas de la vida.»

Anne-Prospère falleció inesperadamente de una corta y fulminante enfermedad —creo que se trató de una peritonitis— el 13 de mayo de 1881, cuando yo me hallaba en la sórdida y prolongada primera prisión en Vincennes, y su muerte me fue ocultada por mi familia durante ocho años: «Amor, permíteme levantar por un instante el velo de gasa que oculta a los ojos de los mortales los encantos cuya visión te dignaste permitirme: déjame contar su temple y lo que le rodea; no, nunca, jamás mujer alguna tuvo conmigo tan voluptuosos detalles... Mas enrojecéis, Julia mía, tu delicadeza se ofende por la temeridad de mis pinceles; amor, amor, me extravías, sigue para siempre en mi corazón, encanto divino, que lo llenas por completo, pues todos esos detalles fueron creados tan sólo para vuestro amor, y divulgarlos es pura ofensa; y si me atreviera a decir algo más, mis propios celos vendrían a vengarte con toda rapidez.»

8

¿Cómo volver entonces hasta la Saboya, a aquella sombría y escarpada fortaleza de Miolans, donde tuve que pasar casi cuatro duros meses tras los dulces acontecimientos que acabo de pintar? Pasar del más dulce amor a la más terrible de las prisiones —aunque ahora confieso que no lo fue, pues luego vendrían otras mucho peores— no es demasiado sencillo, y se podrá justamente comprender mi gran indignación ante el enorme abuso del que fui objeto. En efecto, me encerraron porque sí, sin juicio ni proceso alguno, en un estado extranjero que no era Francia —donde sí estaba condenado en rebeldía— y sin que me dieran explicación alguna medianamente convincente.

¿Cómo iban a pretender mis carceleros que me resignase, que me estuviera quieto y tranquilo, sin protestar por la tamaña injusticia de que estaba siendo objeto? Y no solamente la detención, el encarcelamiento y el trato de que fui objeto no correspondían a mis derechos como ciudadano, a mi rango militar, a mis privilegios como aristócrata y a mi condición de súbdito extranjero, sino lo que es más, y lo que más me encoleriza aún ahora, cuando lo pienso, es que todo aquello sucedió por mi culpa, por mi extrema inocencia, por mi confianza en los seres de mi propia familia que hasta entonces tanto cariño habían parecido depositar en mí.

De repente, en el horizonte de mi vida vi levantarse un monstruo horrísono, una especie de dragón vengativo, una descomunal serpiente repleta de veneno e hipocresía, una gran gorgona sangrienta, una cabeza de medusa que me inspiraría todo el horror del universo hasta el final de mis días. Pues fue mi propia madre política, la que había engendrado nada menos que a Renée-Pélagie y a Anne-Prospère, la tierna abuela de mis propios hijos, Marie-Madeleine Masson de Plissay de Cordier de Launay, baronesa de Échauffour y presidenta de Montreuil, la que a partir de entonces desencadenó tras mis pasos a todos los sabuesos de Francia y sus alrededores, a la policía de Sartine y Marais, a los espías, agentes secretos, jueces y abogados, y hasta a todos los cortesanos que pudo alcanzar para conseguir la propia persecución real, que le fue graciosamente acordada. Y así me encontré convertido en un ser acosado, en un fugitivo permanente, en un hombre perseguido hasta el final de sus días. Y luego dicen que siempre fui un rebelde, y que nunca transigí, y que siempre me opuse con todas mis fuerzas a la opresión, a la tiranía, a la injusticia que me fue perpetrada por puro capricho, sin razón alguna de mínima consistencia. Mas ¿cómo hacer lo contrario? ¿Qué persona humana normalmente constituida no hubiera hecho lo mismo?

Padecer sin rechistar el destino que se me impuso hubiera sido carecer de espina dorsal, ser un esclavo, un ser sin dignidad ni razón, una planta, un animal cargado de cadenas. Y yo soy, y me esfuerzo en demostrarlo, y siempre lo he sido, simplemente un ser humano, un hombre, un ente racional, inteligente y libre, una naturaleza sensible y capaz de las más nobles sensaciones y de los más enérgicos deseos, y apto para satisfacerlos con todas sus fuerzas y con toda su lucidez. Desde aquí, al final casi de mi vida, nuevamente encerrado, acuso a Marie-Madeleine, presidenta de Montreuil, de haber sido el ser más funesto, vengativo y cruel de toda mi existencia, un monstruo de maldad y una inteligencia satánica sometida a todas las arbitrariedades, despotismo e injusticias de lo más triste que puede rodear al hombre, las convenciones sociales y el falso honor mundano, a los que tributó el sacrificio de todas sus dotes de sensibilidad, ternura y justo equilibrio que hasta entonces había parecido mostrar a los ojos del mundo. Pues ella supo todo desde el principio, lo aceptó todo, favoreció mis escapadas extramatrimoniales, me otorgó sus favores como madre y como mujer, toleró mis excesos, colaboró muchas veces en mis fantasías, ocultó mis transgresiones y pareció ayudarme hasta entonces frente a las primeras persecuciones e injusticias de las que fui objeto. No pasó entonces nada más de lo que ya sabía. Así de simple, se supo públicamente y de tal manera lo que ella misma ya sabía, que no pudo tolerarlo más y la convirtió en el monstruo de maldad que ya no pudo impedir enseñar de una vez y para siempre su verdadero rostro.

¡Y pensar, como ya he indicado, que fui yo mismo quien me delaté, quien puse tras mi pista a mis propios perseguidores, quien reveló a mi suegra el lugar donde me hallaba! Pues no fue ni más ni menos que una carta mía a la presidenta de Montreuil la que le descubrió dónde nos hallábamos Anne-Prospère y yo, camuflado bajo el nombre de «conde de Mazan», al que por cierto también tengo derecho. Tras los dos meses de nuestra escapada italiana nos refugiamos en Chambéry, a donde llegamos el 27 de octubre de 1772. Habíamos dejado los baúles en Niza, y nos acompañaban nuestros criados Latour y Carteron, más conocido como La Jeunesse, y nos hospedamos en el albergue La Manzana de Oro. Anne-Prospère figuraba como mi propia esposa, y poco después alquilamos un hotelito en las cercanías de la ciudad.

Mientras tanto, la presidenta de Montreuil, advertida por una carta que le envié para comunicarle nuestras noticias e informarle de nuestro excelente estado, puso en marcha a los ministros de Luis XV, uno de los cuales requirió al embajador del rey de Cerdeña para que el gobierno de Carlos Enmanuel III ordenara mi detención y posterior encarcelamiento sin proceso ni acusación alguna, exceptuando la simple petición de la familia, excedida por mis constantes escándalos y mi conducta irregular. Yo era mayor de edad, casado y padre de tres hijos, oficial mayor del ejército real, lugarteniente general del rey en cuatro provincias y noble por mi propia condición, pero nada de ello fue tenido en cuenta, y, aprovechando además la ausencia de Anne-Prospère, que había marchado de viaje, fui detenido dos meses y medio después por el conde de La Chavanne por orden del rey de Cerdeña, Piamonte y Saboya.

El 9 de diciembre fui conducido a la fortaleza de Miolans, colgada en las estribaciones de los Alpes, y el más terrible lugar de prisión de todo el territorio de Saboya, cuyo gobernador era por entonces —¡qué curioso!— el comandante señor De Launay. Con este esbirro tuve casi siempre relaciones bastante espantosas, y no hizo más que acusarme de mala conducta delante de sus superiores, pedir constantemente mi traslado —más le hubiera valido— y tratar de impedirme toda comunicación o correspondencia con el exterior. Mi criado Latour vino voluntariamente a vivir a mi lado, y junto con La Jeunesse, que fue primero a prevenir a mi esposa y después regresó, y otras personas como el dueño de La Manzana de Oro, el teniente Duclos y el joven Joseph Violon pude muy pronto, mediante los correspondientes sobornos, entablar contactos y bombardear pidiendo justicia a todas partes.

Todos mis objetos personales, mis documentos privados y mi correspondencia me habían sido arrebatados, y mucho después supe que fue mi propia suegra la que así lo dispuso y pidió, obteniendo finalmente que todo le fuera entregado. Y así, todas mis cartas, las de Anne-Prospère, mis escritos de aquella época, pues por aquel entonces ya escribía, como lo he hecho siempre desde que tuve uso de razón, y hasta el más mínimo documento personal de los últimos dos años me fue arrebatado, y desconozco su destino final. Posiblemente fue todo destruido, sobre todo para que no quedara ni rastro de mi escandalosa historia con la canonesa de Launay; pero también es posible, dado el afán de mi familia por conservarlo todo, por acumular papeles sobre papeles, por engrandecer sus archivos de manera obsesiva y descomunal, que todos aquellos testimonios sigan existiendo, encerrados, secuestrados, sepultados y censurados para toda la eternidad.

De «caprichoso, inconstante y vivaz» me calificaba el señor De Launay en sus cartas al gobernador de Saboya, conde de La Tour, señalando que era muy peligroso y que con mi dinero podía corromper a mis propios carceleros y lograr así mi evasión, que fue lo que al fin y al cabo sucedió cuatro meses después. Durante todo este tiempo, entre mi suegra, los ministros del rey de Cerdeña, el gobernador de Saboya y el comandante De Launay se cruzaron infinidad de cartas, a las que habría que añadir las que por mi parte enviaba y recibía clandestinamente. Por una parte se pedía que se me tratase correctamente, según mi rango y condición, pero por otra que se me conservara en prisión, impidiéndome todo contacto con el exterior. Mi esposa, que al final y gracias a mis cuidados se enteró de dónde me hallaba, organizó toda una expedición clandestina para venir en mi socorro y ayudarme a escapar —hasta se disfrazó de hombre para ello: me hubiera gustado verla, mi querida Renée-Pélagie—, pero con su inocencia y torpeza habituales no consiguió nada. Este viaje lo emprendió sin conocimiento de su madre, con la que ya se habían empezado a deteriorar sus relaciones, al ver que era la causante de todo. Pero mi suegra seguía impertérrita y hasta tuvo la osadía, al saberme enfermo, de enviarme un médico para que le informara por si no se trataba de una enfermedad venérea con la que hubiera podido contagiar a la canonesa.

En el fuerte había una cantina, en la que cenaba muy a menudo, a mis propias expensas desde luego, y donde invitaba a alguno de los otros presos y a los carceleros que me mostraron buena disposición. Entre otras cosas, en menos de un mes, mi cuenta en la susodicha cantina ascendió a más de doscientas libras. Entre mis compañeros detenidos había un cura incendiario y difamador, un loco que temía ser envenenado a todo momento, y un falsificador muy inteligente condenado a cadena perpetua. Y también un aristócrata suizo bastante divertido e impresentable, un tarambana nacido en Annecy, encerrado por liberar a un amigo de una prisión real y por intentar matar a un soldado, con quien solía comer y beber y jugar a las cartas, no sin alguna que otra disputa dada su mala cabeza: se llamaba François de Songy, barón de L'Allée, lo que no deja de tener su gracia al pensar que fue con él —con el «barón de la ida»— con quien al final me escapé. La fuente principal de nuestras discordias fue el juego, ya que Songy era un tramposo, y entre otras cosas le ganó a mi criado Latour la fabulosa suma de cien luises franceses de oro, lo que mi fiel servidor no hubiera logrado pagar en toda su vida.

Mi esposa, llegada a las cercanías de la fortaleza y como digo disfrazada de hombre, intentó enviarme a su hombre de confianza, Albaret, un granuja, para establecer contacto conmigo, pero De Launay le impidió el paso varias veces, con lo que tuvieron que levantar el campo con las manos vacías. Por entonces yo era en Francia un muerto civil, tras la sentencia de Aix-en-Provence, y era mi esposa quien detentaba la administración de todos nuestros bienes, ya bastante corroídos por mis deudas y derroches.

La presidenta de Montreuil seguía teniendo las llaves de la bolsa, pues nos iba proporcionando poco a poco la dote de su propia hija. Mi suegra siempre pagaba al final, desde luego, pero no sin hacerse esperar y sin repasar las cuentas minuciosa y detenidamente. Y también seguía escribiendo sin parar, y no dejó de agradecer al embajador del rey de Cerdeña, al gobernador de Saboya y al comandante De Launay su satisfacción por mi encarcelamiento y por el trato que se me otorgaba, aunque pidiendo también que impidieran «que el marqués de Sade inundase al mundo con sus espantosos escritos y memorias, que no hacen sino agravar su caso ante las personas sensatas».

Mientras tanto Carlos Enmanuel había muerto, y le había sucedido Víctor Amadeo III, aunque nada cambió por ello. En el mes de abril siguiente, De Launay se extrañó de que me hubiera calmado, y hasta de que hubiese hecho las paces con el barón de L'Allée. ¡Pensar que hasta cumplí devotamente con el deber de la Pascua florida! A finales de mes protesté de que los alimentos que a veces encargaba a la cantina llegaban a mis habitaciones frecuentemente fríos y que se me concediera el favor de poder comer o cenar en la cantina misma, pero no en la sala común, sino en un salón anexo que había quedado libre tras la marcha del teniente Duclos, que entre otras cosas había sido expulsado por sus atenciones para conmigo.

Este salón formaba parte de un apartamento aislado, que contaba con un trastero que daba al campo, provisto de un ventanuco, un poco incómodo y alto, eso sí, pero sin rejas, por donde cabía el paso de una persona, y que además, del lado exterior, no estaba a más de tres metros del suelo. ¿Cómo no advirtieron una maniobra tan burda? Acaso por no haber revisado el lugar, pero lo cierto es que se me concedió la autorización solicitada, y así, a las siete horas del 30 de abril de 1773, nos presentamos a cenar el barón de L'Allée y yo, con mi criado Latour, que era el encargado de traernos los platos, y que fue también quien, en medio de la animación y el trajín de la cantina a esas horas, pudo robar las llaves del citado trastero y traérnoslas. En verdad, salvo la autorización concedida, todos los demás —personal, cantineros y guardianes— estaban convenientemente sobornados de antemano. Nos encerramos por dentro, y, dejando sendas cartas destinadas al comandante De Launay, nos escapamos a toda velocidad; fuera nos esperaba el joven Joseph Violon con unas cabalgaduras, con lo que a primeras horas de la mañana pudimos atravesar la frontera francesa y llegamos sin problemas a Grenoble.

Mientras tanto, en la cantina, el guardián Jacquet, responsable de nuestra vigilancia, miró a las nueve de la noche por el ojo de la cerradura, vio las velas encendidas y supuso que estábamos jugando a las cartas, por lo que se tumbó a descansar y, fatigado como estaba de todo el trabajo de la jornada, se durmió. A las tres de la madrugada despertó, volvió a mirar, y como las luces seguían encendidas entró en sospechas y avisó al comandante De Launay, quien ordenó echar la puerta abajo; entonces se descubrió nuestra evasión.

Mi carta de despedida era una obra maestra: «Si algo puede turbar la satisfacción que siento al romper mis cadenas —le decía— es el temor que me invade de que se os haga responsable de mi evasión. Después de todas vuestras cortesías y delicadezas, no puedo ocultaros la turbación que me produce este pensamiento.» Y luego añadía que contaba con quince hombres armados, dispuestos a defenderme hasta la última gota de su sangre —lo que era un *bluff*—, le indicaba que también mi esposa y mis hijos me protegerían hasta la muerte, y que sólo deseaba poder agradecerle personalmente algún día sus muchas bondades. Luego venía un catálogo de todo lo que dejaba en Miolans, y el ruego, o la orden, de que lo pusiera a disposición de mi esposa. Pena perdida, pues al fin y al cabo fue la presidenta de Montreuil quien consiguió hacerse otra vez con todo, desde mi ropa hasta mis papeles y correspondencia. El guardián Jacquet fue encarcelado, el comandante De Launay cesado en su puesto y arrestado también, la fortaleza de Miolans desapareció del horizonte de mi vida para siempre, y allí empecé otra vez una nueva existencia, que, por mi condición de fugitivo y escapado de la justicia en mi propio país, se iba pareciendo cada vez más a la antigua.

9

Viajé a La Coste, después a Burdeos, escribí a mi suegra insultándola y pidiéndole dinero a la vez, prometiéndole corregirme, le dije que me iba a España, a Cádiz, lo que era un bulo para despistar a mis perseguidores. Mientras tanto la presidenta de Montreuil obtenía dos nuevas órdenes del rey al señor de Sartine, una para que registraran el castillo de La Coste y otra para que me detuvieran y encerraran de nuevo en Pierre-Encise. Yo seguía escondido por aquel entonces, a finales de año, durmiendo en diversas casas de amigos y conocidos de la Vaucluse, por lo que, cuando el inspector Goupil con una tropa de arqueros y caballeros de la marescalía de Marsella irrumpió en La Coste el 6 de enero siguiente, no me encontró allí. Tan sólo hallaron a mi esposa con la servidumbre. Registraron el castillo de arriba abajo, con un celo increíble, poniéndolo todo patas arriba, destruyendo documentos y apoderándose de otros muchos, mientras proferían groserías e insultos de todo tipo —me llamaban granuja—, lo que no dejó de ser denunciado por Renée-Pélagie, que en seguida cursó las debidas protestas a las autoridades. Luego supimos la vergonzosa conducta del abad de Sade y de mi administrador, el notario Fage —a quien inmediatamente sustituí por mi viejo amigo Gaufridy, antiguo compañero de juegos infantiles—, que no dudaron en colaborar con el infame Goupil. Pero una vez más era mi suegra quien se encontraba detrás de estos desmanes y tropelías perfectamente injustos, y la que pagó los gastos de esta expedición frustrada, que se elevaron a una millonada, pues se hizo con todo lujo de detalles.

Fue mi esposa, como administradora de nuestro patrimonio familiar, la que nombró a Gaspard-François-Xavier Gaufridy, notario y procurador en Apt, gran burgués y buen «notable» de la región —hasta el punto de que también llegó a ser perseguido durante la revolución, pero al final logró salvar la cabeza y su fortuna—, a quien había conocido de niño en Avignon y Saumane, y quien fue nuestro administrador hasta poco antes de que entrase en Charenton. No fue un administrador fiel, pero sí honrado. Era un hombre fino, bien educado y no sin cierta gracia, aunque de espíritu un tanto pomposo y demasiado retórico. Su prudencia llegaba hasta la cautela, su flexibilidad hasta el equívoco, su discreción hasta la complacencia y su negligencia hasta la total pereza, una pereza que no hizo sino crecer a lo largo de los años. Lo soportaba todo, las reclamaciones constantes —y bien sabe el cielo que las hice constantemente— y hasta los insultos, pero muchas veces daba la callada por respuesta y ni siquiera parecía leer las cartas. Su honradez le hizo llevar mis asuntos durante casi veintisiete años, según ellos mismos lo requerían, más que para subvenir a mis necesidades: defendió la fortuna del marqués de Sade, a veces en contra del mismo marqués de Sade, no vacilando, cuando esos imperativos estaban en peligro, en entablar contactos con mis propios enemigos, hasta con el peor de todos, la presidenta de Montreuil. No me engañó nunca del todo, aunque muchas veces me dejase en la estacada, pero con tanta habilidad que siempre tuve que perdonarle y mantenerle en su puesto contra mis propios deseos. Nunca terminaré de explicármelo.

De todas formas, el asalto *impromptu* y el registro salvaje de La Coste colmaron mis furores, sobre todo cuando leí la denuncia presentada por mi esposa: «Con las escalas preparadas, los muros del castillo fueron invadidos, y entraron con las pistolas y las espadas en la mano. Fue así como el oficial de justicia se presentó ante la denunciante, pidiéndole, con la ira pintada en el rostro y los más espantosos juramentos en la boca, que dónde se encontraba el señor marqués de Sade, su marido, que lo necesitaba vivo o muerto, y sin poder ocultar que todo ello se debía a denuncias de su madre. Al responder que se encuentra ausente, se desencadenan sus furores, la tropa se divide, y mientras unos guardan las entradas del castillo otros lo registran hasta en sus más mínimos rincones, sobre todo el gabinete del señor marqués, donde arrancan y destrozan los cuadros de la familia, destruyendo los escritorios y los armarios, reuniendo todos los papeles que allí se encontraban, y toda la correspondencia, examinándolo todo, quemando unos papeles y guardando otros. Mientras tanto, algunos de los miembros de aquella tropa llegaron en su barbarie a vomitar que tenían orden de disparar cada uno de ellos tres veces sobre el marqués, para llevar después su cadáver a la señora de Montreuil.»

La lectura de la denuncia me irritó tan profundamente que me querellé contra mi suegra, cambié de administrador en el acto, y envié a mi esposa a París para activar tanto esta querella como el recurso contra la sentencia de Aix-en-Provence, que al condenarme a muerte me seguía convirtiendo en un muerto civil y en un fugitivo de la justicia. Mas para la casación de esta sentencia, que también pretendía obtener la presidenta de Montreuil para limpiar el honor de la familia, era condición previa terminar con mi estado de rebeldía y constituirme voluntariamente prisionero, cosa de la que yo no quería ni oír hablar. Lo demás era relativamente sencillo, pues la acusación de envenenamiento carecía de fundamento —nadie había muerto y las víctimas habían desistido en su acción— y la de sodomía caía por su base sin los debidos testimonios de las supuestas sodomizadas, siendo así que ni Latour ni yo mismo confesaríamos jamás el hecho, que por aquel entonces acarreaba también la máxima pena. Y aún hay más. El 10 de mayo siguiente murió Luis XV, lo que provocó la caída de su valido Maupeou, el gran enemigo de mi suegro y de la nobleza en general, que había querido conseguir con mi condena un castigo ejemplar, con lo que mis posibilidades de recurso se abrían de par en par.

Entonces comenzó un período de relativa paz en La Coste de casi dos años, durante los cuales llevamos una vida más bien retirada, aunque rica en acontecimientos domésticos de toda índole, sobre todo erótica y sexual.

Mi esposa había dejado a sus hijos en casa de su madre, a pesar de nuestras peleas, pues mi suegra no dejaba de pensar que así los apartaba de mi mala influencia, y Anne-Prospère había partido al convento. Pero Renée-Pélagie, que pensaba en mi vida de perseguido, encerrada en un castillo apartado, y desconfiaba de sus fuerzas para entretener mis largas veladas, discurrió nuevas soluciones de evidente eficacia. A su regreso, nos reunimos en Lyon, donde ella misma contrató los servicios de Anne Sablonnière, llamada Nanon, como gobernante, y de cinco jovencitas de entre catorce y dieciséis años, así como de un joven y hermoso secretario de quince, que nos acompañaron a La Coste como empleadas para nuestra servidumbre.

Con todo aquello matábamos varios pájaros de un tiro: teníamos abundante material para nuestros placeres, en los que mi esposa misma participaba ahora de manera activa y con todo su coraje y decisión, llevábamos una vida totalmente privada y sin posibilidad de escándalo alguno, y al mismo tiempo dejábamos en paz a la población del pueblecito mismo de Lacoste y los de los alrededores, como Bonnieux y Menerbes, con lo que sus habitantes, entre los que ya no gozábamos de gran predicamento, no podían decir nada contra nosotros, que podíamos esperar así tranquilamente, bien protegidos, la casación de la sentencia de Aix. Los padres de las muchachas fueron convencidos de que se trataba de empleos normales, y sólo el del secretario fue un poco más reticente, ya que pidió informes sobre nosotros. El propio Gaufridy fue solicitado al respecto, y mi esposa le escribió una graciosa carta indicándole la manera de actuar, cómo podía dispersar las sospechas indicando que había varias ramas de la familia Sade, y que posiblemente el siniestro marqués tan aborrecido y mal famado se hallaría fugitivo de la justicia huyendo por el extranjero.

¡Admirable Renée-Pélagie, nunca la he querido como entonces! Ella pensaba así mantenerme a su lado a costa de algunos pequeños «extravíos domésticos», entre los que se contaban toda clase de usos y abusos que iban de la semihonestidad a la deshonestidad más absoluta, de las violaciones a las sodomías, de las juergas a dos o a tres o a cuatro hasta las orgías colectivas, de los azotes y las torturas con varas o disciplinas al «juego de los ojales» —lo que no era sino la práctica de incisiones en la piel con pequeños cuchillos—, felaciones, masturbaciones, misas negras en nuestra pequeña capilla o la experimentación de afrodisíacos, ungüentos, pomadas, defecaciones, carminativos o representaciones de torturas más elevadas, como estrangulaciones, ahorcamientos y otras lindezas por el estilo, como, por ejemplo, violar con huesos humanos a las jovencitas. En resumidas cuentas, me serví de todos aquellos jovencitos y jovencitas —pues pasaron más a lo largo de aquellos meses, unos trece, creo, en total— en el más absoluto secreto y con la mayor discreción posible. Nos acostábamos muy temprano, si es que a todo aquello podía llamarse acostarse, y Renée-Pélagie era siempre la primera en mostrarse disponible, en someterse a las más increíbles veleidades, en dirigir a todas aquellas muchachitas en los adecuados senderos para obtener y mantener durante más largo rato la mayor cantidad de placer posible, dejándose acariciar y ser acariciada, penetrar y ayudar a las penetraciones, atar, torturar o lamer y ser lamida, ideando ceremonias tan explosivas y placenteras que hasta hoy no puedo dejar de pensar que por fin había encontrado su verdadero camino. A veces, pasado el tiempo después de aquellas increíbles sesiones, le asaltaban los remordimientos, y sobre todo la aterrorizaban las posibles consecuencias. «¡Qué pensarán y qué podrán decir de mí estas muchachas!», pensaba. Mi tío el abad no dejaba de señalar a la presidenta de Montreuil —ya estaban totalmente conchabados— que Renée-Pélagie estaba ya bajo mi control, que dependía sexualmente de mí, y que ya no era dueña de sus propios actos ni de su ser ni de sus pensamientos. Y mi suegra remachaba: «Hasta sus propios hijos no dejarán de pensar en ella como la primera víctima de un furor que ya no se puede contemplar sino como locura.»

Contábamos para toda aquella existencia con muy poco dinero, pues mis deudas habían aumentado hasta límites insospechados y mi suegra ya no abría los cordones de la bolsa, con la excusa de que debía cuidar de la fortuna de mis hijos —lo que hizo siempre, y no le fue tan mal en ello, aunque lo hiciera a mi costa hasta el final—, pero también con tres buenos auxiliares: nuestra gobernanta Nanon, ya citada, que llegó al punto de quedar embarazada al final, atribuyéndome el fruto de su vientre, y sobre todo una nueva sirvienta que nos había llegado de Suiza, Anne Marguerite Maillefert, más conocida como Gothon, y nuestro criado La Jeunesse, llamado Carteron, que al final se amartelaba con Gothon de la manera más encantadora y sabrosa que he podido ver jamás, o al menos muy pocas veces. Con todo esto, aunque comíamos poco y mal, y derrochábamos al máximo nuestras energías, nuestra existencia era la de una verdadera «vida de castillo». Gaufridy nos enviaba de vez en cuando —y descontaba de nuestras escasas e hipotecadas rentas, desde luego— coles, espárragos, habas, guisantes, zanahorias, rábanos, achicoria, apio, lechuga, remolacha y otras verduras, y me ayudaba a arreglar el pequeño parque colindante del castillo.

Así pasaban las horas, lentas, largas, pesadas y repletas, hasta que a principios de enero siguiente, nos llegaron noticias de Lyon que nos alarmaron bastante: los padres de cuatro de las muchachas se habían querellado contra nosotros por el rapto de sus hijas, efectuado sin su consentimiento —como si el tenerlo hubiera supuesto un rapto— y mediante seducción. Renée-Pélagie salió en seguida para Lyon, acompañada de Gothon, y con Gaufridy establecimos un plan de defensa en el que hicimos intervenir, aunque con mi repugnancia, a mi tío el abad y a mi propia suegra, pues la reincidencia en nuevos escándalos podía poner en peligro la casación de la sentencia de Aix, que parecía ir por buen camino. Así, mi esposa escribió al abad de Sade una carta que le dicté, en la que, entre halagos y chantajes, le pedía que guardara a una de las muchachas, que había resultado bastante estropeada por nuestras sevicias, hasta que le desaparecieran las huellas, pero que no hiciera caso de lo que pudiera contarle y le impidiera todo contacto con personas extrañas. Mi suegra, con su diabólico buen sentido, escribió a Gaufridy —con quien, a partir de entonces, entablaría unas excelentes relaciones a mi costa, todo hay que decirlo, pues su capacidad de seducción era satánica— y lo planificó todo. Había que soltar a las muchachitas en cuestión, pero no sin arrancarles testimonios que establecieran nuestra inocencia, en los que declarasen haber sido siempre bien tratadas, y tras los correspondientes exámenes médicos, y al mismo tiempo había que lograr la desestimación de las querellas en Lyon, pagando lo que fuera; en esta ocasión abrió un poco los cordones de la bolsa, aunque sólo lo necesario, como se puede suponer, y tuvimos que volver a una vida más ordenada y menos inquietante.

Una muchacha fue a Saumane, a cargo de mi tío, y luego a un convento, y las otras tres fueron encomendadas a otras instituciones religiosas de Caderousse y Jumiège. Yo me quedé con mi esposa, con Nanon, Gothon, un secretario, la muchacha llamada Marie, que no quiso marchar y sobre la cual nadie había dicho nada, y luego pude hacer venir a otras muchachas, como la bailarina Du Plan, que vino de Marsella, y otras de Montpellier, Rosette, que se marchó pronto detrás de un enamorado, y Adélaide, que la sustituyó. La señorita Du Plan, además, tuvo la gentileza de aportar huesos humanos, traídos del teatro donde trabajaba y donde se utilizaban como decoración en obras de tipo lúgubre y macabro: lo mismo que hacíamos en La Coste en algunas de nuestras sesiones, pues ya se sabe que por aquel tiempo estaba de moda todo lo terrorífico, las novelas inglesas llamadas góticas y los dramas siniestros y complicados, moda a la que yo mismo he pagado tributo de buen grado en algunas de mis obras posteriores. Lo cierto es que, a pesar de todas estas buenas intenciones, el descubrimiento de esos huesos humanos en las dependencias de La Coste me trajo muchos quebraderos de cabeza, y alimentaron muchas de las leyendas —en esta ocasión la de descuartizador de mujeres— que han rodeado después tan profusamente mi pobre existencia. Lo dije y lo repito: he sido un libertino, pero nunca un criminal. Lo repetiré cuantas veces sea necesario.

Poco a poco me fue volviendo cierto optimismo, y la calma regresó a La Coste tras haber impedido que las querellas de Lyon siguieran adelante. Hasta pensé en comprarme un clavecín... Mi suegra, sin embargo, seguía insistiendo en sus cartas al abad de Sade y a Gaufridy —que cada vez eran más frecuentes— en que debía constituirme preso para conseguir la revisión del proceso de Aix. Y de repente, entre mayo y junio, se produjeron otros tres acontecimientos que vinieron a perturbar nuestra tranquila y placentera existencia. El primero vino de Aix-en-Provence, lugar cada vez más maldito para mí, donde el nuevo presidente del Parlamento escribió a los jefes de las familias segundonas de Sade, los Sade d'Eyguières y los Sade-Vauredonne —el primero de ellos me sustituyó en el cargo de lugarteniente real de cuatro provincias al que tuve que desistir forzosamente y mediante dinero, y fue mi suegra la que llevó entonces las negociaciones—, denunciando mi presencia en La Coste y el peligro que ello suponía para toda la familia Sade.

El abad, mi tío, volvió a pedir mi encierro, y todo el asunto se presentaba bastante confuso, aunque mostraba que yo seguía estando en peligro. El segundo acontecimiento fue la huida de mi gobernante Anne Sablonnière, la llamada Nanon, que a resultas de nuestras actividades había quedado embarazada. De hecho era una buena muchacha, de veinticuatro años, entradita en carnes, amable y trabajadora, diligente en todo y hasta en exceso, pues solía pasar el plato cuando las otras muchachas lo habían salado y pimentado bien todo de antemano. Y de tanto pasar el plato, al final sucedió lo normal: tenía demasiada afición a hacerlo por donde no se debe, por delante, por el maldito vaso de la propagación de la especie. Dijo que era mío el fruto de su vientre, aunque yo lo negué una y otra vez, con lo que nadie la creyó —a no ser los malintencionados fabricantes de mis habituales leyendas posteriores—, y ella se sintió en peligro, pues pensó que la haríamos abortar y al final escapó. Creímos que iba hacia Lyon, donde podía reavivar el mal ambiente creado en mi contra por las anteriores querellas ya desistidas, con lo que nos pusimos otra vez en marcha, y mi esposa escribió a Gaufridy pidiéndole que instara el encierro de Nanon, y denunciándola de paso por el robo de unos cubiertos de plata.

La pobre Nanon no nos causó demasiados quebraderos de cabeza, a no ser las habituales sangrías de dinero. Fue detenida en Apt, dio a luz, su hija fue confiada a una nodriza de La Coste —donde murió poco después por falta de cuidados, no por mi culpa, pero la madre no se enteró hasta mucho más tarde— y luego fue encarcelada, tras haber intentado refugiarse en un convento en Jumiège. Su familia removió Roma con Santiago para que la soltaran, y al final lo consiguieron, pero sólo después de dos años y medio de cautividad, tras prometer que tendría la boca cerrada y con el caudal aumentado en 320 libras más. ¡Maldita Nanon! En todos estos años sólo he sido culpable de un poco de exceso de confianza hacia una granujilla a la que hubiera debido colgar en lugar de devolverle la libertad.

Para postre, la madre de mi último joven secretario, en lugar de dirigirse a nosotros si alguna queja tenía, se presentó en Aix —¡otra vez, maldita sea!—, donde organizó una de mil diablos. Sin duda había oído hablar de nuestras «generosidades» en casos similares, y pretendía obtener algún beneficio, aun a costa de la honra de su hijo, pero le salió el tiro por la culata, ya que las 160 libras que gastó mi esposa en sofocar el tema fueron para el procurador real. No se habló más del asunto. El muchacho fue devuelto a su madre y santas pascuas. Pero con todo esto el panorama se volvía cada vez más negro. Mi suegra, la presidenta de Montreuil, mi tío el abad de Sade, el prior de Jumiège, el vicelegado del papa, todo el mundo pedía mi encarcelamiento. La justicia me seguía teniendo en su punto de mira, y las amenazas de registro eran frecuentes. Así pues, el 17 de julio de 1775 hice las maletas y, acompañado por La Jeunesse —y con harto desconsuelo de la gentil Gothon, que le amaba tiernamente, casi tanto como a mí—, nos marchamos a Italia, donde pensábamos pasar una larga temporada.

10

Este viaje a Italia fue más tranquilo que el primero, el de mi loca cabalgada erótica con Anne-Prospère de Launay, y bastante más largo también. Y me permitió escribir mi primera obra *Voyage d'Italie ou Dissertations critiques, historiques, politiques et philosophiques sur les villes de Florence, Rome et Naples*, que se conserva en manuscrito, ya que no pude publicarla todavía. En realidad, nunca estuvo listo para la publicación, y le falta todavía la última mano, por lo que puede parecer como un conjunto de notas más o menos caóticas y dispersas, pero el total forma un volumen de más de 300 páginas que podrían ser preparadas en menos de un mes para su publicación. No creo además que este manuscrito pueda perderse o ser censurado, ya que se trata de un texto objetivo, donde cuento lo que he visto y reviso algunas otras obras sobre este tema que me parecen tendenciosas e inexactas.

Mi primera etapa larga fue en Florencia, donde sobre todo me interesaron las obras de arte, sobremanera las que pude ver en el palacio de los Oficios. Toda aquella infinidad de obras maestras me sumían en un entusiasmo extremado, y pasaba horas enteras contemplando los cuadros de Veronese, Guido de Verona o Tiziano, y mucho más la *Venus* de Urbino, con esas bellezas en los detalles dignas de un cuadro sublime. En lo que respecta a la escultura, había que contemplar también muy detenidamente la *Venus de los Médici*, con aquellos perfiles tan divinos en cada miembro, y los graciosos redondeos de sus pechos y nalgas. En lo que se refiere al *Hermafrodita* sólo tuve que lamentar que el artista, al haber cruzado las piernas de su modelo, hubiese disimulado asimismo lo que caracteriza precisamente al doble sexo, aunque ese culo voluptuoso siga inflamando el mundo con su inmenso poderío. No me fue indiferente *Calígula acariciando a su hermana*, ni desde luego ese Príapo de descomunales dimensiones, que provocaba estrechos transportes de devoción en las muchachas que a él se acercaban lo más posible y con los mayores transportes y rozamientos.

Mi estancia en Florencia fue suficiente, ni muy larga ni excesivamente corta, y allí descubrí al doctor Mesnil, un hombre de infinita curiosidad que siempre me ayudó todo lo que pudo, en todo lo que se refería a la historia de la nobleza, la del urbanismo y de los edificios, y hasta la de las costumbres, que podíamos comprobar, aunque no nos acercásemos demasiado. El viaje a Italia no era tan cómodo ni tan gratificante como había supuesto. No tenía los correspondientes salvoconductos, ni tampoco demasiado dinero, por lo que tuve que enviar a La Jeunesse pronto a La Coste en busca de más recursos. Además, tampoco nadie hablaba francés, y mis conocimientos del italiano hablado eran bastantes limitados, ni tampoco seguí el consejo de buscarme amantes italianas, ya que no convenía ir dejando demasiadas huellas a mi paso. De todas formas, viajaba con el nombre de marqués de Mazan, y me dediqué escrupulosamente a reflejar todo lo que veía: «Las orgías están cuidadosamente disimuladas en Florencia, aunque no por ello son menos violentas. Los espesos y retirados muros de estos palacios de la aristocracia florentina ocultan, a lo que se dice, múltiples horrores. ¡Cuántas jovenes desdichadas han sido conducidas con alevosía y nocturnidad a estos criminales recintos en los que tienen que abandonar la virtud al tiempo que las abandona la salud! Hace poco perdió la vida un niño de diez años, quince días después de haber padecido espantosas torturas en uno de esos palacios, y ahora mismo dos mujeres han sido detenidas por haber facilitado el comercio carnal entre los dos sexos. En su proceso se están encontrando nombres demasiado célebres y se calcula que más de la mitad de las mujeres de condición de esta ciudad se han prostituido en sus casas.» Lo de los *castrati* o eunucos me sacó en verdad de quicio, tanto en Florencia como en Roma, donde llegué unas semanas después. ¿Por qué suprimir un sexo si se pueden tener dos?

Llevaba en mi viaje algunas guías anteriores, que apenas me satisfacían, como las de Misson, Cochin, Grosle y Giannone, y sobre todo la del abate Richard y Lalande, a los que seguí tan fielmente como con la misma acritud corregía minuciosamente. Pero creo que, a pesar de todas estas vacilaciones, estas notas de viaje me muestran en absoluta libertad, utilicé abundantemente todo este material y hasta mis recuerdos para elaborar las magníficas páginas en las que describo el viaje italiano de *Juliette*, la viciosa y triunfadora hermana de la virtuosa y desdichada *Justine*, y creo que allí he empleado mis mejores fuerzas y mis más espléndidos artificios, sin prescindir de la parodia y del humor a carcajadas, a mandíbula batiente. ¿Cómo puede creer nadie en verdad en las gigantescas burlas del ogro Minsky, sin apreciar que por encima de lo fantástico y de lo antirrealista queda la alegoría, el símbolo y la metáfora, arrastrada por trineos convencionales —deístas y ateos— para que al final triunfe la nada, lo trivial y el sinsentido más deslumbrador? ¡Y luego vendrá gente que intentará atraerme a su ortodoxia a través de la resignación y de la entrega, como por ejemplo mi propia suegra, que seguía adelante con sus intrigas, y hasta mi abogado Gaufridy, que se había puesto de acuerdo con ella! No le dije nada al principio, aunque le hice notar subrepticiamente que me daba por enterado: «La señora de Montreuil quiere mi desgracia y la de mis hijos, y no veo quién pudiera ayudarme a convencerla de lo contrario. Conté con vos, pero siento que se me abandona, pues no soy bueno ni para los cerdos. Soy el hombre lobo. Os oigo decirme: Monseñor, nuevos errores prolongan vuestras desgracias. Pero yo distingo y añado: son mis desgracias, mi carencia de crédito, mi posición, las que prolongan mis errores, y mientras no haya sido rehabilitado no se azotará un gato en la provincia sin que se diga en seguida: Ha sido el marqués de Sade.»

De Florencia marché a Roma, donde describí más monumentos que costumbres, aunque luego en mi novela *Juliette* se entrevistara con un papa genial, erotómano, blasfemo, libertino y criminal. ¡No los hay de otra clase! Mientras tanto, en Provenza y La Coste, mis problemas continuaban, mi fortuna mermaba, mis posesiones se degradaban, mi crédito se arruinaba, y mi familia conspiraba contra mí, con la ayuda de Gaufridy, que seguía cuidando de mi fortuna en favor de la presidenta de Montreuil, de mis hijos y de mi esposa —por este orden— sin saber que mi pequeña fortuna hubiera podido remediar mis infortunios. La hija de Nanon murió, aunque la madre, encerrada, no lo supo hasta mucho después; Gothon seguía repartiendo sus favores a diestro y siniestro, aunque más a siniestro merced a la constante presencia de La Jeunesse, mi querido Carteron, el único servidor con quien pude contar a partir de entonces, ya que Latour, perseguido como yo, como no tenía nada que perder, marchó a las islas, o a las Indias; en otras palabras, desapareció en el horizonte, y mejor para él. Mi esposa continuaba también conspirando a mi favor lo mejor que sabía y podía, que no era mucho, para su desgracia y mucho más para la mía, desde luego.

En Nápoles, donde estuve unos meses, me confundieron con un cajero de un granero de sal de Lyon que se había escapado con los fondos a su alcance, y tuve que desenmascararme para poder continuar tranquilo mi viaje. Antes de volver a Francia, casi un año después de haber iniciado el viaje, expedí a La Coste dos grandes cajas de objetos, estatuas, cuadros, mármoles, documentos y manuscritos de todo tipo. De todo aquel gran viaje tan angustioso como tranquilo en realidad, tan insignificante y que tanto trabajo me supuso, sólo saqué en verdad estas dos grandes cajas y la amistad de dos hombres doctos y libres, los doctores Mesnil e Iberti, uno en Florencia y otro en Roma, que mucho me aconsejaron e instruyeron para mis trabajos posteriores. Este último, el doctor Iberti, me aconsejó e informó sobre las malas costumbres italianas y romanas, y hasta me envió informes sobre recetas de abortos y envenenamientos de armas blancas, lo que le supuso ser molestado por la Inquisición y hasta ser encarcelado durante meses. Bendito sea su nombre, que coloqué con todas sus letras a manera de homenaje en mi *Historia de Juliette*. Allí estará para siempre.

11

El mes de julio de 1776 regresé a Francia, a La Coste, aunque tomando mis precauciones, pues aguardé dos semanas en Grenoble antes de seguir viaje. El proceso de Aix-en-Provence parecía estancado para su casación, los pobladores de La Coste estaban absolutamente desmandados, mi esposa me esperaba y el estado de nuestras finanzas era ya catastrófico. Lo que no me impidió, al pasar por Montpellier contratar una pinche de cocina, llamada Catherine Trillet, de veintidós años y bastante guapa —aunque luego tuve que testimoniar que era fea, ¡válgame el cielo!—, merced a un religioso recoleto bastante sinvergüenza que se prestó mediante pago a mis caprichos. Luego, el mismo fraile recoleto contrató cuatro personas más: una doncella, otra pinche de cocina, un peluquero y un joven secretario, que sin embargo sólo permanecieron una noche en el castillo.

En efecto, habiendo sido hospedados cada uno en una habitación, se quejaron de que les había ofrecido dinero por abusar de ellos, a lo que se negaron. Partieron al día siguiente. Me defendí bastante mal de esta acusación, alegando sobre todo la falta de dinero, pero nunca pude explicar por qué alojé a cada uno en un cuarto distinto. En aquel entonces en La Coste sobraban habitaciones y faltaba comida, pero cuatro servidores en cuartos separados era demasiado.

El hecho es que no supe defenderme, mientras aquellos servidores escapados al parecer de mis furores eróticos —que por cierto quedaron insatisfechos— volvían a Montpellier y empezaban a contar cosas horrorosas acerca de mi persona y del ambiente que reinaba en el castillo de La Coste. A mi regreso había fallecido por enfermedad la joven llamada Marie, la última que quedaba de las contratadas anteriormente, que murió en una casa del pueblo a donde había sido trasladada, y por la que nada pudo hacerse, aparte de los habituales cuidados del médico de Bonnieux que venía a visitarla, y que pudo certificar, gracias al cielo —o a la materia en su caso— su muerte natural. Marie había sido una buena muchacha, apta para los servicios para los que se le requería, que no hacía ascos a posición alguna ni a las imposiciones sexuales que se le ordenaban, y no solamente ello, sino que hasta parecía agradarle todo aquello, hasta el punto de que los inventores del sadismo podrían muy bien elaborar una teoría acerca del posible placer que se extrae de un «sadismo» pasivo, en lugar del activo, hasta ahora mucho mejor estudiado. Descanse en la misma paz y en los mismos placeres en los que vivió el final de sus agradables días.

Lo de Catherine Trillet fue otra cosa, aunque no por la muchacha, que siempre aceptó de buen grado todo lo que pasaba a su alrededor y en su propia carne, bien dispuesta para todo ello, pese a las murmuraciones que se desencadenaron en torno de ella. Movido de agradecimiento y buena voluntad hacia sus gracias y disposiciones, terminé llamándola con un nombre que luego pretendo haber hecho famoso: *Justine*. De hecho, sin embargo, el que organizó todo el escándalo posterior fue su padre, el señor Trillet, tejedor en Montpellier, hasta quien habían llegado todas las murmuraciones posibles acerca de mi conducta y escándalos, y que temió por la virtud de su hija, aunque dicha virtud estuviera ya bastante comprometida y carcomida cuando la contraté mediante el monje recoleto antedicho. Ella ganaba cuarenta escudos en Montpellier, y yo la contraté por cincuenta para La Coste como ayudante de cocina, y sin ocultarle desde luego desde el principio de qué clase de cocina podría tratarse, y ella aceptó de buen grado y por voluntd propia, por lo que pasó a formar parte de mi menguada servidumbre y a residir en La Coste desde finales de octubre de 1776. El fraile recoleto pudo entonces disipar los recelos del padre de Catherine, el señor Trillet, que vio partir a su hija sin reticencias de ninguna clase. Y así estaban las cosas cuando los otros cuatro sirvientes contratados, que no mostraron las buenas disposiciones que adornaban la personalidad de mi «Justine», la citada Catherine Trillet, cuyo sobrenombre me sirvió para denominar precisamente al desgraciado paradigma de la mujer virtuosa, alarmaron al honrado, puritano y desde luego posible chantajista señor Trillet, que ya había oído hablar de las sutanciosas ventajas que hasta el momento habían extraído de mi menguada bolsa las pretendidas víctimas de mis placenteros abusos.

Mientras tanto, en París y en Provenza, la suerte de mis destinos se complicaba sobremanera. Mi tío el abad caía enfermo, Gaufridy recibía noticias de un inminente registro de La Coste —de lo que pese a todo me previno—, y mi segundo tío, Richard-Jean-Louis de Sade, comendador de la Orden de Malta y bailío de la zona de Toulouse, fue prevenido para que ejerciera en el caso debido como el último representante de su generación, procurando arreglar según ley y costumbres las habituales disposiciones sucesorias suyas y de su hermano el abad; y, sobre todo, y lo que es más grave, mi madre Marie-Eleonore de Maillé de Carman, condesa viuda de Sade, fallecía en París, en el convento de las Carmelitas, donde residía desde muchos años antes, el 14 de enero de 1777. Ya era huérfano de una vez, y hago constar aquí, por si alguna duda hubiere, que nunca amé a mi madre, que fue para mí un ser lejano y exterior, y que si alguien en el futuro pretendiera relacionar mis desarreglos y explosivas necesidades sexuales con algún complejo que hubiese podido sufrir de niño con la figura de mi madre, estaría de todo punto equivocado. La orfandad me dejó libre de una vez por todas de mis anhelos generacionales y de mis posibles responsabilidades genealógicas.

A pesar de todo, no me enteré a su debido tiempo de la muerte de mi madre, ya que nadie tuvo la previsión ni la voluntad de anunciármela. Y así, en La Coste, tres días después, era un viernes, según recuerdo, se presentó el señor tejedor Trillet, venido ex profeso desde Montpellier, para reclamar a su hija, ya que no deseaba que siguiera sirviendo en nuestro castillo. Se presentó en la primera de las dos puertas flamencas de La Coste, se enzarzó conmigo en una discusión a gritos —con los habituales argumentos acerca de mis costumbres y pretendidos delitos— hasta que en un momento de la pelea verbal sacó un revólver y me disparó un tiro a bocajarro en el pecho. La pistola no debía de ser demasiado buena, ya que felizmente para mí se encasquilló, a lo que debo estar todavía en vida, dada la cercanía a la que disparó. Mientras tanto, Catherine Trillet había venido hasta el portal para que su padre la viera en buen estado, le había abrazado pidiéndole que cesara en sus reclamaciones; pero luego yo había dispuesto que se la llevaran otra vez al interior del castillo, señalando al señor Trillet que le entregaría a su hija cuando hubiera encontrado un nuevo pinche de cocina que pudiera sustituirla.

Tras el fallido disparo, Trillet escapó, volvió a la taberna del poblado, y allí empezó a injuriarme en voz alta y a insultarme a voz en cuello, pidiendo justicia, hasta el punto de alborotar a un pequeño grupo de costeños que allí se encontraba. Catherine, llena de buen sentido, mandó llamar a su padre y se entrevistó con él, volvió, y entonces el señor Trillet, acompañado por otros cuatro costeños, volvió a regresar ante las puertas del castillo, donde me increpó y gritó muchas veces, pidiendo que le devolviera a su hija, hasta que volvió a disparar de nuevo en el patio, bajo la excusa de que había oído mi voz, y con ánimo de asesinarme.

Los cuatro costeños huyeron a su vez, y el señor Trillet se refugió de nuevo en la taberna, donde todo el mundo pudo escuchar sus protestas y acusaciones, y nadie intentó detenerle, a pesar de que al disparar contra mí —y por tanto poseer una pistola— había incurrido ya en dos delitos diferentes. A continuación, Trillet presentó una demanda contra mí, para recuperar su hija, y yo hice lo propio por uso ilegal de armas e intento de asesinato evidente. Una vez más, la queja de Trillet había sido presentada en Aix-en-Provence, con lo que los magistrados de esta ciudad, en la que tanto llovía sobre mojado, se revelaron pronto como absolutamente contrarios a mis conculcados derechos. Entre otras cosas, en su denuncia, el señor Trillet ni siquiera mencionaba los dos disparos efectuados contra mi persona, ni el hecho de que contra toda disposición legal dispusiera de una arma de fuego. Evidentemente, si no se disponía la inmediata prisión de Trillet, todo hacía pensar que en aquellos parajes no se podía querer otra cosa que mi pérdida. Y por último, acostarme con Catherine Trillet no podía ser objeto de persecución legal alguna ni de acusación de delito, ya que era mayor de edad y su padre la había visto sana y salva.

Para mí, a partir de entonces, y como tiempo después se confirmaría, todos los costeños eran unos pícaros de siete suelas, unos tramposos, que desde luego se mostraban mis más acérrimos adversarios, y sólo eran buenos para arder en la hoguera, dado cuyo caso yo mismo prestaría de buen grado los haces de leña necesarios para asarlos mejor. Y hasta la lentitud de mi abogado y administrador, el tan cacareado Gaufridy, que no se adelantó a la querella de Trillet presentando la mía, y cuya negligencia en actuar me había alienado los escasos apoyos con los que podía disponer en Aix, contribuía en contra de mí. Posiblemente, pienso ahora, nunca me creyó tan inocente como mi escrito declaraba, y siempre pensó que había algo turbio en todo este asunto que a mí me parecía tan meridianamente claro.

Así las cosas, que como puede verse no estaban nada claras, recibimos una carta de la presidenta de Montreuil en la que se nos comunicaba la enfermedad de mi madre, con lo que resolvimos salir para París lo antes posible, tanto por la urgencia de ver a mi señora madre como para escapar de los asuntos provenzales, cada vez más complicados y ambiguos. Luego me han dicho que se trataba de una trampa, pero si hubo engaño no lo fue en lo relativo a la salud de mi madre, pues cuando llegué a París, el 8 de febrero de 1777, hacía ya tres semanas que la pobre mujer había fallecido. Hicimos el viaje mi esposa y yo por separado: ella con Catherine Trillet, la querida y plácida «Justine» —aunque luego la muy zorra, influida por su padre, y cuando yo ya estaba en prisión, intentó querellarse contra mí—, que no había querido volver a Montpellier, y yo con mi fiel La Jeunesse a mi lado. Pero, justo a los cinco días de haber llegado, en el hotel Dinamarca, otra vez el inspector Louis Marais apareció de repente en mi vida, para detenerme y conducirme a la prisión de Vincennes.

12

Mi tío el abad clamaba «ya puedo respirar tranquilo», y mi suegra protestaba que ella no había tenido nada que ver; pero, de hecho, allí estaba yo, en una celda sombría de apenas veinte metros cuadrados, donde recibía la luz a través de altas y estrechas ventanas de veinte barrotes cada una, tras diecinueve puertas bien provistas de cerrojos, donde apenas veía durante diez minutos a la persona que me aportaba la comida dos veces al día, y daba paseos en un pequeño patio de cuarenta pies cuadrados con muros que se elevaban a más de cincuenta de altura, sin poder ver a nadie, ni apenas escribir cartas, casi desnudo y sin efectos personales, pues tardaron en llegar más de dos meses.

Hubiera preferido morir, desde luego. Me dijeron que mi encarcelamiento era necesario como paso previo para pedir la casación oficial de la sentencia de Aix-en-Provence, pero en realidad no había sido objeto de acusación concreta, sino víctima de una *lettre de cachet* real, u orden de encierro pura y simplemente, que había sido pedida por mi propia familia, esto es por la presidenta de Montreuil.

Ya sé que luego ha habido muchas especulaciones sobre la verdadera naturaleza de mi encarcelamiento, sobre sus motivos reales y verídicos, sobre todo por parte de quienes piensan que era la consecuencia directa de mis últimos excesos durante los dos últimos años en La Coste. Las leyendas que habían corrido, el hallazgo de huesos humanos, la imaginación calenturienta de los provenzales y la necesidad en la que se encontraban algunos de mis enemigos para justificar sus persecuciones hicieron el resto. Entre otras cosas se habló de torturas, de matanzas, de asesinatos, de abusos contra menores de ambos sexos, de ceremonias diabólicas y orgías desenfrenadas. Hasta hubo alguien que en un informe a un ministro del rey señalaba que por fin los lugareños de La Coste habían podido vaciar un estanque otrora rico en peces pero que yo no permitía desecar, encontrando en el fondo los cadáveres de dos adolescentes de ambos sexos torturados, ahogados y sólidamente amarrados entre sí; si se piensa que en todo el término municipal de La Coste no hay ni un solo estanque para la pesca está dicho todo, y lo infundado de tamañas invenciones. Orgías, desde luego que sí, abusos ninguno, pues todo el mundo se prestó de buen grado a toda suerte de excesos, desenfreno sexual y ritos y adornos de todo tipo también; pero delitos en verdad no hubo ninguno, ni crímenes, ni asesinatos, ni muertes. ¿Torturas? Bueno, eso depende de a qué llamemos torturas, siendo así que el objetivo final era sólo el de obtener un mayor placer. Cuestión de palabras.

Dejando todo esto bien claro, tampoco dejo de pensar que en el ánimo de quienes dispusieron mi encarcelamiento no hubieran hecho mella todas esas leyendas y sartas de horrores a mi costa, y hasta es posible que creyeran en todo ello a pies juntillas. Pues no me explico en caso contrario los sucesivos registros de que fui objeto tanto en La Coste como en todos los otros lugares por los que pasé, la obsesión de mi suegra por recoger todos los papeles, por abrir todos los cajones de mis armarios y escritorios, para apoderarse hasta del más pequeño papel, para enterarse de todo y clausurar mi pasado bajo siete llaves. Aunque yo dispuse que nadie —ni siquiera la alegre y fiel Gothon, a cuyo cargo había quedado el castillo, aunque con la tristeza que le suponía el alejamiento de La Jeunesse y de su querido patrón— entrara en mi despacho y en mi gabinete privado, para evitar problemas, y ordené la destrucción de algunos extraños aparatos, como lavativas eróticas, consoladores, muebles y artilugios de todo tipo, como el sillón automático que colocaba a quien en él se sentaba en posición decúbito prono y con las piernas totalmente abiertas, o para ocultar las estampas religiosas y los grabados eróticos de todo tipo, así como las sustancias afrodisiacas, lo cierto es que todo aquello se perdió lamentablemente, fue a parar a manos de mi insaciable suegra, o simple y sencillamente fue robado al final. Pues al fin y al cabo, volvería a La Coste poco después por cuarenta únicos días, y luego tardaría en hacerlo diecinueve años más, cuando ya no me pertenecía.

Con mi esposa, en París, llegó también una buena amiga, Marie-Dorothée de Rousset, a quien a veces he llamado *Milli* —que en provenzal quiere decir señorita— y otras *la Santa*, por la compunción con que se presentaba para defender mis intereses, cuatro años menor que yo, hija de un notario de Saint-Saturnin-d'Apt, y con la que había jugado de niño en Avignon y Saumane, así como con mi administrador Gaufridy. Milli Rousset era bajita y rechoncha, no muy agraciada, y aunque algo pícara y ambigua nunca hubo nada entre los dos, de no ser una buena amistad y un agradable flirteo. Fue la gobernanta de La Coste después de la muerte de Gothon, y durante algún tiempo intentó ayudar a la marquesa de Sade en sus intentos para conseguir mi liberación, aunque tan infructuosamente como ella, por lo que al final, en un rapto de ira, provoqué entre ella y yo una riña casi definitiva. Pero de hecho la señorita Rousset no adquiriría una gran importancia en mi vida hasta unos meses después, durante los breves días de libertad de los que inopinadamente gocé, y que duraron por desdicha muy poco.

Pero aquellos primeros meses en el torreón de Vincennes me perturbaron profundamente; me sentía muy desgraciado, aislado, sin nadie a quien acudir, a no ser mi querida y lamentable esposa, que siempre me fue de una fidelidad a toda prueba —aunque hubo momentos en los que no creí en ella—, pero a la que no me permitieron ver hasta varios años después. Así las cosas, pasaba la mayor parte de mi tiempo escribiendo cartas, acudiendo a mi esposa, insultando a mi suegra, pidiendo detalles a diestra y siniestra, solicitando mi libertad al rey y sus ministros, protestando entre los guardianes de Vincennes, llamando a mis abogados —y uno de ellos, el señor Siméon, era excelente y tuvo un futuro muy brillante— y en realidad confesándome al papel, desahogándome, llorando, rugiendo sin parar. ¿Qué otra cosa podía hacer?

A mi suegra, en consulta con mis abogados, se le

ocurrió que la mejor manera para evitar el tener que presentarme personalmente ante el tribunal de Aix para obtener la casación de la sentencia era el de alegar enajenación mental o locura, a lo que me negué en redondo una y otra vez. ¿Loco yo? En verdad, era allí dentro, en mi celda de Vincennes donde me estaba volviendo loco poco a poco, solo, sin luz, aislado bajo mil cerrojos, sin libertad, rumiando mis pensamientos y mi desdicha una y otra vez, clamando al cielo, o a donde fuere preciso, por la injusticia de la que me sentía objeto tan arbitraria como desconsideradamente.

Sentía que me era totalmente imposible soportarlo más, que aquello no podía durar, la desesperación se apoderaba de mí, había momentos donde ni yo mismo me reconocía, sentía terribles tentaciones de aplastarme la cabeza contra los muros de mi celda, la sangre me hervía y mi cabeza parecía estallar. A mi mujer, al pedirle que solicitara donde fuese mi liberación, la amenazaba con suicidarme, como también al Monstruo de mi suegra, la Fiera, la Hiena, la Puta, la Patrona de todos los prostíbulos. De todos los posibles medios que podían escoger la venganza y la crueldad, aquél era el más odioso y terrible. Veía fantasmas por todas partes, que todos los amigos me habían abandonado, me quejaba contra Gaufridy —con razón— o contra el abate Amblet sin ella. No comprendía la razón de la orden real de encierro. ¿No hubiera dado igual otra de exilio?

Mi situación era horrible, pues nunca ni mi cabeza ni mi sangre habían podido soportar un encierro de esta naturaleza. Todo mi empeño, entonces, se dirigía a proclamar mi inocencia, a mantener mis posiciones, a radicalizar mis ideas para mostrar a mis carceleros no sólo que no conseguirían nada con mi encierro, sino que además mi caso se agravaría cada vez más conforme dicho encierro se prolongara. Y si mi prisión era necesaria para anular la inicua sentencia de Aix, ¿por qué tamaña dureza, tanto aislamiento, la privación inicial de mis efectos personales, el mal trato de mis carceleros —con quienes peleaba constantemente—, la prohibición de las visitas de mi mujer, e impedirme leer y escribir apenas, por no hablar de la censura que en seguida perseguiría a toda mi correspondencia? Me decían: «No estaréis aquí más de un minuto de lo necesario.» O: «Todo esto es por vuestro bien.» Curiosa manera de pensar, en la que se reconoce el lenguaje de la imbecilidad triunfadora. ¿Acaso por el bien de un hombre se le expone a volverse loco, se destruye su salud, se le alimenta con las lágrimas de la desesperación? Todavía no soy lo suficientemente inteligente para entenderlo. También dicen que todo esto puede hacerme reflexionar; claro que sí, pero las dos primeras conclusiones que he extraído son: primero, la de huir de aquí como sea; segundo, la de disimular mis verdaderos sentimientos, mentir, engañar y comportarme de manera tan hipócrita como el mundo se ha comportado conmigo. Mas nunca he sido un campeón del disimulo, desdichadamente.

Mientras tanto, sobre mi cabeza se iban acumulando toneladas de documentos, de informes, de testimonios, de opiniones de todo tipo, se constituían expedientes, se pedían y recibían más detalles, más registros, se iban perdiendo algunos de mis objetos más queridos, que desaparecían en manos desconocidas, cuando no en las simas preparadas por las de la infame presidenta de Montreuil. Gothon, la pobre, se lamentaba en La Coste solitaria y desolada. El rey se disponía a concederme una «orden de comparecencia», lo que me permitiría —y al mismo tiempo me obligaba a hacerlo— acudir ante el tribunal de Aix para pedir la revisión de mi proceso. Nanon seguía en la cárcel también, aunque pronto sería puesta en libertad, y al pasar por La Coste señalaría a quien quisiera oírla que la culpa de todo la tenía mi abogado, el señor Gaufridy. A veces, en el colmo de la desesperación, sentía que las fuerzas y el valor me abandonaban, mi sangre se agriaba cada vez más, mi carácter se endurecía y mi espíritu se alienaba. No se me permitió disponer de un criado, y sólo a los seis meses de encierro recibí la visita del lugarteniente general de la policía, señor Le Noir, a quien signifiqué que creería lo que me decían cuando hubiese recobrado mi libertad.

A finales de este año funesto, mi tío, el digno, hipócrita, elegante y disoluto abad de Sade, el autor de la *Vida de Petrarca*, rindió su alma a Dios o al diablo, aunque lo más seguro fue que lo haría al polvo y a la tierra, pues ninguno de los otros dos existen, y no son sino consuelo de desengaños y refugio de terrores y pesadillas. Al otro condenado en Aix, mi criado Latour, nadie pudo encontrarle jamás, y las supuestas víctimas —Marguerite Coste, Marianne Laverne y Mariannette Laugier— iban desistiendo de sus querellas y testimonios merced al dinero que mi familia les vertía. El doctor Iberti me envió una perfecta descripción desde Roma de la *Venus Calipigia* del palacio Farnesio, con sus hermosas y abundantes nalgas desplegadas a toda vela. Pero tanto él como el doctor Mesnil, de Florencia, fueron advertidos para que ya no me escribieran más, pues no necesitaba de sus servicios. Fue mi suegra la encargada de estas bajas mentiras, claro. Mi esposa, la pobre, seguía inútilmente empeñada en conseguir mi libertad, pero todas sus gestiones y visitas resultaban uniformemente infructuosas. Y al final, tras dieciséis meses de encierro e infierno, tras un postrer documento de alegaciones y un testimonio recogido por el abogado Bontoux, el 14 de junio de 1778 salía del torreón de Vincennes rumbo a la ciudad de Aix-en-Provence, bajo la custodia del viejo conocido el inspector Louis Marais, a quien acompañaban otros tres hombres, uno de los cuales era su propio hermano Thomas Marais.

Llegamos a Aix el 20 de junio, un sábado por la tarde, y me hospedé en el albergue Saint-Jacques, antes de ingresar al día siguiente en las prisiones reales. Luego dijeron que todo se desarrolló con la mayor rapidez, con una velocidad desacostumbrada en estos casos, pero a mí me pareció una eternidad: veintiséis días en total, casi un mes, y eso que todas las partes —incluyéndome a mí— estaban de acuerdo. ¿Qué hubiera sido en caso contrario? De todas formas, caso curioso y colmo de crueldad por parte de la presidenta de Montreuil, mi esposa, su propia hija, no fue informada del viaje y seguía en París empeñada en mi liberación, que en Aix yo creía ya inminente.

En la prisión, tuve la sorpresa de recibir un envío de Gothon, desde La Coste, donde ella, que se hallaba hasta ahora triste y llorosa, se mostraba repentinamente alegre a causa de mi cercanía, y me enviaba flores, frutas y mermeladas. La escritura era de su mano, y el estilo gracioso, aunque ya se sabía que su estilo cambiaba según el amante de turno que le dictaba las cartas. Pero su fidelidad, su ternura y su alegría siempre se traslucían a través de todos aquellos estilos en apariencia tan diferentes. También me envió, dos días más tarde, dos fracs oscuros, dos chaquetas, dos calzones, una chaqueta a rayas blancas y verdes, ropa interior y mermelada de albaricoque, expresándome que languidecía por volver a verme y compartir mis penas, y que si lo quería, podía hacer cazar una liebre para servírmela al sábado siguiente. ¡Pobrecilla Gothon!... Conocía mi descomunal apetito, mis debilidades gastronómicas, que por mi parte estaba saciando en la cantina de la prisión, en la que al final tuve que pagar unas cien libras.

Al entrar ante el tribunal me arrodillé, pero en seguida se me dijo que me levantara. Una pequeña multitud de unas doscientas personas se acumulaba ante el palacio del Parlamento, pero su curiosidad resultaría frustrada, pues el vehículo que me transportaba llevó las cortinas bajadas. Los dos interrogatorios más importantes fueron el de Mariette Borelly, que se desdijo del testimonio de pederastia y sodomía, y el mío, que lo negué todo y prometí corregirme en el futuro, como solía ser habitual. Y el 14 de julio de 1778 —resulta curioso que años después esta fecha sería la de la toma de la Bastilla, y que ahora hay gente que la proponen para fiesta nacional—, día de san Buenaventura, fui públicamente amonestado por los sucesos de Marsella, condenado a una multa de cincuenta libras, y desterrado de la región por tres años, con lo que quedaba anulada la macabra y feroz sentencia anterior. Ya era libre, ya no estaba ni procesado ni condenado, ya podía marcharme tranquilamente a La Coste a volver a vivir en paz.

Mas cuál no sería mi sorpresa, pocas horas más tarde, cuando el inspector Louis Marais vino a recogerme a mi celda —eran las tres de la madrugada, lo que indicaba a las claras nocturnidad y alevosía— para, en virtud de la orden real de encierro del 13 de febrero de 1777, todavía en vigor, conducirme de nuevo a Vincennes. Mi furor corrió parejas con mi estupefacción. Hete aquí que, libre, sin proceso ni condena alguna, en virtud de una disposición real que según se me había indicado tenía precisamente por objeto la anulación de los procedimientos y sentencias anteriores —cosa hecha—, volvía a emprender el camino de la prisión, de las mazmorras de Vincennes. Louis Marais, su hermano Antoine-

Thomas, y dos argusinos, en un carruaje discreto, y por senderos inhabituales y subalternos y a toda velocidad, me llevaron en la primera jornada hasta Valliguiéres, en medio de mis protestas continuas, y en la segunda —era el 17 de julio— hasta los suburbios de Valence, a orillas del Ródano, donde nos alojamos en el albergue de la Posta, también llamado hospedería del Louvre.

Una vez en el cuarto que se me había destinado, Marais y sus acólitos pidieron que se nos sirviera allí mismo la cena. Yo me acerqué a la ventana, me acodé en ella y contemplé el paisaje, que se hacía más montañoso conforme nos alejábamos de la Provenza, la mansas y tranquilas aguas del Ródano que discurrían con un rumor caudaloso, y me puse a soñar una vez más. No entendía lo que me estaba pasando, y no podía creer que se tratara de un error. ¿Sería la última disposición legal antes de dejarme en libertad? Por sí o por no, decidí no correr de nuevo el riesgo que suponía que se cerraran otra vez detrás de mí las puertas de la prisión. Dije que no tenía apetito, y, cuando los otros se pusieron a comer, pedí ir al retrete para cumplir una necesidad. Con una vela, fue Antoine-Thomas Marais quien me acompañó, situándose en el extremo del corredor que conducía a los retretes, y que daba también a una escalera que bajaba hasta el patio. Cinco minutos después salí con paso de lobo y me dirigí hacia donde estaba mi guardián, que al principio no me vio, ya que estaba mirando hacia la escalera. Volvió la vista hacia mí, que ya me encontraba bastante cerca, y que, al llegar hasta él, hice como que tropezaba. Thomas Marais se lanzó en mi auxilio, pero en aquel momento me enderecé súbitamente y, dándole un empujón, me lancé escaleras abajo, de cuatro en cuatro, y desaparecí en la oscuridad. Alertados por los ruidos, el inspector Marais y los dos argusinos se lanzaron en mi persecución, y registraron todo el edificio, desde los patios, las bodegas y sótanos hasta los graneros y desvanes y los mismos tejados, sin encontrarme. Intentaron advertir a la mariscalía de la ciudad, pero la hora era demasiado tardía y las puertas de Valence estaban cerradas, por lo que tuvieron que esperar hasta el día siguiente para organizar debidamente la persecución. Durante la noche, registraron los campos y casas aledaños, y recorrieron los caminos que iban hacia Montélimar, al sur, y Tain, hacia el norte, pero no consiguieron localizarme.

13

Yo me había refugiado en una casamata de esas que los campesinos construyen para guardar sus útiles de labranza, y al despuntar el día me dirigí primero hacia Montélimar, pero después me acerqué a orillas del Ródano, donde, cerca del Vivarais, conseguí una barca que me llevó a Avignon, donde llegué al atardecer y pude descansar en casa de unos amigos. Y al día siguiente, bastante cansado y medio muerto de hambre, me presenté en La Coste, donde sorprendí a todo el mundo, empezando por la pobre Gothon, que se llevó un susto de muerte. Allí encontré a mi buena amiga, Marie-Dorothée de Rousset, que accedió a quedarse conmigo como gobernanta, y empecé a planear mi estrategia.

¿Estrategia? Todo el mundo se extrañaría después por el hecho de que, tras la fuga, que tan sencilla resultó, fuera a refugiarme a mi propia casa, como quien dice en la boca del lobo, pues si querían volver a detenerme nada les resultaría más fácil que tender la mano y venir a cogerme a La Coste, o a Saumane, sin mayores dificultades que las de reclutar una tropilla adecuada. Pero, de hecho, mi regreso al castillo formaba parte de un plan de batalla que pensaba ser el más adecuado. En efecto, había sido perdonado en Aix, ya no estaba ni procesado ni condenado, y seguía pensando que si no se me había puesto inmediatamente en libertad sería por algún detalle administrativo o procesal que había que llevar a cabo en París. Así las cosas, y para congraciarme con mis perseguidores, escribí una larga carta a mi administrador Gaufridy, encomendándole pasar copia a mi familia, a los ministros del rey y hasta a la presidenta de Montreuil, en la que les significaba que mi evasión no era una fuga habitual, ya que daba por entendido, y hasta me figuraba haberlo escuchado así en la boca del inspector Marais, que ya todo había terminado y que si me escapaba facilitaría mucho las cosas y hasta no me perseguirían con demasiado celo, para que pudiera regresar tranquilo a casa, a esperar que todo se resolviera según estaba previsto, esto es, dejándome disfrutar ya de una vez y para siempre de la recientemente recobrada libertad.

Todo el mundo me recibió con los brazos abiertos: Gaufridy, los escasos amigos que me quedaban todavía en La Coste; Paulet; el guardia Sambuc; la pobre Gothon —esta última también con sus piernas, que tanto añoraba al estar privado durante tanto tiempo de otras similares—, y la señorita de Rousset, que se portó como un ángel, se hizo cargo de todo, multiplicó sus zalamerías y protestas de amistad, jurándome y perjurándome que no se marcharía del castillo y que se haría cargo de todo, y cumpliría todos los servicios que le sugerirían su amistad y el deseo de complacerme, hasta llegar a servirme personalmente en todo lo que necesitara y desease.

En fin, La Coste se presentaba como un paraíso recobrado, o algo que podía empezar a serlo. Escribí a Gaufridy otra vez, para que acelerara los trámites para cobrar lo que me correspondiese de la herencia de mi tío el abad de Sade, y para que se acercara a su última residencia para que no se me escaparan ni la bien nutrida biblioteca ni el gabinete de historia natural. ¡Ah, se me olvidaba! También envié un donativo de siete libras a mi «dulcinea del espejo», y tuve que explicar de qué se trataba: sencillamente, durante mi estancia en las prisiones reales de Aix, esperando la casación de mi condena, pude entablar relación con una hermosa prisionera que a través de las rejas de su celda me permitió ciertas coqueterías, me hizo algunas gracias, dos o tres caricias y hasta me permitió alguna que otra contemplación de las partes más bellas de su cuerpo, todo ello de manera fugaz y merced a la complacencia de algún carcelero. Nunca supe cómo se llamaba, ni la volví a ver jamás. Pero la historia no carece de cierta gracia y de una abstracta ternura.

Mientras tanto, en París, el inspector Marais fue duramente reprendido por mi evasión, así como su hermano, y si bien no se tomó de inmediato medida alguna contra mí, tampoco ello quería decir que me hubiesen olvidado. Mi suegra tuvo a bien comunicar a Renée-Pélagie el anterior traslado de mi pobre persona a Aix, y el resultado del juicio que condonaba la sentencia de muerte, pero sin decirle ni pío de mi evasión posterior, de la que mi esposa no se enteró hasta bastantes días después, al recibir una de mis cartas. Por aquel entonces, mi suegra vivía con su familia —y con mis hijos— entre su domicilio de París, en la calle Nueva de Luxemburgo y en su castillo de Échauffour, en Normandía, mientras que mi esposa había decidido hospedarse en el anterior alojamiento de mi madre, la difunta condesa de Sade, en el convento de las Carmelitas. Al enterarse de mi libertad —aunque fuera provisional e ilegal—, mi esposa se precipitó a ver a su madre, para comunicarle sus intenciones de venir a reunirse conmigo, mas la presidenta de Montreuil se mostró hecha una furia y se lo prohibió terminantemente. «Convertida en una verdadera leona —me contó después mi esposa—, y arrojando fuego y llamas por los ojos, me amenazó con hacerme encerrar a mí también, y que ya no estaba dispuesta a seguir permitiendo que corriera nuevos peligros, y que fuera de nuevo envilecida y comprometida como ya lo había estado hasta entonces.» Mi esposa prefirió retirarse prudentemente, ante tanta explosión de furia, esperando mejores momentos, pero me lo escribió todo, así como las gestiones que había reanudado para conseguir la abolición de la orden real de encierro que seguía pesando sobre mi cabeza.

En La Coste pasaban los días, y conforme más pasaban más me reconfortaba en mi idea de que mi evasión había sido si no inspirada, al menos permitida o tolerada por las autoridades, y me dedicaba a hablar con mis amigos, escribir cartas, comer bien, escuchar rumores y confidencias contra mi administrador, Gaufridy, contra quien todo el mundo parecía haberse puesto de acuerdo en delatar su conducta y revelarme lo que ya sabía, que era un espía de mi propia suegra. Pero por consejo de Milli de Rousset y del canónigo Vidal, del pueblecito cercano de Oppède, no me deshice de él, y me limité a enviarle alguna carta de doble sentido y con algunas ironías a su costa. Llegué a decirle, por ejemplo, que estaba seguro de que cuando la presidenta de Montreuil me confiara las cartas que había recibido de mi administrador, lo haría para convencerme de que este último había obrado así en mi propio favor y para defender mejor mis intereses. El granuja de Gaufridy no sabía a qué carta quedarse, y yo le dije que tanto él como mi suegra obraban por mi bien, pero que había que elegir, pues ella pensaba que mi bien pasaba por encerrarme, mientras que yo no estaba en absoluto de acuerdo con ello.

De todas formas, mis mejores momentos fueron los que pasé a solas con mi querida santa, con Milli de Rousset, una de las mujeres más inteligentes y graciosas que he conocido, la más divertida, y sin duda la que mejor escribía. Todos quienes se han acercado a mi vida se han quedado un poco perplejos al estudiar esta relación, sin saber exactamente a qué carta quedarse. ¿Hubo entre nosotros o no una verdadera relación sentimental, afectiva, o mejor todavía erótica? Los hay que dicen que se trató simplemente de una buena amistad, pero algunos de los documentos posteriores —sobre todo cartas que cruzamos estando yo ya en prisión— les desconciertan bastante. Otros piensan que se trató de un amor platónico, puro, ideal, de esos en los que jamás he creído, y encuentran por tanto graves dificultades para integrarme en una historia de esas características. Los más atrevidos se atreven tan sólo a insinuar que hubo entre nosotros otro tipo de actividades más materiales —no se atreven a decir carnales— sin especificar nunca cuáles, ni el cómo, y abusando de los dobles sentidos. En realidad, con los cinco que posee el ser humano nos bastaba y sobraba, y no pienso añadir nada más.

Todos subrayan —y no lo desmentiré— que no era guapa, pero nadie dice que fuese francamente fea. Algo es algo. Nadie tan inteligente y gracioso podría jamás resultar desagradable, y ya llegará algún día alguien que se atreva a decir que Marie-Dorothée de Rousset fue una de las mujeres más importantes en mi vida, con la que mejor lo pasé, pues fue con la que mejor y más profundamente me comuniqué, y pude contárselo todo, sin que el menor signo de protesta, de desencanto, de terror o de simple decepción se transparentase nunca ni en su rostro ni en su comportamiento. Hablar a tumba abierta, con absoluta y total libertad y sin sombra alguna de retención ni de recelo sólo puede compararse con los mejores momentos del mismo placer sexual, o los de la más apasionada y torrencial escritura. Y todo empezó en aquellos treinta y seis días de estancia en

La Coste, los de mi última libertad, en nuestros paseos por el parque del castillo y sus alrededores, en las largas veladas a la luz de la lumbre, o en aquel banco del parque donde solíamos sentarnos y hablábamos sin parar, y yo cogía sus manos y las estrechaba entre las mías de manera tan suave como prolongada, pues aquella caricia las resumía todas, las que hubo en realidad y las que pensábamos hacer, que eran tan reales como las otras.

Y no diré nada más, pues el nombre de esta mujer me sigue siendo tan querido y digno de respeto que nadie sabrá nunca nada que ella no hubiese querido que se supiera. Estábamos casi solos, pues Gothon había marchado de viaje por unos días, posiblemente en brazos del costeño Jacques Gregoire, con quien después se casaría, y que es el mismo que hoy se dispone a comprar La Coste, bendito sea. Nadie se lo merece tanto como él. Milli de Rousset y yo nos escribiríamos después durante dos años, y nuestra correspondencia es también una obra de arte, y aunque luego riñéramos, y ella regresara a La Coste al final, para en definitiva morir demasiado pronto dada su mala salud, su nombre merece todo mi respeto hasta el final de los siglos, y no tengo más remedio que callar aquí, y dejarlo tal y como lo encontré, recto, honrado y admirable para siempre. Como si hubiese sido el cristal que alguna vez un rayo de sol —de sol negro en mi caso— atravesó sin romperlo ni mancharlo nunca.

Pero nada dura en esta vida, sobre todo los raros momentos felices, y pronto empezaron a llegarnos rumores de nuevas amenazas, y hasta en algún momento huí del castillo, me fui a casa de mi amigo el canónigo Vidal, regresé porque no podía más en el seno de toda aquella incertidumbre, hasta que, cuando ya parecía empezar a acostumbrarme a esta ambigüedad y estado permanente de sospecha, y hasta volví a dormir tranquilo —sobre todo tras una carta de mi esposa que me tranquilizó bastante diciendo que las cosas iban bien, aunque, como después se vio, debió de tratarse una vez más de otra de las trampas de mi maldita suegra, que fue quien le inspiró aquellas líneas—, cuando en la madrugada del miércoles 26 de agosto de 1778 todo volvió a terminar, aunque en esta ocasión pareció que para siempre de verdad.

A las cuatro de la madrugada, despeinada, desnuda y despavorida, Gothon, que ya había regresado de su viaje, y cuya alcoba estaba colindante con la mía, se precipitó en mi cuarto dando gritos y alaridos —«¡Escapad, señor, escapad rápido!», decía— que le rajaban la garganta. A toda prisa, sin cambiarme, y en camisón, me refugié en un trastero, mientras se oían ruidos siniestros que subían por la escalera. La puerta de mi gabinete fue arrancada de cuajo, y pronto fui localizado, cercado y diez hombres se arrojaron sobre mí con las espadas desenvainadas y pistolas apuntando en mi dirección: eran cuatro agentes parisinos y seis hombres de la mariscalía de Salon-en-Provence que habían sido reclutados al efecto, todos ellos capitaneados por mi viejo conocido el inspector Louis Marais, que echaba espumarajos de rabia por la boca.

Aquel momento fue el de su mejor venganza sobre mí, ya que me la tenía guardada tras mi evasión de Valence. Me cubrió de un diluvio de tonterías, injurias y las más atroces calumnias. «¡Habla ahora, hombrecito, habla si te atreves —gritaba—, pues te van a encerrar por el resto de tus días, por haber hecho todo lo que sabes en ese cuarto negro que está encima de éste, tales y tales cosas —me niego a repetirlas aquí— y donde hemos encontrado cuerpos m...!» Sin duda quería decir muertos, pero todo esto era la vieja historia de los huesos humanos que me proporcionó en su día para los decorados de nuestras ceremonias y especiales ritos la bailarina Du Plan, como ya he contado con anterioridad. De hecho, pasados los años, revisados todos los archivos, documentos y testimonios acerca de todos los jovencitos y muchachas que vinieron a La Coste y estuvieron a mi lado durante los dos años anteriores, no se ha podido comprobar la desaparición de ninguno de ellos, aunque ello no me exime en verdad de la responsabilidad de algunos de sus deterioros. Pero esto fue todo, y que quede constancia de ello una vez más: todos ellos salieron vivos de mis manos.

Con toda rapidez, la gente se había congregado a nuestro alrededor, y algunas personas fueron testigos de los excesos a los que se entregó el inspector Marais, entre otras Marie-Dorothée de Rousset, el canónigo Vidal, el cura de La Coste —menudo granuja, por otra parte—, el guardián Sambuc, Gothon y la servidumbre, que luego testimoniaron de lo sucedido para la querella que presentaría mi esposa contra el inspector, que se había extralimitado en sus funciones, y sobre todo con alguien que, como yo, le superaba en estado y condición, aristócrata, conde, oficial mayor del ejército, maestre de campo de caballería y lugarteniente real en cuatro provincias. Louis Marais fue castigado, no le fueron reembolsados los gastos del viaje, y hasta mi propia suegra llegó a decir que había sido cesado en sus funciones, lo que me pareció excesivo. Aunque, de todas maneras, aún tuvo tiempo de sacar algún dinero más a mi suegra en una deuda que no podría satisfacer, ya que falleció dos años después de lo relatado. Descanse en paz, en la nada que le deseo, y hacia la que al fin y al cabo todos nos encaminamos pase lo que pase y seamos quienes seamos.

Y así, el 7 de setiembre de 1778, comenzaba una nueva etapa de mi vida, que, tras once años de reclusión primero en Vincennes y después en la Bastilla, me llevaron a las puertas de la libertad, que estuve a punto de conseguir el mismo 14 de julio de 1789, cuando esta última fortaleza fue asaltada por el pueblo de París, ya en plena revolución, pero que no llegaría hasta el año siguiente, estando preso en Charenton, cuando fue abolido el siniestro sistema de las *lettres de cachet*, u órdenes reales de encierro, que fue el único procedimiento, legal aunque arbitrario, mediante el cual me fue arrebatada la libertad y la existencia plena durante los mejores años de la madurez de un hombre, desde los treinta y ocho hasta los cincuenta. Fueron éstos los años más fecundos para mi vida intelectual y para mi escritura, pero, como es lógico, también los más atormentados, aquellos en los que jamás pasaba nada por otro sitio que no fuera mi cabeza, atormentada, esclavizada y rebelde desde el principio hasta el fin.

Me encerraron, después de trece días de un viaje infame y deshonroso, tras los cerrojos de las múltiples puertas que tuve que cruzar hasta la definitiva, la de la celda número 6 de uno de los torreones de Vincennes, de donde había pensado que salía ya definitivamente diecisiete meses antes. Mi esposa cayó en una profunda depresión, protestó airadamente, suplicó, se arrastró ante las autoridades, y llamó en su ayuda a Milli de Rousset, que acudió en seguida, dejando a Gothon como gobernanta en el castillo de La Coste.

Cuando entré estaba casi desnudo, con un abrigo, una chaqueta, unos pantalones, medias negras, dos camisas, dos pañuelos, dos servilletas, un par de pantuflas y un par de gorros de noche. Ni dinero, ni joyas, ni ropa interior, ni recado de escribir, ni libros. Tardaron más de una semana en enviarme un barbero para que me afeitara, un mes para proporcionarme algún libro, y dos para disponer de plumas y papel para escribir a mi antojo; y más de dos años y medio para permitir a mi esposa que viniese a verme. Pedí que me dejaran tener un perro, después un gato, para combatir las ratas y ratones que abundaban en la fortaleza, y me fue respondido que los animales estaban prohibidos, a lo que aduje la única respuesta que me dictaba el sentido común: ¿por qué no prohibían entonces las ratas y los ratones?

El gobernador de la fortaleza, el comandante de Rougemont, era un hombre vicioso, deshonesto, que ahorraba dinero reduciendo la alimentación de los detenidos, o cobrando comisiones, un verdadero crápula en calzas y gorguera, con el que nunca pude llevarme bien. «Aquí yace el carcelero de Vincennes, / pequeño, villano, cornudo y malhumorado», fueron los versos que le dediqué en un epitafio. Primero no me permitían ni siquiera dar un paseo, como suele ser costumbre entre los prisioneros. Luego me permitieron uno a la semana, luego dos, después tres y finalmente cuatro, pero a la postre me los suprimieron pura y simplemente según los altercados más o menos graves que tenía con mis guardianes.

Se ha dicho de mí que he sido un preso difícil, imposible más bien. Pero sólo he sido un hombre injustamente encerrado, que desconocía además la fecha de su liberación, y que protestaba enérgicamente cuando no era tratado con la consideración debida a su categoría y rango. Y puedo demostrar con los testimonios de dos de mis guardianes, el caballero Puget en la Bastilla, y el director de Charenton, señor Coulmier, que sé comportarme correcta y afablemente con quien así me trata a su vez.

Y fui preso para empezar de otra extraña manía con la que me defendí casi a lo largo de toda mi detención: la de buscar señales, signos, anuncios y premoniciones de cuál iba a ser mi futuro, de la fecha de mi liberación, sobre todo, de cómo y de qué manera mi destino se iba configurando a mi pesar. Tengo que explicarme a este respecto, ya que en muchas de las cartas que escribí, sobre todo a mi esposa que fue mi principal corresponsal, tanto desde Vincennes como desde la Bastilla, aparece esta manía de las cifras, de las señales, de la averiguación del futuro.

En primer lugar se trataba de luchar contra la locura; esto es, contra la espantosa irritación que me producía no saber la extensión de mi condena ni la fecha de mi liberación, si es que existía. En segundo lugar, el hombre ha pretendido siempre averiguar el futuro y descubrir los misterios de la naturaleza por otros caminos que los de la ciencia y la filosofía. Los romanos tenían sus augures, los egipcios los adivinos, los judíos la Cábala —que conozco bastante bien— y hasta ahora mismo hay gentes que intentan descubrir su destino en los astros, seudociencia que está destinada a tener un gran futuro, por lo que preveo. Se me puede decir que muchos de estos procedimientos tienen raíces religiosas, como por ejemplo la Cábala, que no sirve tanto para revelar el destino como para descifrar el sentido de la palabra divina. Pero otros no, como esta ciencia de los astros que se denomina astrología. Y, en todo caso, al estar mi procedimiento basado en simples datos numéricos y matemáticos, bien se puede ver que no había en mi ánimo ninguna disposición supersticiosa, ni tentación alguna de caer en brazos de una religión cualquiera o de creer en dioses de pacotilla. No, yo pretendía operar de manera científica, basándome en las fechas, en las cantidades, en el número de líneas de una carta, y así sucesivamente. Por ejemplo, me escribían un día 16 del cuarto mes del año tal, o la carta tenía cuarenta y tres líneas, o me daban seis velas, o doce, según, pues la naturaleza se revela por medio de señales, y las cifras no son sino convenciones que resumen un mundo numérico que obedece a leyes propias a las que también estamos sujetos, a pesar de su convencionalidad. Otras veces, cuando los pronósticos aventurados mediante estos cálculos no se cumplían podía ser a causa de que los cálculos estaban mal hechos, o porque las cifras que se me habían proporcionado eran falsas; esto es, se trataba de trampas preparadas por mi suegra, por quienes allí me mantenían encerrado o hasta por —pobre— mi propia esposa, que muchas reprimendas se llevó por esto. De todas formas, mejor sentirse perseguido que culpable.

Pues no es preciso señalar que en cuanto pude disponer de papel y plumas y tinta me puse a escribir como un descosido, cartas, desde luego —aunque las obras literarias vendrían poco a poco después—, cartas de protesta, de petición de gracia, insultos a mi suegra, peticiones incesantes a mi esposa, reclamaciones a la policía y a la administración de la prisión, recados a los amigos, instrucciones a la servidumbre —como a Gothon o a La Jeunesse, mas llamado Carteron, y en mis cartas en forma de parodia «monseñor el caballero Martín Quirós»—, algunas cartas iniciales a Gaufridy sobre la administración de mis bienes, que me tuvo que ser devuelta tras la anulación de la sentencia de Aix que me declaraba muerto civilmente. Aunque de hecho, otro de mis tíos —el último que me quedaba, el tercero de los Sade de la anterior generación, prior de la Orden de Malta y canciller en Toulouse—, tenía facultades sobre toda la fortuna familiar vinculada al título desde la desaparición del abad de Sade, cuya herencia por cierto no acababa de ser liquidada. Aunque asimismo mi suegra y mi esposa no dejaron de poner objeciones y de ir gravando mis bienes para satisfacer muchas de las deudas sobre la dote de Renée-Pélagie que había ido acumulando a lo largo de todos estos años, todo ello con el pretexto de proteger el patrimonio destinado a los hijos, a los que apenas vi a lo largo de todo este tiempo de prisión.

De todas formas, con quien mantuve una deliciosa correspondencia durante más de un año, el primero de mi nuevo encarcelamiento, y hasta algún tiempo después, aunque en forma más espaciada, pues en el entretanto habíamos reñido, fue, como ya anuncié, con Marie-Dorothée de Rousset, mi excelente y divertida amiga, a quien debo algunos de los mejores ratos pasados en los primeros meses de prisión, gracias a la lectura de sus cartas, siempre graciosas, repletas de ironía, de juegos, de juicios penetrantes y de informaciones apasionantes. Fue ella la primera que dijo que yo escribía «como un ángel», y que si se reunieran mis cartas tendría más éxito que el señor de Beaumarchais. Bueno, es un decir, pues yo creo que mis cartas tienen más fuerza y más potencia dramática que las memorias y panfletos del citado señor. Pero, en realidad, era ella la que escribía a las mil maravillas, como tuve ocasión de testimoniarle: «Mi pequeño animalito, iré, como un nuevo don Quijote, a romper lanzas a las cuatro esquinas del mundo para sostener que mi bestezuela, de todos los animalitos femeninos que respiran entre los dos polos, es quien mejor escribe, y la más amable de todos.» Sus habituales cuatro páginas —pues para ella era necesario siempre llenar al menos cuatro páginas— eran galantes, voluptuosas y mucho más divertidas que las de mi pobre esposa. Yo llamaba a mi amiga *la Santa* porque era para mí una especie de ángel, y por el celo y unción que respiraba en las múltiples gestiones que efectuaba en mi favor, siempre «con las baterías cargadas», y también Milli, que como ya dije es una manera de llamar a las señoritas en nuestra tierra provenzal.

Tras unos días para poner en orden sus asuntos, Milli de Rousset vino a París, para acompañar a mi esposa, y dispuesta a combatir en mi favor con todas sus fuerzas, y periódicamente me daba cuenta de sus gestiones, o me contaba historias, sucedidos, anécdotas, o se las inventaba para distraerme. ¡Bendita *Santa*, cómo la hice sufrir también al final! Espero que los disgustos que le proporcioné tras aquella primera etapa verdaderamente primaveral, cuando a causa de mis críticas, reproches y suspicacias, tuvo que interrumpir su correspondencia conmigo, que se redujo a alguna carta de vez en cuando y nada más, no acelerasen la enfermedad que finalmente se la llevaría a la tumba. «Sois un haz de espinas», me decía y también: «Sólo vos llegaríais a impacientar a un capuchino de madera, con vuestras burradas y vuestro perpetuo mal humor. ¡Qué locas somos las mujeres al hacer caso de un verdugo como vos!» A veces hasta me sentía celoso, cuando me hablaba de su profesor de guitarra, y ella me advertía que tuviese cuidado: «¡Que el cielo os preserve de albergar jamás sobre mí el más pequeño capricho! Os lo haría pasar de tal modo que tendríais que daros a los mil diablos..., y os advierto que estéis siempre a la defensiva.» ¿Cómo no decirle entonces que el deseo de adivinarla no era sino el de penetrar?... ¿Dónde? Ahí estaba el detalle. Y sin embargo ¿qué podía pasar entre una señorita de treinta y cinco años más bien fea, acompañante de una viuda de hecho como mi esposa, y este pobre prisionero encerrado y sin ver a nadie? Por eso mismo podíamos entregarnos al placer de las palabras, de la escritura, al placer del texto que también proporciona sus orgasmos.

Ella sabía perfectamente —pues mi esposa se lo contaría— que yo me entregaba a los placeres de la masturbación todo cuanto podía, y posiblemente en sus cartas, sin decírmelo, no hacía otra cosa que proporcionarme más motivos imaginarios para que todo llegara a buen puerto, manteniendo sin embargo su cuerpo bien lejos del mío, intacto y preservado de mis contactos malsanos. Y a un enfado mío contestaba lo siguiente: «Ya no hay más besos para vos, ya que los habéis rechazado. Siempre habrá otro que los encuentre buenos. ¡Adiós, adiós! Escribiré que os amo sobre la cabeza de un tiñoso.» Y luego: «No hay nada escondido para los amigos.» En diciembre le envié una carta de «felicitaciones filosóficas», con algún regalo, entre ellos mis mondadientes de marfil. «¡Oh Dios mío! —me dijo—. No hacía falta privaros de mondadientes. Esta joya me resulta más sensible que un regalo de cincuenta luises, y revuelve mi alma de manera singular. ¿Quién hubiese dicho que un mondadientes me causaba tal efecto?» Yo le enviaba canciones y poemas de todo tipo: «Vuestro orgullo aquí os arrastra / y mal juzgáis de este modo / del paraíso en que os pongo, / que es sin duda el de Mahoma, / pues allí quiero deciros, / que es donde, en mi delirio / de amoroso y tierno ardor, / haréis aún mis delicias, / como en tierra las hicisteis.» Sin duda íbamos demasiado de prisa. Milli de Rousset vivía con mi esposa, que leía nuestras cartas, y a veces no faltaba de anotarlas. Dormía en mi antiguo lecho de campo: «Ese lecho me contará algún día muchas cosas —le decía yo—, y sin duda tendré en él malos pensamientos. Y si vinierais a acostaros en él os sorprenderíais bastante. ¿Acaso os escaparíais?

Ésta es la diferencia que hay entre nosotros, pues si yo os encontrase en mi cama me acostaría como si no pasara nada. Las mujeres no sois filósofas, siempre os asustáis de la naturaleza.»

Y de pronto nos pusimos a escribirnos en la lengua occitana, en provenzal, y las galanterías y coqueterías subieron de tono: «No basta, querido Sade, con decir "me queréis", para convertirme en vuestra enamorada; hay que saber si vuestra esposa también lo quiere así, pues de nada me serviría vuestra buena disposición si no contase con la suya. Conseguid su palabra para que no se enfade, y después nos arreglaremos nosotros dos... Aunque ya me diréis de qué me iba a servir un enamorado tan lejano... Cuando amo a alguien le quiero siempre conmigo para que satisfaga todas las potencias de mi alma. La contemplo, la admiro, le doy miles de besos al día.» Hasta que llegó la carta más comprometida: «Mi querido Sade, delicia de mi alma, muero porque no os veo. ¿Cuándo podré sentarme en vuestras rodillas, abrazaros a gusto, deciros al oído tantas cosas bonitas?... Y si os hicierais el sordo, os haría sentir, mi corazón contra el vuestro, que tengo una alma tierna y delicada que con toda seguridad alimentaría la vuestra, y a mi vez os haré ver algo que no os resultará indiferente, aunque no os dejaré hurgar allí para que no metáis fuego a la estopa.» Esta carta, aunque escrita en provenzal, fue leída por mi esposa, que añadió algunas líneas: «¡Vaya, vaya, cuántas gentilezas os cuenta *la Santa*, su lenguaje me hace rabiar! ¿Qué pensáis de su santidad, que tan bien se explaya? ¿Acaso no intenta cortarme la hierba bajo los pies? ¡Tate, tate! Buena gentecilla, me opongo con todas mis fuerzas, y haré lo posible para que no vayáis ni más lejos ni más cerca de lo que deseo. Esto está bien para reír, pero no se os ocurra ir más allá.» A lo que Milli de Rousset replicaría a su vez: «Creo que hay celos por su parte. ¿Qué decís a ello? ¿Todavía queréis ser mi enamorado? Si vuestra tierna y fiel mitad no lo permite, no hay manera de hacer nada. ¿Qué podemos hacer, pues? ¿Engañarla? Somos demasiado delicados para eso, tratad de conciliar la cabra y la col, y después decidiré.»

Le respondí con un poema en provenzal también: «Os creo bruja para eso, / me encadenasteis / ... Si hay algo que te pica, / ya no lo dudes. / Escúchame, muchachita, / hay que rascarse. / Y si yo estuviera allí, / lo quitaría. / Y con sangre de mis venas / lo apagaría.» Pero habíamos llegado demasiado lejos y sin poder ni dar marcha atrás ni seguir adelante, y todo empezó a estropearse inevitablemente. Yo decía que Milli de Rousset podía hacer con sus dedos lo que quisiera, dada la gracia y calidad de sus cartas y sus labores, y que sin duda en La Coste le pediría que hiciera algo con los cinco dedos que tan bien sabía hacer, de seguro, pero que no se lo pediría hasta después, y ella confesó que mis frases le producían un doble efecto, el primero el de la risa, pero que el segundo tendría que adivinarlo, que no podía seguir escribiendo así, pues mi cabeza estaba enferma y no podía decir lo que pensaba de mí porque entonces yo no podría dejar de pensar en ella, y ya estaba otra vez el fuego en la estopa.

En resumidas cuentas, que su cabeza se inflamaba tanto como la mía, y podría esperarse lo peor: que se masturbase como yo lo hacía, sin parar. Aunque no lo creo. «Estoy en una extraña situación —me confesó—, pues provocáis contorsiones en mi espíritu. Es posible que yo haya incendiado algo en vos, y si hubieseis podido venir a mi lado habríais comprobado que sé curar enfermos de vuestra clase, mirando vuestra fiebre, y si necesitaseis sudar, lo hubiese colocado en un pequeño lugar estrecho y cálido que seguramente no le hubiese hecho demasiado mal... Pero ya no quiero más hacer reír al diablo.» Todo terminaba, y acabó con mi última carta galante: «Y ahora, bonita, ¿quieres conocer el segundo efecto? Escucha bien: cuando un cañón está demasiado cargado, para liberarlo, hay que hacerle descargar... ¿No sabes que cuando el calzón está demasiado lleno no hay que tocarlo? Y si lo tocas, el aceite se derrama. ¿Y cuál es ese sitio cálido y estrecho del que hablas? ¡Ah, vamos! A mí eso no me hace mucho efecto, pues de tal manera estoy configurado que siempre estoy al estrecho, como te lo demostraré en la práctica, bonita, y verás como estarás contenta. Si estuvieses conmigo, daría igual que la estopa ardiera, pues siendo yo quien la hubiese encendido también podría apagarla. Pero como estoy aquí solo, me enfado al sentirme arder como el diablo en los infiernos, sin nada que pueda aliviarme un poco.»

No todo fueron galanterías, o ambigüedades pícaras en nuestra correspondencia; de hecho, Milli de Rousset ayudó a mi esposa de manera incansable en sus gestiones para conseguir mi libertad; vio jueces, ministros, parientes, y hasta se entrevistó con la presidenta de Montreuil. Me hubiera gustado contemplar este encuentro, dado el talante de ambas mujeres, su inteligencia y su rapidez de reflejos. No pasó nada, pero ambas salieron bastante impresionadas respectivamente por la personalidad de su contrincante. Mi suegra añadió que no podía hacer nada, y preguntó a Marie-Dorothée si estaría segura de mi arrepentimiento en el futuro: «Desde luego», respondió mi buena amiga.

Su error fue sin duda prometerme el oro y el moro, pues de la misma manera que me ofrecía sus galanterías, también se esforzaba en convencerme de que mi libertad estaba próxima. Total, que como el cántaro que va tanto a la fuente al fin se rompe, llegó el momento en que ya no creí tampoco en más promesas, pues además las cifras me exasperaban y los juegos verbales eróticos y masturbatorios llegaron a tales extremos que mi irritación no conoció límites. La cubrí de reproches, ya que no podía hacerlo de otra manera, y un buen día Milli de Rousset decidió interrumpir sus cartas y volver a Provenza. Además, algo había visto en los informes que sobre mí manejaba la administración que la asustó bastante. No supo nunca si las acusaciones que recaían sobre mí eran verdaderas o falsas, pero lo cierto es que ya no quiso seguir el juego. No rompió del todo, desde luego, pues seguimos escribiéndonos durante dos años más, yo en Vincennes todavía y ella en La Coste, a donde se trasladó después de nuestra casi ruptura. Pero nunca puedo olvidar sus sabios consejos, sobre todo cuando me decía que no debía escribir todo lo que se me pasaba por la cabeza. «La gente dirá: "Son locuras, pero si estuviera libre las cometería."» En La Coste sustituyó a Gothon como gobernanta, aunque la fiel sirvienta siguió en el castillo, y me escribía de vez en cuando, aunque menos que a Carteron, a quien seguía añorando. Al final quedó encinta, no se supo bien de quién, y tuvo que abjurar de su fe protestante, para poder ca-

Sade fue un ser aparte, un libertino, un aristócrata corrompido y cruel, y hasta posiblemente un delincuente, pero no un asesino, ni un criminal, y su principal delito fue el de expresión. (Retrato imaginario de Sade.)

Ni soy el marqués de Sade, aunque voy a darle la palabra, ni quisiera haberlo sido ni por lo que hizo, ni por lo que fue, ni por lo que dijo, y no creo que haya nadie que quisiera serlo del todo.
(En la foto, el autor en las ruinas del castillo de La Coste.)

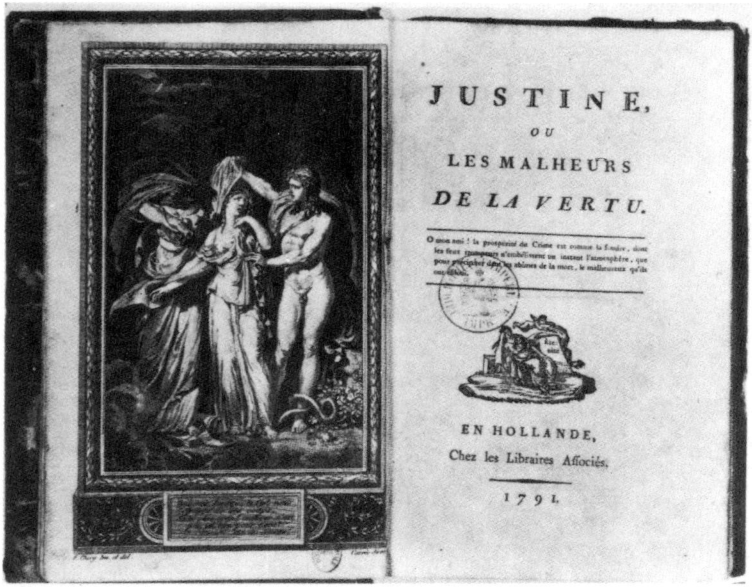

JUSTINE,

OU

LES MALHEURS

DE LA VERTU.

EN HOLLANDE,

Chez les Libraires Associés.

1791.

De nada me sirvió haber publicado «Justine» de manera anónima. Yo ya sabía que la obra iba a escandalizar, y al final tuve que adoptar esta precaución que se revelaría inútil.

¿Dónde estará el resto de mis manuscritos? ¿Dónde «Les 120 journées de Sodome», sobre todo, en aquel enorme manuscrito en un rollo de papel continuo que desapareció en la toma de la Bastilla, por la desidia o la torpeza de mi mujer.

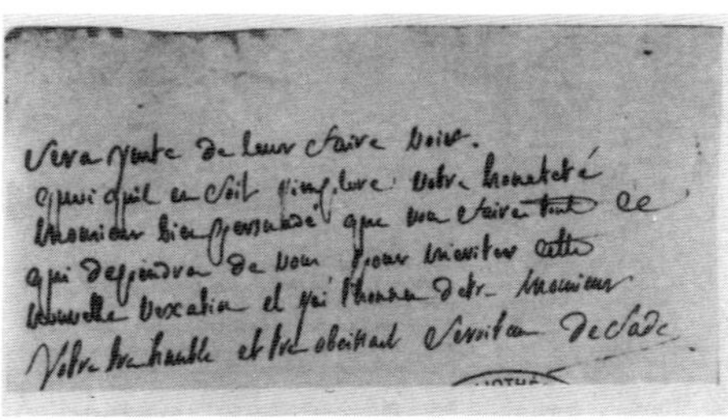

Votre tres humble et tres obeissant serviteur Desade

Soy conde de Sade, y firmo como marqués; aunque desde la revolución ya no firmo como nada, a veces lo he hecho como simple «señor de Sade» y otras como sencillo ciudadano, que es mi más noble título al final.

Nací el 2 de julio de 1740, en París, en el hotel de Condé, hijo de Jean-Baptiste-Joseph-François, conde de Sade, y de Marie-Éleonore de Maillé de Carman.

Lo cierto es que sí he admirado hasta la pasión a un gran novelista inglés, pero ése ha sido Richardson, el de «Pamela» y «Clarisse Harlowe», cuyos conocimientos del alma humana, y sobre todo de la de la mujer, han sido para mí una perenne lección.
(Grabado para la obra «Clarisse Harlowe» de Richardson.)

En Provenza encontré el gran escenario de mi vida, mi castillo de La Coste, al pie de las montañas del Luberon, donde he vivido con frecuencia, y donde he sido más feliz que nunca.

Heme aquí, al día siguiente de mi boda, un 18 de mayo de 1763, noble, rico, casado con una esposa agradable, con una carrera militar y nobiliaria importante a la vista, sin más preocupaciones que hacer mi vida lo más agradable posible.
(Retrato de Sade realizado por Ch. A. Van Loo hacia 1760.)

Jeanne tuvo miedo y me denunció, fui hecho prisionero y encerrado en el torreón de Vincennes, bajo la custodia del inspector Marais, un personaje con el que me iba a cruzar muchas más veces a lo largo de mi vida.

Nunca dije nada de Choderlos de Laclos, ni lo diré jamás: es un gran artista y un redomado hipócrita: al final, en «Les liaisons dangereuses», esa obra maestra fallida, tiene que condenar a los libertinos, matar al vizconde de Valmont y arruinar y picar de viruelas a la marquesa de Merteuil, que son los dos mejores y más grandes personajes de su novela.

Los primeros meses en el torreón de Vincennes me perturbaron profundamente; me sentía muy desgraciado, aislado, sin nadie al que acudir, a no ser mi querida y lamentable esposa que siempre me fue de una fidelidad a toda prueba.

La moral y la religión de Rousseau son cosas demasiado severas para mí, y las leo cuando quiero edificarme.

El 29 de febrero de 1784, a las nueve de la noche, penetraba en la más siniestra de las prisiones que el hombre haya podido jamás concebir, en la fortaleza de la Bastilla, en pleno corazón de París, donde encerraban a los prisioneros más molestos, ya que no más peligrosos.

Lo triste es que diez díaz después de mi traslado, la Bastilla era tomada por el pueblo de París en armas, dando así la señal de partida para lo que después se ha conocido con el nombre de Revolución francesa.

Por aquel entonces me apunté como «ciudadano activo», esto es, partidario de las reformas y al servicio de la Asamblea Constituyente en la sección de Piques, situada en el barrio de la plaza Vendôme.
(Apertura de los Estados generales, mayo 1789.)

Yo no era un revolucionario completo, y hasta aborrecía los excesos que los más radicales cometían durante todo aquel tiempo tan confuso; pero tampoco podía defender del todo al antiguo régimen, que me había hecho objeto de tantas persecuciones e injusticias.
(Actuación de un comité revolucionario en la época del Terror.)

Al mes siguiente, mientras la Asamblea Nacional daba paso a la Convención, sobrevino la catástrofe: La Coste fue asaltado.

En resumidas cuentas, que Robespierre se transformó en lo más parecido a un agente de la antigua Inquisición, en una especie de sumo sacerdote de la religión en que se convertía la revolución en sus manos.

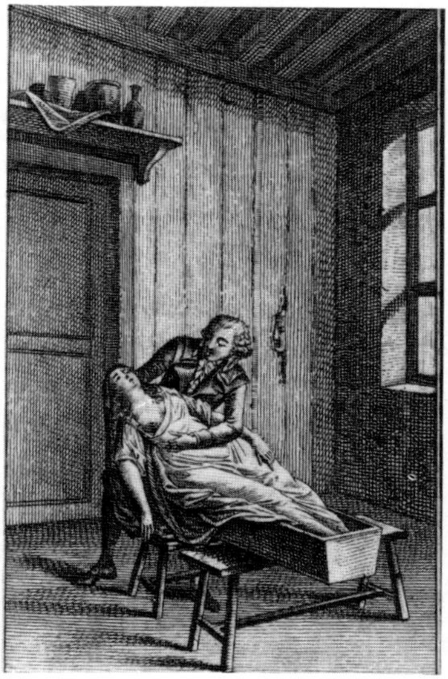

Lo malo es que la impresión de «Aline et Valcour» se retrasaba, siendo así que era la obra en la que había depositado todas mis esperanzas. (Grabado original de «Aline et Valcour».)

El 18 de agosto de 1800 la policía secuestraba en un taller de encuadernación una edición completa de «Justine», con grabados obscenos. (Grabado de la edición original de «Juliette», continuación de «Justine».)

No sé si mi vida ha sido una vida frustrada, y en todo caso sé muy bien que cuando muera no moriré del todo, que no moriré nunca del todo. Y también sé por qué: no hice nada, o apenas, pero lo imaginé todo. (Retrato fantástico de Sade, por H. Bilberstein.)

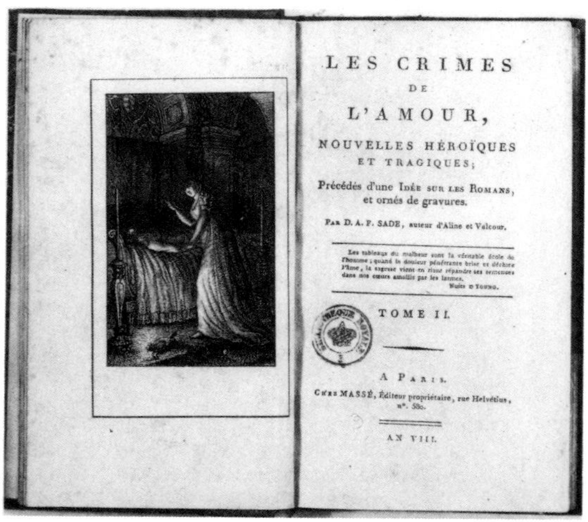

LES CRIMES
DE
L'AMOUR,
NOUVELLES HÉROÏQUES
ET TRAGIQUES;
Précédés d'une Idée sur les Romans,
et ornés de gravures.
Par D. A. F. Sade, auteur d'Aline et Valcour.

Les tableaux du malheur sont la véritable école de l'homme ; quand la douleur pénétrante brise et déchire l'âme, la sagesse vient en riant répandre ses semences dans nos cœurs amollis par les larmes.
Nuits d'Young.

TOME II.

A Paris.
Chez Massé, Éditeur propriétaire, rue Helvétius, n°. 580.

AN VIII.

«Les crimes de l'amour», que yo creía ser una obra limpia y sin adherencias extrañas ni peligrosas, que podría ponerse en todas manos, mereció una crítica infame de un foliculario —no hay otra manera de calificarlo— de nombre Villeterque.

sarse con el excelente Jacques Gregoire, de quien ya he dicho que está a punto de comprar las ruinas del castillo por una cantidad irrisoria. Los tiempos corren muy revueltos.

Al final, sin embargo, y poco después del parto, Gothon falleció, y quiero aquí reproducir unas líneas que le dediqué en una carta a Milli de Rousset, en las que hice su elogio, que falta le hacía dada la mala fama que le había proporcionado su proverbial generosidad sexual: «Gothon tenía sus defectos, desde luego, pero los compensaba con sus grandes cualidades y virtudes. Le gustaban los hombres..., pero ¿acaso no es ése el deseo de la naturaleza? Se casó porque estaba encinta. ¡Bueno, un poco de filosofía! ¿Qué hay de malo en ello? Yo no veo aquí sino virtudes, pues querer dar un padre a su hijo es intentar asegurarle el pan. ¡Ah! Pero también le fue infiel a su marido. Ahí ya no encuentro excusa alguna, pues el adulterio de las mujeres está sujeto a inconvenientes sin cuento, y tiene consecuencias tan horribles y funestas que nunca he podido tolerarlo. Pero, en medio de estos errores, Gothon era fiel, tenía un servicio agradable, rápido y ligero; era una buena yegua de corral que tenía querencia por las caballerizas de su amo. En verdad, lamento su muerte. Y además..., ¿cómo decirlo?, Gothon tenía, según se cuenta, el más hermoso... ¡Diablos! ¿Cómo seguir? El diccionario no tiene sinónimos para esa palabra, y la decencia me impide escribirla con todas sus letras, aunque no tenga más que cuatro. ¡Pues bien, sí! En verdad, era el culo más hermoso que jamás haya escapado de las montañas suizas, y eso desde hace más de un siglo, toda una reputación. Aunque bien es verdad que no debiera tratar estos temas sexuales, pues no hay que mentar la cuerda en casa del ahorcado... Pero no he podido resistirme a trazar esta breve apología.»

De paso, el testamento de Gothon fue bastante discutido, y mi esposa quiso recuperar la vajilla y otros útiles caseros que ella tenía en casa de Gregoire y que había tomado del castillo, a lo que me opuse con todas mis fuerzas, pues bien se lo había ganado. El que sufrió mucho fue mi criado, Carteron, La Jeunesse por otro nombre, que era mi mejor factótum. Me sirvió de fiel acompañante, de correo, de auxiliar denodado y bien provisto para algunas de nuestras orgías secretas, entretuvo muy bien a Gothon —aunque Carteron estaba casado y su esposa vivía con sus hijos en la miseria en Langres, en la tierra de Diderot—, me hacía los mejores recados con toda discreción, y hasta me copiaba los manuscritos de las piezas de teatro que empecé a escribir en Vincennes. Se vino a París, donde vivía en el alojamiento que utilizaba mi esposa en el convento de las Carmelitas, y allí llevaba una vida muy discreta, aunque había veces que se emborrachaba y desaparecía durante varios días. Era bastante leído, y le gustaban sobre todo —como a cualquiera, desde luego, como a mí mismo— Cervantes, la novela picaresca española, y el *Gil Blas* de Lesage, y aprovechaba estos conocimientos para escribirme unas divertidísimas cartas donde se mezclaba todo, historia, parodia y murmuraciones, y hasta alguna que otra golfería, a las que me vi obligado a responder en el mismo jaez, y llamándole con el seudónimo de «Martín o monseñor Quirós», que él mismo utilizaba: «Percibo en vos, monseñor Quirós, cierto apresuramiento, pero, en fin, mis desgracias parecen llegar a su fin, y espero poder agradeceros "en especie" vuestras buenas voluntades, dentro al menos de cinco años. ¡Viva el crédito, señor Quirós! Si mi funesta estrella me hubiera ligado a otra familia, no saldría nunca, pues ya sabéis, monseñor Quirós, que en Francia no se puede ofender impunemente a una puta. Se puede hablar mal del gobierno, del rey y de la religión, pero a una puta, *sandiez!*, hay que guardarse mucho de ofenderla, pues al instante llegan todos los Sartines, Maupeous, Montreuil y otros chulos de burdel, y vienen a sostener soldadescamente a la puta y encerrar intrépidamente a todo un gentilhombre por doce o quince años y todo por una puta como la presidenta de Montreuil. No hay nada mejor que la policía francesa. Si tenéis alguna vez una hermana, monseñor Quirós, aconsejadla que se haga puta: le desafío a encontrar otro oficio más hermoso..., y esto es lo que se denomina proteger las buenas costumbres, ¡vive el cielo!»

Pero al final también murió mi fiel Carteron, mi querido La Jeunesse, pues mi prisión se alargaba sobremanera, por encima de las propias vidas de muchos seres jóvenes, fieles, dóciles, agradables, inteligentes y en buen estado de salud, que sin embargo iban cayendo como moscas. También por aquel entonces releí la *Vida de Petrarca*, de mi difunto tío felizmente desaparecido, el abad de Sade, pero tuve que reconocer que se trataba de un libro muy bien escrito, y que además, como ya he contado, me provocó uno de los sueños más hermosos de mi vida de preso, en el que vi a mi antepasada, la adorable Laura de Noves, la idolatrada por el poeta italiano y casada con Hughes de Sade en el siglo XIV, y que vino a consolarme en los días más tristes de mi encierro.

También una de las veces en que me fueron suprimidos los paseos, me puse a gritar por la ventana, y llegué a ver en el patio a otro de los presos, el conde de Mirabeau, que también estaba en Vincennes por una *lettre de cachet* pedida por su propio padre, que estaba cansado de sus excesos libertinos. Pero Mirabeau se llevaba muy bien con nuestros guardianes, con la administración y el comandante de la fortaleza, por lo que gozaba de abundantes privilegios, que yo le reproché violentamente aferrando los barrotes de mi ventana. Le llamé lacayo de Rougemont, y él a su vez —que estaba enterado de quién era yo, y que además era primo lejano mío— me gritó que al menos él no había asesinado ni torturado ni disecado a ninguna menor, y que cuando estuviésemos libres me lo demostraría con su espada. Así quedaron las cosas, pues a su liberación fue uno de los líderes de nuestra revolución, y luego falleció demasiado pronto, pues yo apenas había salido definitivamente de Charenton poco más de un año antes. Su carrera final hizo que corrigiera el juicio inicial que sobre él formé en aquellos días tan lejanos y penosos. Pero siempre queda el rencor.

14

Con todo, a fin de cuentas, mi vida no era sino un conjunto de sensaciones, de rabias, de explosiones, de imaginaciones sobre todo, que cruzaban a galope por mi cabeza atormentada cavando unos surcos indelebles para siempre. Lo único real era el trato espantoso con mis innobles carceleros, las protestas continuas, las cartas y las masturbaciones. Se dice que la masturbación es como una caricatura del acto sexual, como la sexualidad del impotente, y otras lindezas por el estilo, fomentadas acaso por sacerdotes y padres de familia que contemplan con terror a sus discípulos e hijos entregarse denodadamente a esta pasión tan inocua como placentera. En un libro para la educación de los jóvenes se llegaba a decir, con toda impunidad, que la masturbación acarreaba toda suerte de enfermedades físicas —la tuberculosis— y morales, como la impotencia y la locura, y que el masturbador perdía una cantidad de su sangre equivalente a veinte veces la cantidad de esperma vertido. Otros señalan que se trata de un derroche, de una manera de malgastar la semilla que podría engendrar nuevos seres humanos y que, por tanto, se trata de una práctica condenable.

¡Tonterías! La masturbación es el medio más normal de acceder a los primeros placeres sexuales, ya que se consigue tan sólo con un poco de imaginación y acariciando el propio cuerpo, sin imponer nada a nadie ni sufrir agresiones ajenas. La masturbación es el grado cero de la sexualidad, y ya está. Pero yo nunca criticaré las prácticas sexuales de nadie, ni permitiré que se llame vicio a todo aquello que no está de acuerdo con mis propias costumbres. Todo lo contrario, la naturaleza nos deja en libertad de elegir, y los caminos del placer son infinitos. Yo respeto todos los gustos, todas las fantasías, por barrocas que sean, las encuentro respetables a todas, primero porque no somos sus dueños, y después porque, aun la que parezca más extraña y singular de todas, si se analiza bien, remite siempre a un principio de delicadeza. He ahí un principio que no ha sido bien estudiado hasta ahora, y que me precio de haber descubierto con claridad, lo que podrá dar mucho juego en el futuro a todos aquellos que se inclinen con seriedad sobre los misterios de la condición humana.

Al fin y al cabo, ya lo insinuaba asimismo en otra carta a Milli de Rousset, una de las más estudiadas por mis comentadores y exegetas malditos, que nunca me dejan en paz, aquella misma que comienza remontándose a las mayores alturas: «El águila, señorita, a veces se ve obligada a abandonar la séptima región del aire para venir a posarse en la cima del monte Olimpo, o a rebajarse hasta los antiguos pinares del Cáucaso, los fríos alerces del Jura, o la grupa blanquecina del Taunus y a veces hasta las canteras mismas de Montmartre...» Me complace este principio, ¡vive el cielo!, pero voy a saltarme lo que sigue para ir hasta el siguiente párrafo, donde se habla de lo que más me interesa, aquello que recuerda al hombre su condición natural, y que me repito de memoria y corazón todos los días de mi triste existencia: «He aquí lo que prueba que por mucho que haga el hombre, por más que se eleve por encima de sí mismo, siempre existen dos momentos fatales al día que le recuerdan a pesar suyo lo que es y que le devuelven a la triste condición de las bestias y de los animales, de los que ya se sabe que mi sistema, por llamarlo de alguna manera tal vez demasiado excesiva, no se aleja demasiado. Y esos dos instantes crueles son —y perdón por las expresiones, que si bien no parecen demasiado nobles no por ello dejan de ser profundamente verdaderas— aquel en el que es preciso que "se llene" y el otro en el que necesita "vaciarse". Y éste es el caso en el que me encuentro...»

¿Está claro? Nuestra naturaleza nos domina, por lo que la masturbación era el recurso natural en medio de las cuatro paredes de mi celda, y a ella me entregaba con toda la profusión de que era capaz. Hay que tener en cuenta además que tardé dos años y medio más desde mi última detención en ver a mi esposa, aunque no por sus deseos, que me manifestaba en su copiosa correspondencia, sino por la prohibición, censura y aislamiento a las que me hallaba reducido injustamente. Así las cosas, el único defecto de la masturbación es su monotonía y las limitaciones a que se ve reducido un único cuerpo humano, factor que no puede serlo plenamente en ausencia de los demás. Es evidente que en toda operación humana existe una tendencia a la multiplicación, al exceso y al desbordamiento, y, que como sucede en las matemáticas —y en la geometría, y en la biología, y en la flora y en la fauna, en todo, en suma—, las mejores operaciones son las más profundas y complejas, y los mejores seres los que más y mejor se multiplican. Y no hablo aquí de la simple e imbécil reproducción de la especie, sino de la multiplicación *in actu*, pues los números simples no sirven sino para formar los complejos, y toda cantidad debe tender al infinito. Un factor existe porque otros lo acompañan, y si no, ya no hay operación posible.

Así las cosas, ¿cómo multiplicar un cuerpo solitario? Si siempre es mejor que a uno le masturben —o masturbar a su vez a alguien— que el puro y simple hecho de masturbarse a solas, ¿cómo hubiera podido remediar todos estos problemas en mi solitaria y miserable existencia de prisionero sin final? Lo utilicé todo, los muebles, los objetos, las piedras del suelo y paredes de mi celda y hasta los barrotes de mis rejas, los vestidos, los trapos, las escobas... A veces lloraba en medio de estos placeres reducidos, y el simple pensamiento de mis carencias excitaba aún más mi imaginación, tan calenturienta como se sabe. Finalmente, y tras la experiencia de alguna escoba, se me ocurrieron procedimientos más refinados, basados simplemente en botellas, estuches redondeados, frascos y frasquitos de perfumes diversos y otros objetos similares. Para conseguirlos me serví de mi dulce y abnegada esposa, que al principio no entendía nada. Además, para no infundir sospechas, empecé a denominarlos *prestigios*. Y así, en nuestra correspondencia cruzada, y desde mucho antes de que pudiera venir a visitarme, en medio de las innumerables comisiones que le hacía y de las peticiones de toda clase de objetos, ropas, comida —pues en la prisión, como puede suponerse, la gastronomía no estaba muy cuidada—, empezaron a aparecer demandas urgentes y apremiantes de estuches, frascos y finalmente *prestigios* de extrañas características. Frascos con gollete de nueve pulgadas de alto, con otros seis de circunferencia, con una rosca que llegara tres pulgadas arriba, y así sucesivamente, aunque, como puede imaginarse, las medidas variaban según mis fantasías y caprichos.

Mi pobre esposa se daba un trabajo enorme, a veces tenía que recorrer todas las perfumerías de París, hasta que en algunas de ellas empezaron a mirarla con ironías y reticencias, y hasta con malos ojos, pues pensarían —lógicamente— que utilizaba todos aquellos *prestigios* para su uso personal, ¡pobre mujer de preso! Y no solamente los pedía para el uso correcto, que sólo podía ser el anal, sino también posteriormente para ver cómo podían usarse por delante, vaciando en ellos mi propio esperma, lo que resultaba mucho más complicado y difícil dado que las dimensiones de mi pene son extremadamente variables según la intensidad de mis placeres y orgasmos. Renée-Pélagie se me quejó en numerosas ocasiones, llegando a decirme que la tomaban por una loca, pero conforme aumentaban sus lamentos mayor placer sentía yo en multiplicar los encargos y hacerlos cada vez más complicados. Naturalmente, los *prestigios* podían ser de vidrio o cristal, si eran suficientemente gruesos y sin peligro de romperse, pero me gustaban más los de maderas finas, de ébano y palisandro por ejemplo, y convenientemente barnizados, y si llevaban perfume en su interior se multiplicaban sus maravillosos efectos. Sin hablar, claro está, de toda esa suerte de frasquitos alambicados, retorcidos, moldeados según la fantasía de nuestros benditos artesanos, rugosos o bien alisados, labrados con cariño y amor. En fin, que la creatividad del hombre se manifestaba de mil maravillosas maneras diferentes, cuyo efecto a su vez se multiplica hasta el infinito en millones de efectos diferentes y gustosos según el número y calidad de quienes la utilizan. No se puede poner puertas al campo de la naturaleza humana, cuyo destino final no es otro que el de ir siempre más adelante y escapar a toda suerte de prohibiciones y cárceles que la sociedad y los tiranos intentan imponerle. Pues no otra cosa es la libertad, el don más maravilloso del ser humano.

Todo esto yo lo pensaba y ponía en práctica en los reducidos límites de mi prisión, donde mi mayor problema era siempre el de ir más allá y el de multiplicar mis placeres a ser posible sin repetirlos, huyendo de la monotonía. Mis carceleros se quedaban maravillados y espantados al mismo tiempo, pues mi productividad en estos terrenos era asombrosa, incansable y caótica, y hasta hubo alguno de vez en cuando —rara vez en doce años, desde luego, acaso dos o tres o cuatro como mucho— que quisieron acompañarme en mis fantasías, aunque con tanto miedo y terror que, a pesar de lo maravilloso que fue, no creo que jamás consiguiéramos el comportamiento correcto, aun sin contar con la extrema y severa vigilancia a la que estaba sometido. Esto me hizo pensar también que el oficio de carcelero contamina a quien lo posee, que ve su espíritu y naturaleza tan suspicaces y aherrojados que parecen estar tan cargados de cadenas por dentro como las que imponen por fuera a quienes vigilan y encarcelan. La función crea el órgano y todo tirano será siempre su mayor preso y el mejor carcelero de sí mismo, no se olvide.

Y para terminar con este tema, tan gozoso entonces, como penoso cuando recuerdo ahora sus limitaciones crueles, debo hablar de otra de mis singularidades que ha sido después muy comentada, cuando se difundió una de mis cartas a mi esposa, la que se conoce con el nombre de «la manija y la vainilla», perfectamente clara a pesar de su estilo metafórico y de sus aparentes oscuridades, y que tanto ha dado que pensar y especular a mis malditos comentadores. Es natural que emplease toda suerte de disfraces y máscaras en mis cartas, pues no se olvide que todas pasaban por la censura de mis carceleros, tanto las que yo enviaba como las que recibía. Sospecho —mejor dicho, creo firmemente— que muchas de aquellas cartas nunca llegaron a su destino, tanto de las que me enviaban mis corresponsales, como la mayor parte de las mías, lo que me indujo siempre a sacar copia de las mismas, aunque luego en su mayoría aquellas copias desaparecieron en la toma de la Bastilla y la rapiña de que fue objeto mi celda de entonces, donde se conservaban intactas todas mis pertenencias. Por ello muchas de mis cartas han aparecido con numerosos borrones, tachaduras, rotas y desgarradas y con anotaciones encima, lo que me suele sacar de quicio cuando me entero. Y por ello también solía emplear todo mi ingenio en crear lenguajes crípticos y metafóricos para engañar a mis censores, y hasta juegos de palabras y claves secretas que tengo que reconocer que me llenaban de satisfacción cuando conseguían el objetivo propuesto. Aparte de que, como todo escritor o aficionado a la escritura podrá entender, crear estos lenguajes era también un placer mental tan intenso que se convertía casi en corporal, o al menos así lo experimentaba yo. Pues, y ahí va otro pensamiento clave para poder entenderme, el pensamiento no nace sólo de la mente, sino de la mente y del cuerpo a la vez, y no es algo mental tan sólo, sino físico y corporal, pues el hombre es un todo y sus partes no se pueden separar. Algún día habrá alguien que sabrá ver todo esto con claridad, y me gustaría que fuese una mujer.

Y lo digo aquí para salir al paso de un equívoco que mucho me duele, de una acusación, tan falsa como todas las demás, y aun muchísimo más, que ha recaído sobre mí posteriormente, por parte claro está de todos aquellos que me han leído mal, o basándose en sus propios prejuicios que suele ser la peor manera de leer: la de ser un impenitente misógino, la de odiar, o al menos despreciar a las mujeres, acusación que subirá de punto conforme esos pequeños movimientos que intentan defender a las hembras, otorgarles su debido lugar en la sociedad, equiparándolas en derechos y deberes con los que usufructúa el sexo masculino, vayan cobrando más fuerza y poder, como es debido. En efecto, la abundancia de mujeres poseídas, torturadas, humilladas y asesinadas en mi obra es tan grande, que de una lectura apresurada de lo que he escrito podría deducirse fácilmente esa acusación. Nada menos cierto, lo proclamo desde ahora, pues en todas esas innumerables escenas que tanto he repetido me he limitado a utilizar al sexo femenino en el lugar que hoy ocupa en la sociedad, sin enmascarar nada ni mucho menos, y con toda la objetividad posible. La figura de una de mis protagonistas, acaso la más célebre, Justine, la desdichada víctima virtuosa, puede resumir esta falsa acusación; pero quien ello deduce yerra, pues olvida su gran contrapartida, la otra cara de la moneda, la de su hermana, la impar Juliette, que es la que en verdad triunfa al final, la que representa los enormes valores que encierra para mí el sexo femenino. Lo que he querido decir es que en la actualidad, y mucho me temo que durante largos lustros, o acaso siglos, la mujer seguirá injustamente ocupando un lugar secundario en la sociedad humana por mucho que algunas protesten, y en su conjunto el bello sexo seguirá siendo explotado por su contrario: pero que, al mismo tiempo, la mujer es lo más importante, el núcleo natural central de la especie humana, y que para ocupar su debido lugar, y ser poderosa y triunfadora, tiene que ser libre y hasta libertina o libérrima, independizándose de todas esas rémoras que le impiden alcanzar su plenitud, sean las que fueren, llámense hogar, familia, esposos, hijos, moral y religión, y seguir sus propios impulsos hasta donde pueda, sin otros límites que los que le impongan su naturaleza y el legítimo uso ilimitado de su cuerpo para su propios placeres. Lo que es evidentemente todo lo contrario de lo que me acusan con tanta precipitación como injusticia.

Pero volvamos a la manija y a la vainilla, para clausurar este apartado dedicado a mis placeres en el seno de las mazmorras. Hay cuatro palabras en la carta citada que significan otra cosa de la que en principio dicen, o suelen decir en el lenguaje habitual. El *arco* no es otra cosa que el sexo masculino, y la *flecha*, el semen que de él brota en el orgasmo, tras la correspondiente erección. Y como en la carta cuento lo que me sucede a mí, digo con toda claridad que conforme el *arco* se tiende más, se tensa hasta la exasperación —esto es, conforme mi sexo se endurece y agranda en la erección hasta límites insoportables—, la *flecha*, el semen, tarda en salir, parece negarse a seguir su camino natural e irrumpir como fuente o surtidor en el escenario, y así suelo sentir siempre terribles dolores y angustias que sólo se resuelven al final en el momento del orgasmo y el derrame, que me proporciona un placer infinito. Yo achaco esta anomalía a la especial espesura y grosor de mi esperma, que le impide circular con fluidez total por los vasos conductores, y tiene que vencer su propia consistencia para abrirse paso hasta el final. Lo cual supongo que también tiene algo que ver con la especial incandescencia de mi naturaleza, con mis indomeñables impulsos hacia los ejercicios sexuales, con mi temperamento arrebatado y compulsivo en toda circunstancia.

Al lado del *arco* y la *flecha* hablo también de *manija* y de *vainilla*, pero esto es mucho más fácil de entender. La *manija* no es sino la masturbación, pura y simple, la manipulación del pene, la base más sencilla y simple del autoerotismo. Y la *vainilla* es un término que hasta se puede leer en su sentido más natural, como la especie o el gusto que puede acompañar a tantos y tantos platos tanto más exquisitos como cuanto más la comportan. Pero claro está que el término de *vainilla* también es una metáfora, y se refiere a los diversos condimentos que pueden acompañar tanto en cocina como en sexo a toda suerte de actividades. Y naturalmente, en las que no tenía más remedio que efectuar en medio de tantas dificultades y privaciones, abundaron las *vainillas* de todo tipo, gastronómicas desde luego, desde la propiamente dicha hasta las cremas, los chocolates derretidos, natillas, sopas y papillas, hasta las procedentes de la cosmética y la perfumería. Todo servía, y había que haber visto a tanto y tanto *prestigio* suavizado o excitado por las correspondientes *vainillas*, para que la *manija* fuera más sencilla y excitante y, a través del tenso *arco*, la *flecha* pudiera cumplir su cometido. Mi esposa, que aparentaba no entender nada y jamás contestó estrictamente a esta deliciosa carta, sin duda pudo también alcanzar sus propios objetivos a su través. Aunque nunca me lo dijo.

15

Por fin, el 13 de julio de 1781, Renée-Pélagie pudo venir a Vincennes a visitarme por vez primera desde aquel ya lejano 13 de febrero de 1777 en que fui detenido en París y encarcelado también inicialmente en Vincennes. Desde entonces, durante casi cuatro años y medio, no la pude ver, ya que luego vinieron el viaje a Aix, la casación de la sentencia, mi evasión en La Coste y mi nuevo encarcelamiento, acontecimientos todos ellos que mi esposa no pudo conocer a tiempo, y durante los cuales mi vida le fue celosamente ocultada, aparte de la solemne prohibición de su madre, la presidenta de Montreuil, el *deus-ex-machina* desde entonces de todos mi sufrimientos, que había tejido ya su cósmica tela de araña en torno de mí para hundirme para siempre, y que pudo evitar en todo momento que mi esposa corriera a mis brazos, como era su lógico y normal deseo.

En primer lugar, cuando se habló de la posibilidad de esas visitas, yo me negué a verla si no fuera a solas, rechazando vivamente la presencia de cualquier testigo, autoridad, policía, juez o guardián que se nos quisiera imponer. Naturalmente, durante largos meses, la polémica se encendió entre mis guardianes y yo, pues se negaban a concederme lo que denominaban pretensiones excesivas. ¿Excesivas? ¿Acaso es excesivo que dos esposos casados ante la ley de Dios y la de los hombres se vean a solas? Tamaña indignidad me revolvía las tripas, e insistí una y otra vez en mi petición de ver a mi esposa fuera de los ojos y oídos de cualquier testigo, fuese quien fuese. Pero al final, y teniendo en cuenta las quejas de mi mujer, que como siempre cedía en todo, no tuve más remedio que aceptar tan onerosa condición. Y aquí llegó Renée-Pélagie y se desencadenó otro drama mucho más complicado y que voy a tratar de exponer.

El problema, en realidad, era algo bastante simple, y no tiene nada que ver con las complejidades y vericuetos que a mi espíritu achacan como de costumbre los lenguaraces de mis comentaristas y perseguidores. Vi a Renée-Pélagie guapa, eso es todo. ¿A quién puede extrañarle después de haber pasado cuatro años y medio sin verla, después de tanto tiempo de no haber visto —salvo algunas excepciones, sobre todo durante el mes largo de mi evasión— mujer alguna, y sobre todo mujeres dignas de mi alcurnia y condición? Sí, ya he dicho que Renée-Pélagie no era especialmente guapa, y tampoco puede pensarse que me hubiese enamorado verdaderamente de ella durante los años de mi detención, siendo así que nunca lo había estado cuando vivíamos juntos y felices y en libertad, disfrutando además de las maneras más explosivas y libérrimas que pensarse pueda de todos los placeres del sexo. No, no se trataba de eso. Simplemente, mis fantasmas femeninos durante aquellos años de cárcel eran lo suficientemente inconsistentes, frágiles e ilusorios, que la vista de una carne femenina me puso en un estado de excitación terrible, sobre todo teniendo en cuenta que aquella carne que veía después de tanto tiempo había sido mía por completo, la había tocado, acariciado, torturado, manoseado, besado y ultrajado hasta la exasperación, hasta las mayores transgresiones posibles, y que, por tanto, la conocía en todos sus detalles hasta el más mínimo pliegue, hasta en cada uno de sus orificios, de sus poros y hasta en sus más pequeñas vibraciones y temblores.

Y aún me queda el último detalle. Con su habitual torpeza y buenos deseos, llevada por sus excelentes intenciones de agradarme, Renée-Pélagie no sólo se presentó muy bien vestida, sino hasta adornada de toda suerte de perifollos y joyas, perfumada, escotada y hasta sensual en su vestimenta, mostrando hasta donde entonces se podía la garganta, los brazos, el comienzo de los senos, peinada con exquisita afectación, destacando bien su pecho, su cintura, sus muslos y hasta sus poderosas nalgas, y aquello fue ya el acabóse. Nuestra entrevista fue larga y hasta un punto cansina, y no paramos de decir tonterías y de hacernos caricias de lo más inofensivo, durante más de dos horas, pero a pesar de las apariencias y de la sosería de toda aquella escena, yo estuve en ella permanentemente en erección, y regresé a mi celda absolutamente cachondo, extrañado y feliz por aquella circunstancia —de la que procuré descargarme en seguida merced a algún *prestigio* que otro—, pero también reflexionando sobre lo que me había sucedido casi por vez primera con aquella mujer hasta entonces tan conocida.

Sí, la había visto guapa, o por lo menos así la había sentido, pero tanto adorno y perifollo en su atavío, tantas zalemas, tanta piel al descubierto —aunque ahora pienso que por aquel entonces exageré un poco—, desembocaban en una evidente coquetería, aunque sólo lo fuera en apariencia. Pero si así lo aparentaba ante mí, ¿lo haría también fuera de mi presencia? La naturaleza femenina, como la masculina, aunque sean tan diferentes, tiene también sus exigencias, y bien que Renée-Pélagie no se hubiera distinguido en un principio por sus rápidas disposiciones y su inicial calor, no por ello se había mostrado renuente con posterioridad a los placeres de la carne, que había ido aprendiendo según mis instrucciones y manejos, si no con celeridad sí al menos con la debida perseverancia y asiduidad. Así pues, me puse a reflexionar sobre aquel extraño fenómeno, sobre aquella excitación insólita en mí en circunstancias normales, sin saber muy bien a qué o a quién achacarla.

¿Era simplemente mi estado de postración sexual en el que me hallaba sumido el causante de aquellas prolongadas erecciones o acaso mi cuerpo había visto en la persona de Renée-Pélagie algún elemento nuevo acaecido durante todos estos años de encarcelamiento y que había escapado a mi control? Consulté sus cartas, analicé lo que en ellas me contaba de su vida, cómo había trabado amistad con madame de Villette, y sobre todo cómo confiaba en la devoción y asiduidad de mi antiguo secretario Lefèvre, un muchacho de origen campesino provenzal que ya había trabajado a mis órdenes en La Coste. Asimismo encontré un detalle en una de sus cartas que me dejó pensativo: «Estoy engordando de manera asombrosa últimamente, y voy a tener que cuidar más mi figura...» Conté las líneas, los números que indicaban las fechas de las cartas, encontré que había varias del mes de febrero pasado, y esta misma mención del citado mes se encontraba repetida en otras varias ocasiones. Lefèvre, febrero... Todo estaba claro: una puta como la señora marquesa de Villette, casada con un homosexual notorio, aunque amigo de Voltaire, y que además le había ofrecido a mi esposa hospitalidad en su propia casa, que en verdad era una jodedora notoria, y hasta aficionada a los placeres de Safo según se decía; luego la compañía asidua del jovencito Lefèvre, no mal parecido aunque demasiado aparecido en sus cartas, y finalmente el hecho de «engrosar» excesivamente... Claro como la luz del día, Renée-Pélagie me engañaba y estaba embarazada por obra y gracia del miserable de Lefèvre, y hasta posiblemente hubiera accedido a las galanterías de la de Villette, y por eso me había parecido tan seductora, tan bien arreglada y hasta posiblemente casquivana cuando por fin pude echarle el ojo encima. Y si todo esto era así, con una exactitud matemática casi, pues todas las incógnitas de la ecuación se despejaban de golpe aplicando la solución propuesta, ¿qué no habría sucedido a lo largo de todos aquellos prolongados cuatro años y medio en los que habíamos estado separados, y durante los cuales había gozado de una independencia absoluta, lejos de mi presencia, de la de su madre, y hasta de la de sus propios hijos que eran los míos y que estaban siendo educados por los Montreuil? ¿Y no sería posible que su propia madre, la presidenta de Montreuil, hubiese empujado a mi esposa, la dulce e inocente Renée-Pélagie, que ya había dejado de serlo, a refugiarse en otros brazos, masculinos o femeninos, que le otorgaran el placer que ya no podía encontrar en los míos, y así poder liberarse de la servidumbre sexual en la que había caído, en su opinión, bajo mi férula?

Sí, estaba celoso, estaba tan celoso como un caballo, como un enjaulado león en celo, y mis rugidos se escuchaban por las escaleras y torreones hasta las almenas de Vincennes. Alguien ha podido acusarme de no ser celoso, de que en mi afición por la promiscuidad sexual, tan ampliamente ejercida a lo largo de mi vida, había podido desprenderme de esa servidumbre esencial en el ser humano, el de la sospecha de que nuestros interlocutores sexuales también pueden serlo de otros y el dolor subsecuente que inevitablemente nos ataca. ¡Pamemas! Los celos son algo connatural en la persona humana, y una cosa es reprimirlos, como se suele hacer entre personas bien educadas o entre los cínicos que sacrifican este sentimiento para obtener otra clase de placeres, y otra que los celos no existan, o puedan no existir. Creo firmemente que si una persona no es celosa, algo le falta en sus disposiciones sexuales, y que en resumidas cuentas no es más que un enfermo. Pero, en la mayor parte de los casos que he conocido, a mayor cantidad de celos siempre corresponde una máxima capacidad erótica y amatoria.

Vaya lo uno por lo otro, pues. Otra cosa es que, en plena actividad sexual, en las mayores orgías amorosas que imaginarse puedan, siempre existe esa necesidad de buscar el dolor, ajeno o propio, para incrementar el placer subsecuente, y que los celos, convenientemente administrados, sean también muchas veces fuente de placer. Y así sucedió cuando vi que aquellos tremendos celos que me atormentaban incrementaban mis placeres sexuales, mis orgías masturbatorias, con tanta o mayor eficacia que la de los más complicados *prestigios*. Nunca me masturbé más y mejor que en aquella temporada de mis celos, que duró más o menos hasta final de aquel mismo año. Además, no era la primera vez que había estado celoso: lo estuve en mi juventud de la señorita de Lauris, de la Colet, y hasta de la Beauvoisin, aunque nunca de mi cuñada Anne-Prospère de Launay —apenas tuvimos tiempo, pobrecilla— ni de mi esposa hasta entonces. Lo que había sucedido en muchas otras ocasiones es que había reprimido mis celos, o los había sacrificado en la búsqueda de mayores placeres al aceptarlos. Y así escribí a mi esposa cartas terribles, quejas enormes, desgarré algunas de sus cartas en las que hablaba de Lefèvre, le prohibí frecuentar a los marqueses de Villette —con lo que siguió residiendo en un convento— y hasta desfiguré, pintarrajeé y manché con mi propia sangre un retrato que conseguí del supuesto amante de mi esposa. Renée-Pélagie se entregaba a todos los demonios, suplicaba a todo el santoral y los ángeles celestiales, ponía a Dios por testigo de su inocencia, se sometió a todos mis caprichos, obedeció a todas mis abjuraciones, y padeció como una esclava los insultos, injurias e infamias que a mi calenturienta cabeza se le ocurrió perpetrarla. Y entre mis especulaciones y furores —hasta llegué a intentar calcular las dimensiones del pene de Lefèvre, que, como suele suceder en estos casos, resultaba ser más grande que el mío—, y sus lamentos y protestas de fidelidad constante, pasó aquel año, fatal entre los fatales, hasta que al final pude calmarme, no sin sentir cierto amargo regustillo de placer y dolor al mismo tiempo, que me dejaba meditabundo y soñador.

¡Qué curiosa es —pensaba— la naturaleza humana y cuántos obstáculos se oponen a su felicidad, que no por ello deja de ser su principal objetivo! Y si bien es cierto que partes de esa felicidad soñada se pueden obtener en medio de tantas dificultades, y que hasta muchos, la mayoría, se contentan con ellas, la felicidad nunca podrá serlo del todo porque siempre aspirará a ser total y completa. Si quitamos al hombre feliz una pequeña parte de su felicidad habrá dejado de serlo, aunque quiera engañarse. Y esa gran mayoría que se siente satisfecha con las pequeñas briznas de felicidad que les ha tocado en suerte estará siempre compuesta de imbéciles o enfermos: no son hombres de verdad. Y siendo así que el único camino claro para conseguir la felicidad no es otro que el del placer, la vida humana no lo será jamás del todo si no se dedica a la búsqueda y obtención total y completa de ese placer que tanto falta en el mundo. La felicidad, el placer y la libertad son las verdaderas virtudes fundamentales, y tienen que ser totales, y todo lo demás son zarandajas. Y mientras tanto yo, Donatien-Alphonse François, conde de Sade, oficial mayor de caballería y lugarteniente general del rey, me hallaba allí, preso, sin apenas ver la luz del sol, pues me suprimían los paseos con frecuencia creciente, y solitario, rumiando mis desgracias, masturbándome a placer, leyendo todo lo que me permitía mi vista, que empeoraba paulatinamente en aquellas oscuridades y escribiendo sin parar cartas y más cartas, hasta que pronto recordé mis veleidades literarias, y sentí que poner por escrito mis pensamientos y pesadillas no solamente aumentaría mis escasos placeres, sino que me mantendría en pie firme en mi dignidad humana, y mostraría a mis verdugos y perseguidores que además no habían conseguido nada con sus enormes crueldades, y al mundo entero el funcionamiento de una mente poderosa y privilegiada, bien formada filosóficamente, con gusto por las letras y una experiencia vital poco común, que les legaría una espléndida y brillante sucesión de obras maestras que los iluminaría para siempre.

16

El mismo año en que vi a mi esposa por vez primera había ya terminado una obra de teatro que desgraciadamente he perdido *—L'inconstant—*; pero en mis deseos de regresar de una vez a la escritura vi con claridad que tenía que hacerlo de dos maneras diferentes. La primera, acometiendo de frente la tarea de convertirme en un verdadero hombre de letras, en un profesional de la literatura, pues, de toda evidencia, el triunfo literario social me sería muy conveniente tanto para la difusión de toda mi obra como para mi subsistencia en el futuro. En efecto, después de tanto tiempo en la cárcel mis negocios iban un poco manga por hombro. Mi administrador, Gaufridy, apenas daba señales de vida, sin duda enojado por mis veleidades y por los rosarios de encargos y recomendaciones con los que le atribulé durante mucho tiempo, mezclados con largas sartas de quejas, reproches y acusaciones, entre las cuales no fue la menor la de saberle compinchado con mi suegra, la presidenta de Montreuil. Por otra parte, esta alianza contra mis intereses era totalmente cierta, aunque, como ya he dicho, preservaría los lamentables restos de mi fortuna para mi esposa y mis hijos. Mis constantes gastos, mis derroches anteriores, los onerosos pagos que mis peticiones extraordinarias me ocasionaban hasta en la prisión, menguaban día a día mis recursos. En Vincennes primero, y luego en la Bastilla, lo que mi familia —esto es, mi esposa y Gaufridy, controlado por mi suegra— tenía que pagar por mis manutenciones extraordinarias y servicios de lavandería, vestimenta y perfumería, así como en libros, lápices, plumas, tinta y papel, que fueron incrementándose en proporciones aterradoras conforme subía de punto mi fiebre literaria, llegaba a superar los sueldos mismos que percibían mis más cualificados carceleros. Mis propiedades, empezando por el castillo de La Coste, pero contando también con los de Saumane y Mazan, estaban en un estado de abandono casi total; los campesinos robaban en mis huertos y frutales, cazaban en mis tierras, y hasta se apoderaban cuando podían de ladrillos, vigas, puertas, algún viejo mueble, y así sucesivamente, hasta el punto de que la pobre Milli de Rousset, que cuidaba de La Coste, falleció allí en un estado de total abandono. Por otra parte, las rentas que cobraba mi administrador iban por lo general a colmar los huecos que mis derroches habían ido provocando en la dote de mi mujer, que mi suegra se empeñaba en reconstituir a toda costa. En resumen, calculando con cierto optimismo, podía muy bien pensarse que cuando saliera de la prisión mi situación económica no iba a ser demasiado boyante. Necesitaba, por tanto, triunfar como escritor, como literato, como autor, y la manera más rápida de conseguirlo entonces era el teatro, mucho más que la edición de libros. Hasta Voltaire y Diderot, con todo su genio a cuestas, se habían visto obligados a escribir teatro para poder mantener tanto su situación económica como su propio estatuto de escritores profesionales, tan a merced siempre de mecenas y protectores más o menos inconstantes. El teatro, además, era una de mis pasiones favoritas, que había cultivado con asiduidad durante toda mi vida de hombre libre, con lo que miel sobre hojuelas. Escribiría teatro, me convertiría en un dramaturgo, en un hombre de letras cabal, para empezar.

Ello no iba sin ciertos problemas, desde luego. El teatro es un tipo de literatura más «social» o «mundano» que otros. Se pueden escribir libros escandalosos, hasta con seudónimo, hacer pasar gato por liebre, ser un panfletario rebelde y díscolo, pero no es posible triunfar en el teatro sin doblegarse ante las convenciones sociales de la época. Y el teatro se dirige sobre todo a un público mucho más mayoritario, más heterogéneo que el de los lectores de libros, y al que, por tanto, no se puede escandalizar ni humillar en sus convenciones y creencias. Y aunque yo mismo pensaba que mis verdaderos escritos, los más profundos y grandiosos serían los de mis libros, también tendría que hacer un teatro más sencillo, menos comprometido, más accesible para el común de los mortales. Lo uno compensaría lo otro. Pero no hay que deducir de esto que hubiese para mí dos categorías literarias diferentes, pues tanto el teatro como los libros, a pesar de obedecer a leyes distintas, tienen en común otras de carácter específicamente artístico, que deben respetarse, ajustándose lo más posible a ellas. Quiero decir con todo esto, que puede parecer abstruso, que he escrito mi teatro con el mismo respeto, la misma dedicación e idéntico empeño que mis libros. Y así, mientras componía *L'inconstant*, elaboraba el *Dialogue entre un prêtre et un moribond*, y que durante la escritura de *Le prevaricateur* compuse también mi poema *La verité*, y en los años de la Bastilla, trazando esas felices piezas de *Jeanne Lainé* o *La folle epreuve ou le Mari crédule*, iban saliendo de mis manos *Les 120 journées de Sodome*, mi gran obra maestra desdichadamente perdida, aunque sigo esperando que la humanidad la descubra algún día, en el estado en que se encuentre.

Pues escondí muy bien mi obra maestra: primero la copié en una larga banda de doce metros de largo, compuesta de hojas de papel fino escritas por ambos lados y pegadas entre sí, y después, una vez bien enrollado todo, lo introduje en uno de mis *prestigios*, un tubo de cristal que lo mismo podía provenir de un laboratorio que de una perfumería. Quien se lo llevó sabía muy bien qué se llevaba, y no me cabe la menor duda de que lo guarda celosamente bien para censurarlo como para hacer un buen negocio en el futuro. Lo que sucede además es que no creo que el manuscrito haya sido destruido, pues todos los censores son a la vez codiciosos, y porque además la potencia de su escritura es tal que impedirá para siempre toda acción encaminada a hacerlo desaparecer.

Mientras tanto mi salud empeoraba, iba engordando, me dolían los ojos y llegué a perder casi por completo la visión de uno de ellos; mis almorranas —bastante descuidadas y maltratadas, desde luego, por la profusión de *prestigios* que por ellas pasaban— se irritaban cada vez con mayor frecuencia. Y proseguía mi correspondencia con Renée-Pélagie, desde luego, mi corresponsal más asiduo y hasta casi el único al final, que se mantenía impertérrita siempre ante mis ofensas y atrocidades, escribiéndome, cuidándome, haciendo mis continuos recados, pidiendo sin cesar mi liberación a las autoridades, calmando mis furores, prodigándome una y otra vez sabios consejos de prudencia y moderación, y, ahora puedo decirlo, de una fidelidad a toda prueba a mi respecto. Era demasiado, parecía un frontón impávido donde rebotaban todas mis pelotas. Y yo seguía igual o peor, «imperioso, colérico, arrebatado, extremado en todo, con un desarreglo en la imaginación y las costumbres que no tiene parejo en el mundo entero, eso era en dos palabras, y heme aquí una vez más, hay que matarme o aceptarme como soy, pues no cambiaré jamás».

Instalaron un pararrayos en Vincennes, y la primera noche ya cayó una descarga horrísona, que quemó la mitad de la instalación y sembró el terror entre presos y guardianes; el carillón de la capilla me obsesionaba, hasta que compuse, siguiendo su ritmo, una cancioncilla para mi esposa, a la que seguía bombardeando: «Yo ya no puedo prometer nada —le decía una vez—, pues el animal está ya demasiado viejo. Pues además hay algunos sistemas y maneras de ser que pertenecen a la existencia misma, sobre todo cuando se los ha mamado, de modo que es imposible renunciar a ellos. Con las costumbres pasa lo mismo: cuando están tan prodigiosamente ligadas con lo físico de una persona, diez mil años de cárcel y quinientas toneladas de cadenas no harían otra cosa que darles más fuerza todavía. Y no os debe extrañar que el recuerdo de *todas esas cosas* —mis costumbres anteriores— y su dulce recuerdo sea lo primero que viene aquí en mi ayuda para distraerme de mi situación. Las costumbres no dependen de nosotros, pertenecen a nuestra propia constitución, a nuestra organización. Lo único que depende de nosotros es no esparcir el veneno alrededor, y que lo que nos rodea no sufra por ello o ni siquiera lo advierta. Eso es lo que debe hacer un hombre honrado, pues no se es más granuja por la singularidad de sus placeres... Las virtudes no se fabrican, y *en ese tipo de cosas* no se es más dueño de adoptar tal o cual gusto que aquel que quisiera ser recto habiendo nacido torcido, como tampoco se es dueño de adoptar ese u otro sistema, tal o cual opinión, convertirse en moreno si se nació pelirrojo. Ésta es mi eterna filosofía y jamás saldré de ella.»

Mi esposa replicaba que esta manera de pensar era la que causaba todas mis desgracias, pero yo insistía en que no era razonable intentar arrancármela, y se lo decía bien claro: «Mi manera de pensar, decís, no puede ser aprobada. ¿Y qué importa? ¡Bien loco es aquel que adopta la manera de pensar de los demás! Mi manera de pensar es fruto de mis reflexiones, proviene de mi propia existencia, de mi organización, y no soy dueño de cambiarla, y aunque lo fuera tampoco lo haría. Esta manera de pensar que tanto me reprocháis es el único consuelo que tengo en la vida: aligera todas mis penas en esta prisión, constituye todos mis placeres en este mundo y me aferro a ella más que a mi propia vida. No es mi manera de pensar la que ha labrado mi desgracia, sino la de los demás. El hombre razonable que desprecia los prejuicios de los tontos se convierte automáticamente en enemigo de los tontos, y debe esperar que así sea y burlarse de todo ello. Imaginad un viajero que camina por un hermoso sendero, que sin embargo han sembrado de trampas. Cae en ellas. ¿Diréis entonces que ha sido por culpa del viajero o del granuja que ha puesto las trampas? Si, como decís, mi libertad dependiera del precio del sacrificio de mis principios y de mis gustos, ya podemos decirnos un adiós eterno, pues yo, antes que ellos, sacrificaría mil vidas y mil libertades si las tuviera. Estos principios y estos gustos los llevo hasta el fanatismo, ya que ha sido el fanatismo lo que conmigo han utilizado las persecuciones de mis tiranos. Y conforme prosigan con sus humillaciones, más arraigarán estos principios en mi corazón, y declaro abiertamente que ya no hay necesidad alguna de hablarme nunca de libertad, si sólo me es ofrecida al precio de su destrucción. Os lo digo a vos, y lo gritaré a la cara del mundo entero.»

No había manera de entenderse. En un momento dado, mi hijo mayor entró en el ejército, mas no en la artillería, que había sido mi arma preferida, y renegué de él para siempre. En otra ocasión envié a mi esposa para que se encargase de hacer copiar mis manuscritos, que le chocaban profundamente. Otro día le pedía merengues, pastelillos de limón, una buena provisión de velas, una gran jarra de porcelana para la leche o el café, que me buscara algún libro concreto, o unas buenas descripciones de Madrid y Toledo, o el plano de la nueva sala Favart de teatro, donde actuaban los Comediantes Italianos. Un buen día me quitaron todos los libros, pero me enfurecí y llegué a pegar a algún guardián. Conclusión, me devolvieron los libros, pero me dejaron otra vez sin paseos. Hubo rumores de que me iban a trasladar a una prisión en las cercanías de Montelimar y monté en cólera. ¿Cómo se atrevían? En otra ocasión mi esposa se negó a proporcionarme el *Sistema de la naturaleza*, de D'Holbach, que yo sólo quería para poder refutarlo mejor —aunque en otro sentido que el que ellos hubieran querido— o, peor aún las *Confesiones*, de Rousseau, y volví a enfadarme seriamente: «Rehusarme las *Confesiones* de Jean-Jacques es una buena noticia más, sobre todo tras haberme enviado a Lucrecio y Voltaire, lo que prueba un gran discernimiento de vuestros directores y consejeros espirituales. Me hacen demasiado honor suponiendo que un autor deísta pueda ser de algún peligro para mí: quisiera poder haber estado todavía en esa situación. No sois demasiado sublimes en vuestros métodos de curación, señores directores; sabed que es el punto donde uno se encuentra lo que vuelve o no mala una cosa, y no la cosa en sí. Se suele curar a los campesinos rusos con arsénico, y aquí no lo soportaría el estómago de una doncella. Ésta es la prueba de que todo es relativo. Señores, tened el buen sentido de entender de una vez, enviándome el libro que he pedido, que Rousseau puede ser un autor peligroso para los pesados santurrones de vuestra especie, pero que para mí puede convertirse en un autor excelente. Jean-Jacques es para mí lo que para vosotros una *Imitación de Cristo*. La moral y la religión de Rousseau son cosas demasiado severas para mí, y las leo cuando quiero edificarme. Pero si no queréis que sea mejor de lo que soy, tanto mejor y bien venido sea. El bien es para mí un estado molesto y penoso, y no pido otra cosa que quedarme en mi estercolero, donde me complazco..., pero estáis equivocados y os lo probaré. Hay mil y mil ocasiones en las que es preciso tolerar un mal para destruir un vicio. Por ejemplo, creéis haber obrado de maravilla, apuesto por ello, al reducirme a una atroz abstinencia en lo que se refiere al *pecado de la carne*: pues bien, os habéis equivocado, pues me habéis calentado la cabeza hasta tal punto, me habéis obligado a imaginar tal clase de fantasmas, que ya no tengo más remedio que soltarlos de una vez... Cuando se calienta demasiado el puchero, ya sabéis que es necesario verter fuera su contenido. Pues si hubiese tenido yo mismo que curar a *Monseñor 6* —éste era el número de mi celda en Vincennes, recuérdenlo— lo habría hecho de manera bien diferente, pues en lugar de encerrarle entre antropófagos, lo hubiera hecho con muchachas, proporcionándoselas en tal número, que el diablo me lleve si tras siete años no se hubiera agotado el aceite de su lámpara. Cuando se tiene un caballo demasiado fogoso se le hace galopar por el campo, no se le encierra en las cuadras.»

17

Hubo un momento en el que pensé que iba a salir de mi prisión, y que hasta el rey me enviaría a una embajada lejana para librarse de mi presencia. ¡Qué extraños caminos hace recorrer la locura a la mente humana, y todo por unas débiles señales numéricas una vez más! En lugar de esa ilusión, estuvieron a punto de enviarme a otra fortaleza cerca de Montelimar, como ya dije, pero todo quedó en nada. De todas formas, la fortaleza de Vincennes iba a ser desafectada como prisión, y así, el 29 de febrero de 1784, día bisiesto e inexistente tres años de cada cuatro, a las nueve de la noche, penetraba en la más siniestra de las prisiones que el hombre haya podido jamás concebir, en la fortaleza de la Bastilla, en pleno corazón de París, en la encrucijada de un canal del Sena con las calles de Saint-Antoine y la de su falso burgo, en las cercanías del Marais, un macizo y sombrío edificio formado por varias torres circulares unidas por elevadísimas murallas, donde encerraban a los presos más molestos, ya que no más peligrosos. Mi celda estaba enclavada en el segundo piso de la torre denominada de la Libertad, extraña paradoja, era más pequeña que la de Vincennes, y además, al estar el piso demasiado bajo, no podía ver apenas nada y no llegaba bien la luz del sol. Era de forma octogonal y medía unos quince pies de diámetro, con techo y paredes blanqueados de cal y el suelo de ladrillo. Aquí transporté todo lo que poseía en Vincennes, mis baúles con objetos y manuscritos, mis muebles y los cuadros, algún armario y la vestimenta, y desde luego mis *prestigios* queridos. Pero no tuve más remedio que seguir protestando, y hasta en una ocasión me vi obligado a abofetear a uno de los insolentes guardianes. Fui castigado otra vez, pero tanto y tanto di la lata que al final me trasladaron al piso seis de la misma torre de la Libertad.

Faltaban cinco años apenas para que la Bastilla fuera tomada y demolida por el pueblo francés en las primeras jornadas revolucionarias de julio de 1789, pero lo que poca gente sabe es que previamente la Bastilla estaba condenada a desaparecer, y que la administración de Luis XVI había ya pensado en su demolición. Era algo demasiado siniestro para seguir existiendo en aquel huracán de libertad que por aquel entonces sacudía nuestro hermoso país, y además obstaculizaba con su enorme masa la debida urbanización de la ciudad de París. La comida era buena, pero el trato tan insolente y descuidado como en las otras prisiones que había padecido. Naturalmente lo primero que hice fue enfrentarme al comandante de la fortaleza, un bastardo que se decía marqués de Launay —otra vez el mismo nombre que tanto me ha perseguido a lo largo de mi vida—, y entre administradores y personal en general contaba con unos quince funcionarios, sin contar los guardianes propiamente dichos y los centinelas. Tantos como presos, lo cual era económicamente insostenible, a pesar de que todos pagábamos nuestra pensión. También empecé a quejarme a mi mujer de nuevo: «Verme así trasladado, con premeditación, nocturnidad y alevosía, sin haberme prevenido, sin dejarme tomar disposición alguna, con un incógnito ridículo, y todo eso para venir a parar a una habitación mil veces peor que la anterior, todo esto clama al cielo. No pienso limpiar mi celda, ni hacer la cama, digan lo que digan, y espero que dispongáis para que me puedan servir lo que resulte oportuno. Mientras tanto aquí estoy de nuevo, desnudo como un gusano...»

Exageraba, claro está, pero ¿qué otra cosa podía hacer si quería seguir oponiéndome con todas mis fuerzas, como lo había hecho desde el principio, a mi arbitraria encarcelación? Renée-Pélagie vino otra vez a verme en seguida, me trajo velas, y se quedó conmigo unas tres horas, pues mis celos ya se habían extinguido: procuró que me permitieran pasear todos los días, y tenía permiso para venir a verme dos veces al mes. Pero el descuido era general, la limpieza brillaba por su ausencia, todo el mundo quería darme órdenes, la carne era muy dura y mi estufa funcionaba muy mal. Me faltaban alimentos dignos, sábanas, recado de escribir, y mi enfermedad de la vista empeoraba, por lo que tuvo que venir un médico para curarme. Yo estaba por aquel entonces sumido en crear mi obra literaria, por lo que cada vez escribía menos cartas, y mi esposa se encargaba de que copiaran a limpio mis manuscritos que se iban multiplicando con increíble rapidez. Es verdad que, como ya he dicho, empecé a escribir muy pronto, pero no es menos cierto que el grueso de mi obra se escribió entre Vincennes y la Bastilla, pues la vida de preso concede mucho tiempo «libre», maldita sea, del que hasta entonces había por lo general carecido. Teatro —más de veinte piezas—, cuentos, relatos y fabulillas a la provenzal, otras prerrenacentistas, historietas, diálogos, panfletos, versos y poemas y hasta alguna gran novela fueron saliendo de mis manos en aquellos años. El mundo, mis guardianes, el rey y la corte, los jueces, mi suegra y mi indigna familia se iban a enterar de una vez del huracán que habían desencadenado al encerrarme.

La gente sin embargo moría, aunque desgraciadamente no a mi alrededor. Ya había perdido a mis padres, a mi cuñada, a Milli de Rousset, a la pobre y gentil Gothon, a mi fiel La Jeunesse. De entre todos mis carceleros sólo me llevé bien con uno, el caballero de Puget, que tuvo a bien tratarme como correspondía a mi linaje y condición: mis arrebatos y furores no eran arbitrarios. Pero ya había engordado demasiado, apenas podía vestirme sin ayuda, y había perdido por completo la visión de un ojo. Mi tío superviviente fue nombrado gran prior de la Orden de Malta en Toulouse, y sin duda influyó para que mi segundo hijo ingresara también en su maldita congregación: Claude-Armand de Sade, mi único heredero, el único de mis hijos que me sucederá en mis títulos y en la escasa herencia que podré legarle, un avaro oportunista y astuto como pocos, que se casó con una prima lejana a pesar de mi oposición... Menos mal que por aquel entonces me negaba a firmar cualquier papel legal, sobre todo si se refería a temas de la administración de mis bienes, a lo que debo conservar todavía lo poco que me queda, para asegurar el bienestar de la señora Constance Quesnet, mi querida *Sensible*.

Pero la escritura me arrastraba siempre más allá, y yo seguía a mis fantasmas y delirios con una minuciosidad prolija y tenaz. Tenía que ir siempre más allá, y eso sólo podrá saberlo quien consulte, cuando se encuentre, esa obra maestra de delirio y ferocidad que es *Les 120 journées de Sodome*, el más perfecto catálogo sobre el sexo y el crimen que jamás se haya escrito. Nunca me consolaré de su pérdida, pero como recuerdo muchos de sus trozos de memoria, voy a ilustrar ahora todo lo que cuento con uno de sus fragmentos. Ya sé que me pasé, y que será muy difícil que la posteridad me absuelva después de esta horrorosa letanía que voy a recitar. Pero no me arrepiento de ello, y ahí va.

Como todavía no se sabe, esta novela relata las orgías de cuatro personajes, un aristócrata, un obispo, un alto funcionario y un banquero, que se encierran en un castillo solitario e inexpugnable en medio de la Selva Negra —Silling, se llama el castillo, mucho más terrible e implacable que La Coste—, reuniendo en su torno a más de cuarenta personas, entre viejas celestinas recitadoras, esposas, amantes, jóvenes de ambos sexos, que cada día ilustran y llevan a la práctica todas las posibles perversiones sexuales y criminales existentes o por existir. En principio quise describir cada una de ellas por extenso, como en una novela normal, pero luego, tras haber terminado el primer mes, las primeras treinta noches, las otras noventa tuve que limitarme a enumerarlas de la manera más fría y objetiva posible. Las pasiones son de tres clases, simples, viciosas y criminales propiamente dichas, y en ellas abunda en exceso, ahora lo pienso, el elemento excrementicio, lo que sin duda dará qué pensar a quien lo analice cuando se descubra el paradero del manuscrito.

Casi me lo sé de memoria, pero no se trata ahora de volver a contarlo, pues ello haría interminables estos recuerdos. Sólo voy a recitar uno de sus pasajes, acaso el más terrible de todos, y de esta manera quien esto lea será convenientemente aleccionado, conocerá lo que se perdió en su debido límite y de verdad, sin ocultarle nada, y además quien no quiera seguir adelante podrá hacerlo y no leer el libro cuando sea publicado, algo que es tan cierto e implacable como los amaneceres y los crepúsculos, las mareas y el rodar del sol, de la tierra y de la luna. El pasaje se refiere a las sevicias, torturas, suplicios y vejaciones a las que es sometida una jovencita antes de ser asesinada, y por favor, que quien no desee oírlo se tape los oídos y cierre los ojos: Augustine «tenía el culo muy bien conservado: se le azota, y después cada uno de los cuatro le da por el culo sin descargar: después el duque le hace cincuenta y seis heridas en las nalgas, en cada una de las cuales vierte aceite hirviendo. Le hunde un hierro caliente en el coño y en el culo, y luego la penetra en esas mismas heridas provisto de un condón de lija, que las reabre todavía más. Hecho esto, descubren sus huesos, y se les sierra en diferentes lugares, y luego descubren también los nervios en cuatro sitios formando una cruz, y se ata cada extremidad nerviosa a un torniquete que da vueltas, estirando así estas partes delicadas, haciéndole experimentar atroces dolores. Se le deja descansar para que se reponga y así hacerle sufrir mejor después, y luego prosiguen y esta vez le raspan los nervios conforme se alargan con una navaja. Hecho esto, se le hace un agujero en la garganta, por el que hacen pasar la lengua, se le quema a fuego lento el pezón que le quedaba, y después se le hunde en el coño una mano provista de un escalpelo, con el que se perfora el tabique que separa el ano de la vagina: se retira el escalpelo, se vuelve a hundir la mano y se hurga en sus entrañas intentando que cague por el coño, y después, por la misma abertura, se le rasga el saco del estómago. Se vuelve al rostro: se le cortan las orejas, se le quema el interior de la nariz, y se ciegan sus ojos derramando en su interior cera de España derretida, se le practica una incisión rodeando el cráneo, y se le cuelga de los cabellos atándole piedras a los pies, para que caiga y se le desprenda la caja craneana. Cuando cayó, respiraba todavía y el duque la penetró por el coño en este estado: descargó en ella, pero salió más furioso todavía. La abrieron, le quemaron las entrañas todavía en su interior, y con una mano armada de un escalpelo le punzaron el corazón en varios lugares en su interior. Y allí ella entregó su alma. Así pereció, a los quince años y ocho meses, una de las criaturas más celestiales que haya formado la naturaleza, etc. Su elogio».

Ya sé que este fragmento puede horrorizar, y si acaso aterrorizar, y que es muy posible que, en medio de aquellos furores a los que estuve sometido durante tantos años, me haya pasado. También es posible que esta enorme crueldad resulte inverosímil y provoque risa, pero no debe olvidarse que la risa es un mecanismo de autodefensa. Además, cuando iba escribiendo el libro en su primera parte, haciéndolo en forma de relato cargado de sentimiento, deduje que nunca podría terminar el libro de la misma manera, y que además, al prestarle esta objetividad, esta helada caracterización final, resultaba al mismo tiempo menos «afectivo» y más «real». Como, con perdón, una receta de cocina, que nos describe el plato y su fabricación, nos lo hace contemplarlo desde fuera y desde dentro, como si unos rayos atravesaran el ser y lo desnudaran desde su propio interior. Algún día se inventará el aparato que escriba mediante estos rayos crueles, como en una especie de «radiografía». No es que sea insoportable. Lo es, desde luego, pero es también algo más: simplemente es. No estoy pidiendo perdón, pues todo lo que es posible imaginar existe, aunque no exista, pues la imaginación y la palabra no es que prefiguren o configuren al mundo: lo «figuran». Lo hacen vivir. Y describir el crimen no es hacer su apología: es constatarlo, nada más. ¿Qué pensar de un hombre rico que cortase los pechos de una prostituta y la arrojase por la ventana? Sería un loco, o un criminal. Pero ¿qué pensar de quien lo cuente? ¿Soy acaso un criminal por mostrar a los hombres sus propios crímenes? Hay que absolver a las palabras para encontrar la luz.

Aunque en menor medida, también seguían las cartas, ahora casi exclusivamente dirigidas a mi esposa, algunas insultantes, otras satíricas, otras irónicas, otras francamente obscenas, tanto en clave como a las claras. Asimismo establecí a finales de 1788 un catálogo razonado y descriptivo de todas mis obras, entre las que ya contaba otras de envergadura: los diálogos de *La philosophie dans le boudoir*, y las novelas *Justine ou les malheurs de la vertu* y *Aline et Valcour ou le roman philosophique*, esta última perfectamente publicable en mi opinión. Mientras tanto, la revolución se estaba ya desencadenando en toda Francia, y el forcejeo entre aristocracia, clero, tercer estado, el del rey y los nobles y curas que eran sus partidarios contra el pueblo llano, principalmente burgueses y sectores de la misma nobleza —no tan escasos— y de la clerecía, más raros, subía de tono hasta extremos inconcebibles. El pueblo ocupaba las calles, sobre todo en París, y organizaba manifestaciones improvisadas contra la tiranía y en favor de la libertad. Nada tiene por tanto de extraño que la fortaleza de la Bastilla, oprobioso símbolo de todas las tiranías, fuese objeto por aquel entonces de la animadversión del pueblo. Los guardianes estaban inquietos, los centinelas se multiplicaban, y los siete u ocho presos que allí quedábamos alimentábamos las mayores esperanzas. ¿Cuándo iríamos a ser liberados?

La Bastilla no solamente era insostenible, sino también indefendible, con su escaso personal y su gran extensión y superficie. El 2 de julio de 1789, hallándome en uno de los paseos en la parte superior de la muralla, observé que los grupos y la agitación en torno a la fortaleza se multiplicaban, y empecé a gritar, a dar voces y gesticular para llamar la atención de los parisienses. Mis guardianes se enfadaron y me trasladaron de fuerza a mi celda, que entonces estaba ya en la sexta planta de la torre Libertad. Pero allí, mediante un embudo, me asomé a la ventana y arengaba a la multitud gritando todavía más fuerte, aullidos horrísonos que no dejaban de llamar la atención a través del artilugio del embudo al que añadí un trozo de tubería. Grité que los guardianes eran unos asesinos, y que nos torturaban y mataban dentro de la fortaleza, con lo que se organizó un gran tumulto en el exterior, y un estrépito y buen jaleo en el interior, con todos los guardianes alborotados, mis compañeros presos totalmente excitados y los jefes nerviosos y enfurecidos. Debo reconocer que el barullo armado por unos simples gritos me llenó de gozo, y que hasta veía próxima mi liberación. Pero el resultado no fue el previsto, ya que el comandante De Launay reaccionó con toda rapidez y pidió a sus superiores que el marqués de Sade, elemento gravemente peligroso y perturbador, fuera trasladado urgentemente a otra prisión, pues la Bastilla era un bastión demasiado expuesto a las iras del populacho.

En *La Bastille dévoilée ou Recueil de pièces authentiques* se da una versión bastante fiel y que transcribo para todo aquel que no quiera creerme: «A una hora acordada, el marqués de Sade daba un paseo haciendo la ronda de las torres, pero la agitación de París, del pueblo que rodeaba la fortaleza, obligaba al gobernador a redoblar las precauciones, a cargar los cañones y a prohibir los paseos a los presos. El señor de Sade, descontento por estas medidas, se indignó y juró que organizaría un gran escándalo... El señor De Launay persistió en su negativa, y el señor de Sade, con un largo tubo de hojalata en cuyo extremo colocó un embudo que le habían proporcionado para arrojar sus aguas más cómodamente a los fosos, se puso a gritar al pueblo que se encontraba en la calle Saint-Antoine. Mediante esta especie de altoparlante arengaba a la muchedumbre, invitaba a los ciudadanos a correr en su socorro, gritó que querían degollarle, hasta el punto de que reunió a mucha gente bajo su ventana mientras seguía cubriendo de invectivas al gobierno. El gobernador, furioso, envió un correo a Versalles: obtuvo una orden de traslado, y al día siguiente, durante la noche, el señor de Sade fue transferido a Charenton.»

Todo esto fue verdad, como luego conté a mi abogado Gaufridy, y tuve que testimoniar en numerosas ocasiones durante el régimen revolucionario, que, a pesar de mis esperanzas, tampoco se mostraría demasiado favorable hacia mi persona. Y así, a la una de la madrugada, seis hombres con pistola en la mano me arrancaron del lecho y medio vestido me arrojaron en un coche de punto. Estaban mandados por el inspector Quidot y el comisario Chenon, y me condujeron a toda velocidad al asilo de alienados de Charenton, en las cercanías de París, donde me encerraron de nuevo «desnudo como un gusano». Se trataba de un hospicio para locos dirigido por los hermanos de la Caridad, donde tuve todavía que penar durante nueve meses antes de recobrar la libertad. Y lo triste es que diez días después de mi traslado, la Bastilla era tomada por el pueblo de París en armas, dando así la señal de partida para lo que después se ha conocido con el nombre de Revolución francesa. Todos los guardianes, empezando por el marqués De Launay, fueron muertos, la cabeza del comandante fue paseada en la punta de una pica por todo París, y, desde luego, todos los presos recobraron la libertad; mientras tanto, yo seguía encarcelado y severamente vigilado, pero esta ocasión en un asilo de locos, y habiendo perdido todas mis escasas posesiones, mis cuadros, muebles, vestuario, objetos, *prestigios*, libros y mis queridos manuscritos. Fue como una triste broma del destino.

TERCERA PARTE

La Revolución, la locura y la muerte

1

El asilo de la Caridad de Charenton-Saint Maurice tenía ya más de un siglo de existencia cuando entré en él por vez primera. Había sido fundado durante el reinado del Rey Sol, merced a un legado de uno de los consejeros reales a la orden de los hermanos de la Caridad del Hospital de París, que instituyó al mismo tiempo una fundación de catorce camas para enfermos indigentes. Con el tiempo, la fundación se había ampliado considerablemente, dedicándola al final a la custodia de enfermos mentales, que eran allí encerrados y vigilados lejos de sus familias, que pagaban los gastos de su alojamiento y manutención. Según la orden, «el señor conde de Sade (Louis, Aldonse, Donatien) —otra vez mis voluntarias confusiones de nombres propios— fue encerrado el 3 de julio de 1789 por una duración ilimitada, pues estaba privado de libertad desde 1777 a petición de su familia, a resultas de un proceso criminal por acusación de envenenamiento y sodomía —crímenes que justificó— y además a causa del extremado libertinaje al que se entregaba y las "ausencias de espíritu" que le atacaban, y que hacían temer a su familia que en alguno de esos excesos no terminara por deshonrarla».

Modelo de falacias jurídico-legales, una vez más. ¿Cuál era mi delito para estar allí encerrado? No la sodomía ni el envenenamiento, crímenes de los que la casación de la sentencia de Aix me había exonerado, como se recogía en la orden citada. Y si se trataba de mis «ausencias de espíritu» —lindo eufemismo—, nadie me había tratado jamás por ellas, ningún médico me había examinado de eso, y si bien es cierto que en este caso Charenton era el establecimiento adecuado para mí, ¿por qué me habían mantenido más de once años en Vincennes y la Bastilla, establecimientos absolutamente improcedentes para este tipo de pacientes? La justicia, una vez pasado el toro, mostraba su verdadero rostro, el de la injusticia.

Poco después, el comisario Chenon demandó un poder para proceder al levantamiento de los sellos colocados en mi celda de la Bastilla a mi salida, lo que le envié urgentemente, justo el 9 de julio, y lo advierto para que quien esto conozca se fije bien en las fechas. Era el procedimiento adecuado para poder recoger todos mis enseres, libros y muebles, operación que debía efectuarse en presencia de mi esposa como mandataria del detenido. Y no sé qué explicación puede darse a lo que sucedió a continuación. Renée-Pélagie, que durante tantos años había dado muestras de un celo extremado en mi favor —aunque en los últimos tiempos se mostraba más mojigata y asustadiza que antes y cada vez más entregada a ejercicios de devoción y a la vida religiosa— pareció quedar paralizada ante la noticia de mi traslado a Charenton, y no reaccionó con la diligencia debida. Y así, mientras el pueblo de París asaltaba la Bastilla, el día 14 de julio siguiente, mi esposa salió «de su letargia», enviando a su vez un poder al comisario Chenon autorizándole a recoger todos mis efectos personales de mi antigua celda en la manera como mejor considerase pertinente para que no cayeran en manos extrañas, y tras estas extrañas disposiciones cogió a su hija, esa lamentable Madeleine-Laure, que seguía siendo una fea sacristana, y se marchó al campo «hasta que las cosas se tranquilizaran». Lo cierto es que regresó cinco días después a su residencia en el convento de Saint-Aure y, tras enterarse de lo sucedido en la Bastilla y del pillaje de todas mis posesiones, volvió a escribir a Chenon diciéndole textualmente que «por razones personales» no se consideraba responsable de mis objetos citados.

Lo cierto es que mi esposa estaba tan asustada que

no sabía lo que hacer. En primer lugar, el proceso revolucionario había caído como un huracán sobre todos los Montreuil, que habían huido de París. «Todo el mundo va armado por la calle, mucha gente huye a Inglaterra, nadie confía en nadie, todo son gritos e insultos, robos y desmanes, y valdría más estar en galeras, pues al menos sabría uno a qué atenerse», escribía mi esposa a Gaufridy por aquellos días. También es bastante cierto que en los últimos tiempos Renée-Pélagie apenas había venido a verme, y que poco a poco los poderosos lazos que nos habían tan estrechamente unido tanto en lo físico como en lo mental, y que parecían renacer al principio cuando nos veíamos de vez en cuando, se habían relajado considerablemente. Nuestra correspondencia era mucho menos intensa, aunque a ello también contribuyera que mi trabajo literario me absorbía demasiado para ponerme a escribir cartas. Y después —hay que ser oriental para imaginar esto— la lectura de los numerosos manuscritos que le había confiado, para su copia y puesta en limpio, le había ido poniendo progresivamente en estado de guardia. En concreto, mi esposa leyó casi todo mi teatro, pero también mis cuentos, y sobre todo *Aline et Valcour*, sobre la que me hizo observaciones pertinentes, aunque excesivamente beatas en mi opinión, y *Justine*, que debió de asustarla bastante, pues nunca me dijo nada acerca de ella. ¿Acaso se identificaría con la maravillosa, desdichada, santurrona y torturada protagonista de esta novela? No es imposible, desde luego, y más todavía cuando pienso en lo que sucedería después, cuando llegó el momento de la separación definitiva.

Mientras tanto, en Charenton, lugar mucho más apacible que mis prisiones anteriores y donde gozaba de una mayor libertad, dando frecuentes paseos por el gran parque del establecimiento, mi ira subía de límites, como lo contaría posteriormente. En mis pesadillas por la gran pérdida sufrida, mi rabia se centró sobre todos los Montreuil, y singularmente sobre mi esposa, a la que cubrí de quejas y reproches, como luego le contaría a Gaufridy: «No se puede hacer uno ni idea de los infames y "antropófagos" procedimientos que esta familia ha empleado contra mí, y que ni siquiera el último de los individuos de la tierra hubiera debido padecer. Falto de ejercicio, he adquirido una tan enorme corpulencia que apenas puedo moverme, he perdido los ojos, no puedo apenas respirar. Todas mis sensaciones parecen haberse apagado. Ya no siento gusto por nada, ni amo nada, y el mundo, con el que antes tanto soñaba, se ha apagado y es triste y aburrido. Hay momentos en que me dan tentaciones de ingresar en la Trapa, y no respondo de que algún día desaparezca sin que nadie sepa qué ha sido de mí. Yo había trabajado mucho durante mi detención. Imagínese que tenía quince volúmenes dispuestos para imprimir, y que al salir de la Bastilla no me quedaba apenas un cuarto de todo ello. La señora de Sade, por imperdonable despreocupación, ha dejado perder unos, ha robado otros y he perdido trece años de trabajo. Las tres cuartas partes de estas obras estaban en la Bastilla, y tras mi traslado a Charenton, la Bastilla es asaltada y destruida y mis manuscritos, mis libros, más de seiscientos volúmenes, muchos de ellos de gran valor, muebles que valían más de dos mil libras y cuadros y retratos preciosos..., nada de nada, todo robado, destruido, dañado de manera irreparable, sin que se haya podido recuperar la menor cosa u objeto: y todo ello por la pura negligencia de la señora de Sade. Tuvo diez días para retirar todos mis enseres y efectos, y tenía que darse cuenta —como yo mismo había advertido estando allí encerrado— que la Bastilla olía a pólvora entre todos aquellos acontecimientos, y que al haber sido reforzada en armas, pólvora y soldados, se estaba preparando para la defensa o el ataque. ¿Por qué no se apresuró a recoger mis cosas, mis manuscritos, sobre cuya pérdida vierto lágrimas de sangre? Pueden recuperarse camas, mesas, cómodas, pero no se pueden recuperar las ideas... No puedo pintar el alcance de esta pérdida, pues es irreparable para mí. Quince volúmenes completamente preparados para imprimir, convenientemente sellado todo en la Bastilla, y la señora de Sade *cenó, fue a la catequesis, se confesó y se durmió*, para no despertarse hasta el día mismo de la catástrofe, mientras yo continuaba completamente desnudo (menos mal que hacía calor) vegetando entre los locos.»

¿No es atroz esta conducta? ¿Qué excusa puede encontrarse para tamaña felonía, para este descomunal pecado de omisión, leso sacrilegio contra los santos deberes de la fidelidad y del amor de un matrimonio legítimo y que hasta entonces había dado todas las posibles pruebas de su autenticidad? Allí podía verse desde luego la timidez, el puritanismo, la doblez, el miedo, el terror acaso y hasta el caos mental que en mi esposa iba produciendo la sospecha de mi liberación inminente, pues en toda aquella carrera a la que se habían entregado los dirigentes revolucionarios para reformarlo todo, el sistema de las órdenes reales de prisión iba a ser derogado de un momento a otro.

Mientras mi irascibilidad subía de punto en Charenton, asustando a los buenos hermanos de la Caridad, que ya no sabían qué hacer conmigo —hasta pidieron insistentemente mi traslado—, mi tío el prior sufrió un ataque de aplopejía del que falleció pocos meses después. Al enterarme, ordené a Gaufridy que velara por mis intereses sucesorios, aunque infructuosamente; durante la enfermedad, mi tía, la marquesa de Villeneuve-Martignan, menuda zorra, fue corriendo a casa del enfermo para apoderarse de todo lo que allí había de valor, y al fin y al cabo fue mi hijo Claude-Armand, ya caballero de Malta, quien se quedó con casi todo, empezando por una valiosa cruz de diamantes que el prior le regaló personalmente. Mientras tanto mi esposa me envió recado, la muy indecente, diciendo que seguía luchando por conseguir mi libertad, pero poco después escapaba otra vez de París con su hija. Y al final, la Asamblea Constituyente derogaba el sistema de las *lettres de cachet*, el 13 de marzo de 1790, ordenando que en el plazo de seis semanas fueran liberados todos los presos que no estuvieran procesados, no hubiesen sido condenados, o no padecieran estado de alienación permanente. Cinco días después, mis hijos, Louis-Marie y Donatien-Claude-Armand, a quienes no había visto en quince años, se presentaron en Charenton para comunicarme la noticia, y el 2 de abril siguiente, el día de Viernes Santo, fui por fin liberado. Sin dinero, mal vestido y con las manos en los bolsillos me dirigí a casa del señor de Milly, procurador en el Châtelet, gerente de mis negocios en París, en la calle du Bouloir, que me proporcionó lecho, alimentación y seis luises. Al enterarse de mi liberación, mi suegra, la presidenta de Montreuil, dijo a mis hijos: «Deseo que sea feliz, pero dudo mucho que sepa serlo.»

2

Lo primero que hice, pese a todo, al día siguiente, fue dirigirme al convento de Saint-Aure para ver a Renée-Pélagie, y allí supe por fin que todo había terminado entre nosotros. Mi esposa se negó a recibirme, y me hizo saber que tenía la intención de separarse legalmente de mí. Mentiría si dijera que aquello fue una sorpresa completa para mí. Las dudas, las vacilaciones, los retrasos en los encargos, los rubores en sus últimas visitas, sus vacilaciones, las reticencias con las que cogía mis manuscritos, sus constantes referencias a temas religiosos, su temor ante los acontecimientos que se estaban produciendo en Francia, y sobre todo su lamentable conducta al abandonar mis bienes en la Bastilla me habían hecho reflexionar bastante, y así ya había terminado por sospechar lo que estaba pasando en su interior. Lo que sucede es que, como todavía la necesitaba, había disimulado y escondido mis sospechas. Bueno, Renée-Pélagie había desaparecido de mi vida, y estaba ya por completo bajo el dominio de sus confesores y directores espirituales. ¡Fuera los Montreuil, pardiez, en buena hora! Lo único que me preocupaba era el proceso que vendría para la separación legal, con todos los problemas que me iba a acarrear, pues nuestra situación financiera estaba en un estado tan lamentable como inextricable, y habría que aclararla para poder proceder a la debida división de nuestro patrimonio.

El dinero, el dinero... Su falta me asfixiaba, y fue lo primero que traté de resolver. Mi gerente, señor de Milly, se llamó andana tras haberme recibido después de mi liberación, por lo que tuve que trasladarme a un hotel y pedir de urgencia mil escudos a Gaufridy, con quien no tuve más remedio que volver a tomar contacto. Pelillos a la mar. Recuperé pronto lo que había dejado en Charenton, me fue devuelta la plena administración de mis bienes, que eran cuantiosos, aunque rentaban poco y estaban bastante hipotecados, y, mientras se iniciaban los enojosos trámites legales para la separación de mi esposa, me dediqué a gestionar mis manuscritos teatrales.

Tomé contacto con el gran actor François-René Molet, llamado Molé, a quien le confié una de mis obras, y me alojé en un pisito que alquilé a la presidenta de Fleurieu, con la que después me peleé, pero así pude volver a entablar relaciones con los restos de la buena sociedad que aún quedaban en París, y con algunas familias de parientes o aliados, como la de la condesa de Saumane o los Clermont-Tonnerre. Pero todo ello en medio de una gran paz, de la más estoica filosofía, sin volver a mis antiguos placeres impuros que tanto habían consumido mi existencia anteriormente. Las fuerzas físicas me habían abandonado bastante, todo hay que decirlo, y apenas bastaban para soportar mis dolencias: toses, dolores de cabeza, de ojos, en el estómago, reumatismos..., todo me agotaba, me impedía pensar en otra cosa, y así, gracias a Dios, me encontraba *cuatro veces mejor y más feliz*.

Tenía que bajar a Provenza, desde luego, para volver a tomar el control de La Coste, Saumane y Mazan, y hablar con el propio Gaufridy, pero me daba pereza y preferí aplazar el viaje para cuando me hubiera recuperado un poco. Y estaba dejando de ser tan insociable y misántropo como antes, pues veía que la gente me aceptaba —al menos los pocos con los que me relacioné— bastante mejor que antes, pues en primer lugar ya no era el que había sido, y después los acontecimientos políticos no dejaban demasiado sitio para peleas individualistas. Y así, aun siendo favorable a las reformas de los revolucionarios, pasé a formar parte de un club de monárquicos que dirigía mi primo por alianza el conde de Clermont-Tonnerre, que luego tendría un final tan terrible.

Mi esposa planteó sus reclamaciones legalmente ante el tribunal del Châtelet, que pronunció la separación, según la cual tenía que pagar a Renée-Pélagie nada menos que la suma de 160 842 libras de su dote. Ella añadió además que su decisión había sido largamente madurada, y que yo tenía que comprenderla si lo pensaba bien, y que no diría nada más si yo no la forzaba a hacerlo. Y también por aquel entonces me apunté como «ciudadano activo», esto es, partidario de las reformas y al servicio de la Asamblea Constituyente en la sección des Piques, situada en el barrio de la plaza Vendôme. Las fiestas del 14 de julio sin embargo fueron bastante flojas, y estuvieron pasadas por agua, de lo que llovió: Dios se declaraba aristócrata, una vez más.

Entregué una pieza teatral, *Le Suborneur*, en el Théâtre Italien, pero eso sólo fue el principio, pues fui dando sucesivamente a una serie de compañías las obras siguientes, y todo ello a lo largo de mi primer año de libertad: *Le boudoir ou le mari crédule*, *Le misanthrope par amour ou Sophie et Desfrancs*, *Le prévaricateur ou le magistrat du temps passé*, *Azélis* y *Franchise et trahison*. De todas ellas, sólo la primera sería representada, aunque, como se recordará, antes de mi larga prisión había hecho representar en mi teatro privado la piececilla en un acto *Le philosophe soi-disant*. La cosecha no fue demasiado alentadora, pero todavía me quedaban abundantes municiones en mi canana y ya había entregado a la imprenta mi novela *Justine ou les malheurs de la vertu*, de la que tanto he hablado ya.

Por aquellos días tuvo lugar uno de los acontecimientos más importantes de mi vida, o del final de lo que me quedaba por vivir. Conocí a una actriz joven todavía, bordeando la treintena, Marie-Constance Quesnet, nacida Renelle, que había sido abandonada por su marido, un comerciante que había emigrado a América, dejándola sola con un niño de corta edad. Mucho he hablado en estas páginas de Constance, mi buena *Sensible*, como la llamo constantemente dada la extrema sensibilidad y ternura de su carácter, la mujer que ha iluminado mi vida desde entonces hasta hoy, veinticuatro años después, que no me ha abandonado un solo momento, que me ha acompañado en todo instante, en los días buenos y en los malos, que me ha sido fiel —al menos lo supongo, dado su celo en servirme y sus muestras de constante cariño— y que me ha servido con total y absoluta abnegación, bendito sea su nombre. No hablaré más de ella, o apenas, a pesar de que su figura pueda intrigar, dada nuestra diferencia de edad, su previo matrimonio, y mis costumbres anteriores, tan dadas a la dispersión afectiva y sexual. Estas costumbres no cesaron del todo, como ya se sabe, pero la edad y las enfermedades me habían colocado ya tan infranqueables barreras, que sólo fueron como sobresaltos de un fuego que se extingue y deja ver las últimas y azuladas llamaradas efímeras que anuncian un próximo final; y en todo caso *Sensible* no se dejó impresionar por estos sobresaltos, y esas breves llamaradas no llegaron a quemarla. Nuestra unión ha sido perfecta hasta el final.

En setiembre de este mismo año llegué a un acuerdo con los abogados de mi esposa: acepté los términos de la separación pronunciados en la sentencia del Châtelet, reconocí la deuda de 160 842 libras, y mi esposa renunció a cobrarla mediante el pago anual de unos intereses de 4 000 libras que me comprometí a entregarle por mitades cada seis meses. Para garantizar el pago de estos intereses —más bien ridículos, pero el estado de mis bienes no permitía otra cosa— otorgué a mi esposa una delegación de poder acerca de mis arrendatarios. El arreglo no estuvo demasiado mal, sobre todo para mí, y más todavía si se piensa que jamás llegué a pagar —tanto porque no pude como porque no quise— una sola de las anualidades establecidas. Y así pude instalarme en la calle Neuve-des-Mathurins, en la Chaussé d'Antin, en una casita con jardín, en compañía de Marie-Constance y su hijo, además de una gobernanta, una cocinera y un lacayo. Desde allí pedí a Gaufridy que me enviara los muebles de La Coste, muchos de los cuales no estaban en muy buen estado, pero que me servirían sobradamente para amueblar mi nueva residencia. Gaufridy se hizo el remolón, y los muebles llegaron varios meses más tarde y en peor estado en el que se hallaban todavía. Patas rotas, espejos quebrados, cajones perdidos, cuadros lacerados y tapicerías pringadas por haberse derramado algunos potes de confituras y mermeladas que me enviaban al mismo tiempo. Y también me enteré de que mi tía, esa granuja de la marquesa de Villeneuve-Martignan, había emigrado, como tantos aristócratas hacían en aquel tiempo, como lo hicieron también los Montreuil, mi esposa y mis hijos, al menos durante pequeñas temporadas, pues eran incapaces de alejarse demasiado de sus posesiones, que defendieron con uñas y dientes.

Quise apoderarme de los bienes de mi tía, al menos para custodiarlos durante su exilio, pero todo resultó inútil también, y el dinero me seguía faltando en proporciones cada vez más apremiantes. Marie-Constance no se quejaba nunca, era un ángel y, aunque su cultura no era mucha y sus faltas de ortografía abundantes, todo lo suplía con su ternura y devoción, por lo que pensé, y así lo hice, en dedicarle mi *Justine*, y allí ha quedado para siempre:

«A mi buena amiga. Sí, Constance, a ti dedico esta obra: ejemplo y honor a la vez de tu sexo, reuniendo el alma más sensible con el espíritu más justo y claro, sólo a ti pertenece conocer la dulzura de las lágrimas que arranca la Virtud desdichada. Detestando los sofismas del libertinaje y de la irreligión, combatiéndolos sin cesar con tus actos y discursos, no temo para ti los que han necesitado en estas memorias este género de personajes aquí establecidos: el cinismo de algunos trazos (que sin embargo se han suavizado en lo posible) tampoco podrá espantarte más: es el Vicio, el que, gimiendo por ser descubierto, protesta por el escándalo mientras se le ataca. El proceso de *Tartufo* fue incoado por los santurrones: el de *Justine* lo será por los libertinos. No los temo: mis motivos, desvelados para ti, no te serán rehusados. Tu opinión basta para mi gloria, y yo debo, tras haberte complacido, bien gustar universalmente, bien consolarme de toda censura.

»El modelo de esta novela (menos novela de lo que parece) es sin duda nuevo: el ascendiente de la Virtud sobre el Vicio, la recompensa del bien, el castigo del mal, son el modelo normal de todas las obras de este tipo y tendríamos que estar ya cansados de ello.

»Pero mostrar por todas partes al Vicio triunfante y a la Virtud víctima de sus sacrificios: enseñar a una desdichada errando de desgracia en desgracia, juguete de la maldad, bayeta de todas las orgías, tropezando con los gustos más bárbaros y monstruosos, aturdida por los sofismas más atrevidos y especiosos, sujeto de las más hábiles seducciones y a las maniobras más irresistibles y no pudiendo oponer a tantos reveses, azotes y corrupciones más que una alma sensible, un espíritu natural y mucho valor; complacerse en suma en las pinturas más atrevidas, extraviarse en las situaciones más extraordinarias, en las más espantosas sentencias y en las pinceladas más enérgicas, con la única intención de obtener de todo ello una de las más sublimes lecciones de moral que el hombre haya jamás recibido, se convendrá que se trataría en todo caso de llegar hasta este fin por caminos poco practicados hasta el presente.

»¿Lo habré conseguido, Constance? ¿Significará mi triunfo una lágrima de tus ojos? En resumen, tras haber leído esta *Justine*, podrás decir en una palabra: "¡Oh, qué orgullosa me siento de amar la Virtud tras estos cuadros de Crimen, y qué sublime resulta en medio de las lágrimas, y cómo la embellecen los infortunios!"

»¡Oh, Constance, cuando estas palabras escapen de tu boca habré triunfado!»

Mientras tanto mi esposa se había negado a devolverme algunos de mis manuscritos que estaban todavía en su poder, y me vi obligado a querellarme contra ella, y después contra toda su familia por no haberme rendido cuentas de la herencia de mi madre. Y así pasaba mi vida de abogado en abogado, de juzgado en juzgado, de teatro en teatro, mientras el país entero se agitaba a mi alrededor, y el rey Luis XVI, con su esposa la malvada María Antonieta, que le empujaba a toda suerte de manipulaciones y traiciones, y los restos de su corte —a la que nunca había ido y a la que jamás fui, pues harto peligroso resultaba hacerlo en aquellas circunstancias—, se oponían trabajosamente a las decisiones de los constituyentes, y se veía al final reducido a ser un auténtico prisionero de hecho en su propio palacio de las Tullerías. Confié la impresión de *Justine* al impresor Girouard, aunque decidí publicarla, como antes he dicho, de manera anónima, como si fuera en Holanda y sin nombre de autor, mientras le entregaba también el manuscrito en cuatro volúmenes de *Aline et Valcour*, esta vez ya con mi propio nombre y firma. El conde de Mirabeau, mi viejo enemigo en Vincennes, pariente mío lejano y con quien crucé en prisión bastantes insultos, falleció repentinamente y fue objeto de solemnes funerales por el papel que había jugado durante el proceso revolucionario. Así lo reconocí, reconciliándome en parte con él, pero no sin gastar algunas ironías a su costa cuando fue enterrado en Sainte-Geneviève. Finalmente, recordando que al fin y al cabo yo había sido militar, solicité un puesto en la Guardia Nacional, que no me fue concedido.

3

En realidad, mi propia obra publicada no fue ninguna de las que hasta ahora he indicado. Todo resultó bastante precipitado, y fue consecuencia de la agitación ciudadana de aquellos instantes. El 21 de junio de 1791, un criado de Luis XVI en las Tullerías entró en la alcoba real por la mañana para despertarle y encontró la cama vacía. El rey había huido, pero fue detenido en Varennes y devuelto a París tres días más tarde. Fue un acontecimiento estremecedor, cuando en un carruaje cerrado, en medio de trescientos mil parisienses que se agolpaban en las calles en un orden perfecto y respetuoso, el rey y su familia fueron devueltos a las Tullerías, mientras en todos los muros de la capital se podía leer la siguiente inscripción trazada en letras muy grandes y con tiza, y repitiéndose hasta el infinito: «Quien aplauda al rey será azotado, mas quien le insulte será colgado.» Y aquél fue el momento que aproveché para enviar un emisario que arrojó a la carroza real una «Carta de un ciudadano de París al rey de todos los franceses», que escribí e hice imprimir en un folleto de ocho páginas, que luego se repartió profusamente por toda la ciudad.

Ya sé que hay muchos que dudan de esta acción, unos por motivos políticos y otros por la ojeriza que de siempre se me muestra mayoritariamente, y arguyen para negarla el orden perfecto que reinó en París en esta jornada, y el hecho de que ningún cronista describiera un hecho similar. Algunos piensan que lo hice personalmente, lo que me honra, pero tampoco ello fue cierto. La verdad es que alquilé a un granuja para entregar el opúsculo al rey, y que el muy ladino cumplió medrosamente con su cometido limitándose a lanzarlo hacia la carroza real desde una buena distancia. Pero el hecho existió, y la mejor demostración es la existencia del opúsculo, convenientemente editado y repartido —como ya he señalado— y que figura ya en todas las bibliotecas y archivos firmado por mí, como mi primera obra publicada legal y públicamente. Otros, en su afán por negarme todo valor, o por sus propias opiniones monárquicas a las que quieren aliarme —no en vano pertenecía, como dije a un club monárquico dirigido por el conde de Clermont-Tonnerre— a toda costa, se limitan a constatar la existencia del escrito, pero niegan la acción, y además intentan justificarme de mil maneras diferentes. Ni lo uno ni lo otro. Yo no era un revolucionario completo, y hasta aborrecía los excesos que los más radicales cometían durante todo aquel tiempo tan confuso; pero tampoco podía defender del todo al antiguo régimen, que me había hecho objeto de tantas persecuciones e injusticias. Mi escrito fue entonces no tanto un acto de afirmación revolucionaria como una especie de venganza bastante personal e intransferible, y, aunque mis exculpadores niegan su importancia, yo estoy bastante orgulloso de su fuerza expresiva y de su calidad literaria, que pueden observarse en estos fragmentos de mi opúsculo, impreso también por Girouard y titulado como sigue: «*Adresse d'un citoyen de Paris au roi des français*, y que es una respuesta punto por punto a la *Déclaration a tous les français*, que el rey había dejado en su huida y que fue leída en la Asamblea Nacional por el presidente Beauharnais:

«¿Qué acabáis de hacer, señor? ¿Qué acto habéis cometido? ¿Hasta qué punto os habéis permitido inducir a un pueblo entero al más terrible error?... Habéis faltado a vuestro juramento, señor, y lo habéis hecho de la manera más pérfida y falsaria. Vos, el más fuerte, el que nos mandaba, el que nos gobernaba... Os quejáis de vuestra situación, gemís según decís cargado de cadenas. Pero ¿qué soberano de alma pura y honesta, y lo bastante esclarecido para preferir la felicidad de su pueblo a la gloria vana del despotismo no consentiría en sacrificar durante algunos meses sus meros placeres físicos a los morales como los que dispone la culminación de la obra de los representantes de la nación? ¿Tan desgraciado se está en el más hermoso palacio de la ciudad más bella del mundo cuando esta situación no es sino momentánea, y es a la vez el medio más seguro para conseguir la perfección de la felicidad de veinticinco millones de hombres? Al encontraros desgraciado en esa misma situación, que haría la felicidad de muchos otros, dignaos un instante reflexionar en la de las antiguas víctimas de vuestro despotismo, en las de esos tristes individuos a quienes una de vuestras firmas, conseguida por una seducción o por simple tozudez, arrancaba del seno de sus familias para precipitarlos por toda la eternidad en los calabozos de esas espantosas Bastillas de las que vuestro reino estaba erizado... Cuando se han permitido tan graves males, señor, hay que saber sufrir otros más ligeros... Y acabo, señor, y que vuestro ejemplo pueda iluminar a vuestros contemporáneos y a vuestros sucesores para enseñarles a respetar al pueblo que tendrán el honor de gobernar; y que puedan convencerse, a través de esta terrible escuela que las riendas que les han sido concedidas por los hombres libres e iguales según las leyes de la naturaleza, están en sus manos como el timón del navío que el propietario pone en manos de su piloto, y que así se conviertan, lo mismo que él, en eternamente responsables ante Dios y ante los hombres del modo en que las manejen.»

¿Era sincero cuando escribí estas páginas, llevado por el sentido de la oportunidad, por mi indignación y acaso también por mis rencores? Creo que sí, y las alusiones a las víctimas del régimen anterior y a las Bastillas está bastante clara. Otra cosa es que yo fuera republicano o antimonárquico: nunca lo fui. Y con respecto a mi posición frente al proceso revolucionario, debo citar dos textos más, en sendas cartas dirigidas una al abogado Reinaud y otra a Gaufridy. En la primera, en la que señalo mi escasa disposición a viajar por mis posesiones provenzales, subrayo el temor de «ser colgado en Provenza en las potenzas democráticas... Pero no soy un reaccionario. Soy tan sólo imparcial, enfadado por perder tanto, y más todavía por ver al monarca y mi soberano encadenado, y bastante confundido de que en provincia no podáis ver que es imposible hacer el bien de manera continuada mientras las sanciones del monarca sean dictadas por una pandilla de treinta mil maleantes armados y veinte cañones; pero que no lamento, ni mucho menos, la caída del antiguo régimen, que, con toda seguridad me hizo lo suficientemente desgraciado para que ahora llore por él. Ésta es mi profesión de fe.» Pero es todavía mucho más explícita la carta que le envié a Gaufridy unos meses más tarde. Mi administrador me había pedido que le describiera con exactitud mi manera de pensar, como si anteriormente, como ya se ha podido ver, no la hubiera tratado con profusión. Pero esta vez se trataba de política, y aunque creía y sigo creyendo que la política está por debajo del arte y de la naturaleza, no tuve más remedio que responder: «En mi calidad de hombre de letras estoy actualmente y día a día en la obligación de trabajar tanto en favor de un partido como de otro, estableciendo una movilidad en mis opiniones de las que se resiente mi manera interior de pensar y, si quisiera sondearla de verdad, no la encontraría a favor de ninguno de todos estos partidos, y compuesta al mismo tiempo por todos ellos. Soy antijacobino, movimiento al que odio con todo mi corazón y hasta la muerte. Adoro al rey, pero detesto sus antiguos abusos. Me gustan infinidad de artículos de la Constitución, pero otros me repugnan. Quiero que se devuelvan a la nobleza sus antiguos privilegios, pues habérselos quitado no lleva a nada. Quiero que el rey sea el jefe de la nación. No quiero una Asamblea Nacional, sino dos cámaras, como en Inglaterra, lo que daría al rey un poder mitigado, equilibrado por el concurso de una nación dividida en dos estamentos; el tercero es completamente inútil y no quiero saber nada de él. Ésta es mi profesión de fe. Y ahora, ¿qué es lo que soy? ¿Aristócrata o demócrata? Dígamelo usted, por favor, abogado, pues yo ya no sé nada.»

Todos estos testimonios me parecen ahora simples palinodias. Unos iban dirigidos a estabilizar mi situación personal, que seguía siendo incómoda, a pesar de todos los cambios experimentados por la nación, y de las profundas novedades políticas a las que estábamos asistiendo. Yo era un noble, un aristócrata, y por tanto un sospechoso a ojos de los nuevos dirigentes del país. Al mismo tiempo, había sido perseguido hasta la exasperación por el régimen anterior, al que odié profundamente en su día, pero que en mi interior no deseaba que cambiase demasiado: siempre tendría que haber señores y criados, y era precisamente esta relación dialéctica, de diálogo y confrontación entre amos y servidores, entre aristócratas y burgueses en todo caso, lo que hacía andar al mundo hacia adelante. Y por último mi triste y sulfurosa fama de libertino, y hasta de torturador y asesino, me seguía precediendo allí donde me mostraba. Por eso tuve que alistarme en la sección des

Piques, y por eso mismo pedí un puesto en la Guardia Nacional, lo que me fue denegado, y felizmente como luego se verá. Y si bien las reformas revolucionarias me parecían en su mayoría justas, honradas y bastante lógicas, nunca me decidí a abrazar por completo su causa, aunque seguí criticando y dando testimonio con mi persona y mis obras y hasta a través de mis actuaciones en la sección des Piques, de la que llegué a ser secretario, vicepresidente y presidente en una ocasión, pues los cargos eran rotatorios, y para la cual escribí una serie de opúsculos políticos y literarios de evidente interés.

Mientras tanto mi hijo mayor dimitía de su cargo de comandante de infantería, y poco después tomaría el camino del exilio. Mi prima, la señora de Raousset, hija de mi tía la de Villeneuve, me escribió que deseaba trasladarse a vivir a La Coste, lo que me asustó bastante. «Dejará vacío el castillo», escribí a Gaufridy. Mas, de repente, la señora de Raousset falleció, y me preocupé por su herencia, aunque dejaba marido y su madre todavía vivía, por lo que me limité a pedir una cruz de veinte mil francos de valor que había prometido a mi hijo Claude-Armand. Y con razón: lo desvirgó de jovencito. Pero no conseguí nada, pues mi propio hijo segundo viajó a Aviñón y estaba a partir de un piñón con su tía abuela y al final se quedó con todo lo que pudo, antes de emigrar a su vez siguiendo los pasos de mi hijo mayor. La Provenza estaba completamente sublevada, y las luchas entre monárquicos y republicanos, alentadas por los curas, juramentados o no, encendían todos los ánimos y provocaban tumultos, desórdenes, manifestaciones de todo tipo y hasta asaltos y destrucciones de viejas mansiones señoriales. Y yo seguía teniendo miedo, volver a mis tierras me parecía imposible, Mazan estaba inhabitable, Saumane me aterrorizaba —era una de las regiones más soliviantadas—, y La Coste estaba medio desmantelado, por lo que pensé residir en alguna casita del pueblo.

4

Pero seguí en París, empeñado en mis proyectos teatrales, hasta que al final pude ver cumplido alguno de ellos. Mi drama *Le comte Oxtiern ou les effets du libertinage* —luego le cambié levemente el título en el momento de su publicación— se representó por vez primera el 22 de octubre de 1791 en el Théâtre Molière, después de haber sido rechazado en el de la calle Feydeau. En realidad se trataba de la adaptación de uno de los relatos de *Les crimes de l'amour*, el titulado *Ernestine*, o «novela sueca». En verdad, la novela es mejor que la obra teatral, mucho más negra y sombría, por lo que la aligeré para presentarla en un escenario. En la novela, Oxtiern es castigado, pero no sin que haya conseguido todos sus objetivos, violado a Ernestine y muerto a su prometido y a su padre, cosa que no sucede en la adaptación teatral. Sin embargo, elegí mal el local del teatro, que parecía un centro de agitación permanente y era sumamente criticado por los periódicos más serios de la época. «Los espectadores se ven engañados por un charlatanismo que confunde la Revolución con sus abusos —se decía en un influyente órgano de opinión— y en escena ven deshonrados a la vez el buen gusto y el buen sentido, y donde se insulta gravemente al jefe de la nación y a su desgraciada compañera», esto es, Luis XVI y María Antonieta, y «se predica sin parar el desorden, la licencia, el asesinato, el odio y el furor, bajo el falso pretexto de la libertad». En estas condiciones, mi *Oxtiern* gustó, pero una serie de incidentes provocados por el público, al que mi nombre le olía mal, determinaron que hubiese que interrumpir las representaciones. El día del estreno, un espectador gritó de repente en medio de la función, «¡Abajo el telón!», y el desgraciado tramoyista empezó a obedecer y lo bajó hasta media altura, con lo que el público se encrespó, hubo protestas y todo acabó en división de opiniones, aunque la mayoría de los espectadores gustaron de la obra y, tras expulsar a los alborotadores, me hicieron salir a saludar, por primera y última vez en toda mi carrera teatral. Éste fue el único momento de mi vida, fugaz como se ve, en el que pude paladear las mieles del triunfo. Poco después, el Théâtre del Marais me rechazaba *Le prevaricateur,* y los Comediens Français una de mis mejores obras, la histórica y en verso *Jeanne Laisné ou le siège de Beauvais.* Y por fin, en el Théâtre Italien se representaba una piececilla en un acto, *Le Suborneur,* el 24 de enero de 1792, de la que sin embargo sólo se hicieron tres funciones, pues a la tercera un sector del público, sin duda de inspiración jacobina, organizó un gran escándalo porque la obra era de un antiguo aristócrata, y nadie pudo entender nada. Y allí terminó para siempre mi corta carrera teatral, absolutamente por debajo de las calidades de mis obras, y evidentemente desproporcionada con el esfuerzo que me había costado y la cantidad de piezas que tenía terminadas en aquella fecha.

Mis hijos estaban emigrados, y no tuve más remedio que escribir a los Montreuil para protestar y obligarlos a que regresaran. En efecto, por aquel entonces los emigrados y sus familias estaban muy mal vistos, y se acabaría por decretar la confiscación de sus bienes. Gaufridy y su hijo escaparon de Apt, ciudad que había sido escenario de graves actos de pillaje y bandolerismo, se trasladaron a Lyon, luego regresaron, pero finalmente volvieron a escapar, pues estaban complicados con sectores ultrarreaccionarios. Para cuando pudieron regresar ya definitivamente, a finales del decenio, mis asuntos ya estaban completamente echados a perder y mi ruina era casi total, aunque Gaufridy siguió administrando los restos hasta mi último ingreso en Charenton, en 1801. De todas maneras, y aunque aproveché la ocasión al escribir a los Montreuil para burlarme de ellos, cuando un año después se me presentó la oportunidad, pude tachar sus nombres de una lista de ciudadanos «a depurar». No lo hice por cariño, desde luego, y ni siquiera por reprimir mis deseos de venganza, sino pura y simplemente por un abstracto sentimentalismo humanitario.

Una extraña sociedad de Amigos de la Constitución de La Coste me escribió para pedirme que demoliera las almenas del castillo, lo que no dejó de divertirme bastante. ¡Qué más me daban a mí las almenas de mi castillo! Sin embargo me daba rabia tener que ceder a las peticiones de aquellos lacayos, que además se me presentaban como protectores del castillo, que lo habían protegido en medio de tantos y tantos desmanes que abundaban en la región, por lo que les escribí diciendo que de acuerdo, que lo haría —«con la Constitución en una mano y la piqueta en la otra»—, pero que esperasen, pues pensaba ir en persona para hacerlo y celebrar al mismo tiempo una gran «fiesta cívica». Y por aquellos mismos días, una joven de La Coste, hija de la Soton, llegó a París hecha una furia y presentando querella contra Gaufridy, lo que no dejó de implicarme a mí también, hasta el punto de que, una vez que Marie-Constance fracasara en sus intentos de calmar a aquella bruja, tuve que expulsarla de mi casa, donde se había presentado organizando un gran escándalo.

La jornada del 10 de agosto de 1792 fue terrible, como se sabe, y en ella perdí amigos y protectores, como el conde de Clermont-Tonnerre, que fue salvajemente asesinado, golpeado primero con una hoz y perseguido cuando se escapaba, hasta que lo alcanzaron cuando se hallaba en casa de una amiga, en un cuarto piso, desde el que le arrojaron a la calle. Luego llevaron su cadáver a la vista de su esposa, mi querida prima Delphine, que se desmayó. Menos mal que luego pudo rehacer su vida la pobre mujer, que cuando todo pasó se casó con el marqués de Talaru, y ahora sigue siendo mi buena amiga, viene muchas veces a verme y me ayuda en lo que puede. Durante las matanzas de setiembre, yo era secretario de la sección des Piques, y me esforcé en salvar todas las vidas humanas que pude. «Diez mil presos sucumbieron en las jornadas del día 3. Nada puede igualar en horror a las matanzas que ha habido (aunque fueran justas). La princesa de Lamballe fue decapitada, y el populacho llevó su cabeza en la punta de una lanza a la vista del rey y la reina, y su cuerpo fue arrastrado durante ocho horas por las calles, siendo injuriado y maltratado mediante toda suerte de infamias: todos los sacerdotes refractarios degollados en las iglesias en las que estaban encerrados, y entre ellos el arzobispo de Arles, el más virtuoso y respetable de los hombres.»

Y al mes siguiente, mientras la Asamblea Nacional daba paso a la Convención, sobrevino la catástrofe: La Coste fue asaltado. Una turba de malhechores que hasta entonces había considerado como costeños invadió heroicamente un castillo vacío, destruyendo, robando, pillando, profanándolo todo: robaron los muebles, destruyeron los archivos, laceraron tapices y cortinajes, arrancaron puertas y ventanas, rompieron espejos, bebieron todo el vino y los licores y aguardientes que encontraron, esquilmaron patios, jardines, árboles frutales y apenas dejaron a su paso piedra sobre piedra. Las autoridades locales y los sedicentes miembros del Club de Amigos de la Constitución intentaron en principio impedir el asalto, y se ocuparon después en seguir el rastro de lo robado, en recuperar lo que pudieron, que fue poco. En realidad, entre los asaltantes había vecinos y alborotadores de los pueblos cercanos, y también gente que participó con evidente ánimo de lucro. Y para colmo, la autoridad policial de Apt encargó a unos agentes que se hicieran cargo de lo recuperado, que desapareció «legalmente» sin dejar rastro.

Mi cólera estalló, pero ¿a quién dirigirme? Gaufridy estaba huido y en paradero desconocido, los jueces de la región desaparecían y aparecían a placer, los juzgados estaban abiertos o cerrados según los nuevos y fugaces funcionarios que se encargaban de ellos, y tuve que contentarme con presentar una querella en el Ministerio del Interior y enfadarme en mis cartas, que envié, quejándome, en todas direcciones. En resumen, que los escenarios también desaparecen, que el espacio es tan vulnerable y fugitivo como el tiempo, que las cosas se pierden como las personas, y que La Coste apenas existía ya si no fuese en mi interior, en mis vivos recuerdos, en mi memoria de Gothon, de Milli de Rousset, de las representaciones teatrales, de los jovencitos y jovencitas que tan buena compañía me habían proporcionado en aquellos parajes. La vida es como el teatro, una función tan intensa como efímera, que luce un instante y desaparece para siempre.

La desaparición de Gaufridy de la región había dejado todos mis asuntos en el más espantoso de los desórdenes, y a mí sin un franco en el bolsillo. Uno de mis arrendatarios me prestó cierta cantidad, pero aquello fue una gota de agua en un incendio. Y mientras tanto yo continuaba en mis empeños teatrales, bastante infructuosamente, y en mis actividades políticas en la sección des Piques. Una inspección efectuada en casa de los Montreuil encontró el palacio vacío, por lo que fue sellado, corriéndose el grave riesgo de que los tomaran por emigrados. En realidad, mis parientes políticos, lo mismo que mis hijos, sólo huyeron de vez en cuando, y siempre regresaban para defender sus propiedades con uñas y dientes. Durante algún tiempo vivieron en las cercanías de la plaza de Vendôme, donde estaba mi sección, y hasta el presidente de Montreuil vino a verme una vez, lo que me permitió tratarle como el gran señor que soy, de manera tan cortés como condescendiente, y hacerles algunos considerables favores. Al final, sólo los presidentes de Montreuil fueron encarcelados durante el Terror de Saint-Just y Robespierre, pero fueron liberados al final, aunque mi suegro fallecería seis meses después de su liberación.

En la sección des Piques trabajé en diversas actividades, y escribí algunos informes y discursos que alcanzaron cierta repercusión, pues se publicaron entre 1791 y 1793. Aparte de la *Carta* ya citada dirigida al rey Luis XVI a su forzada vuelta de Varennes, escribí, tras la debida inspección, unas *Observations présentées à l'Assemblée administrative des hôpitaux*, que consiguió mejorar notablemente la higiene de los establecimientos sanitarios de la capital, terminando por ejemplo con la costumbre de hacinar varios enfermos en una misma cama. También una *Idée sur le mode de la sanction des Lois*, uno de los textos de los que más orgulloso estoy, pues además de estar muy bien escrito contiene sugerencias muy importantes, preconizando un asambleísmo generalizado, según el cual en cada ciudad, en cada pueblo, en cada barrio o hasta en cada casa, tendría que haber asambleas representativas que opinasen sobre las leyes en curso de gestación. Otros cinco textos similares fueron redactados por mí, y elevados a los organismos superiores por la sección, de los cuales sólo destacaré dos más, uno pidiendo el cambio de nombre en las calles de París —utilizando muchos nuevos nombres clásicos, griegos y latinos, para sustituir a los del antiguo régimen— y un *Discours aux mânes de Marat et de Le Pelletier*, lo que ha permitido a alguno de mis comentaristas posteriores buscar las relaciones que pudiera haber entre mi persona y la de la noble víctima de Carlota Corday. Pero no creo que haya demasiadas: él era un puritano, y yo un libertino, aunque estas dos características, que en principio estaban casi unidas —pues en su origen un «libertino» era quien pensaba «libremente», fuera del sistema establecido, y las connotaciones morales vinieron después— determinen finalmente posiciones similares de misantropía, retirada del mundo, marginalidad y peligrosidad social: el amigo del pueblo, si lo es en exceso, se puede parecer al enemigo del pueblo, no se olvide. Y además, en el transcurso revolucionario, cierto puritanismo radical e implacable se estaba abriendo paso, a través sobre todo de los discursos de Saint-Just, que desembocaba desgraciadamente en cierto tufillo a sacristía heterodoxa. En resumidas cuentas, que Robespierre se transformó en lo más parecido a un agente de la antigua Inquisición, en una especie de sumo sacerdote de la religión en que se convertía la revolución en sus manos.

Cosa que me pareció curiosa en un principio: fui inscrito en las listas de emigrados y además en dos regiones diferentes. Ya que no lo fui en París, donde mi constante presencia pública me convertía en intocable a este respecto, mi ausencia de mis propiedades provenzales llevaron a las autoridades administrativas de los departamentos de Avignon —la Vaucluse— y de Marsella —las Bouches du Rhône— a incluirme entre las listas de aristócratas y grandes burgueses enemigos de la revolución que habían huido del país. Ello era grave, ya que tal conducta acarreaba graves penas y la confiscación de todos los bienes de los emigrados, lo que para mí resultaba terrible, pues carecía casi de bienes fuera de los citados departamentos. Protesté, tuve que suministrar los debidos certificados de residencia continuada en París desde mi salida de la Bastilla y Charenton, con lo que al final conseguí que mi nombre fuera tachado de la peligrosa lista en Marsella, pero los de Avignon hicieron oídos sordos a mis reclamaciones. Y lo más curioso y terrible para mí fue que jamás fue tachado mi nombre de la lista de emigrados de la Vaucluse, a pesar de la razón que me asistía, y no sé si explicar este hecho por el desorden burocrático en la región o por alguna malevolencia de paisanos envidiosos o vengativos no se sabe bien por qué. Durante todo el período republicano y el Imperio de Napoleón, he sido un emigrado y un delincuente en Vaucluse y Avignon, hasta que la reciente llegada de Luis XVIII al restaurado trono dejó sin efecto aquellas miserables y erróneas listas. El argumento para ello fue tan burocrático como especioso: los nombres propios no coincidían, en unos lugares me llamaba Alphonse, en otros Donatien, en otros Luis y en otros Aldonze, con lo cual, según la administración de Avignon, podría no tratarse de la misma persona, confusión a la que contribuía el hecho de que algunas personas de la familia Sade, empezando por mis propios hijos, habían sido emigrados en algún momento.

Luis XVI primero y María Antonieta después fueron guillotinados, la República se dotó de un ejército popular, y los debates en los clubs y las secciones cobraron caracteres de enormes y desordenadas disputas que llevaban al odio y a la violencia. Durante mi etapa de presidente de mi sección, los interminables debates y discusiones —en los que yo siempre adoptaba una postura más bien moderada— me causaron graves problemas de salud, y había noches que salía de allí escupiendo sangre. Pero hubo también acontecimientos agradables, como el de la publicación de mi querida *Justine*, lo que me proporcionó algo de dinero —se hicieron tres ediciones en un año— y la satisfacción de ver que mis escritos conseguían más lectores que espectadores mi teatro. En resumidas cuentas, ya era un escritor, un «hombre de letras», profesión legal que a partir de entonces figuraría en todos mis documentos, en sustitución de esa mancha infamante de *ci-dévant marquis*, que me seguía persiguiendo, y contra la que me elevé en numerosas ocasiones. Pero *Justine* se había publicado sin nombre de autor, y pensé que mi mejor certificado profesional era inutilizable para mí. Pena perdida: todo el mundo parecía saber quién era el autor de la obra, que empezó a ser tratada sin piedad por todas partes. Es lo que sucede siempre, que los colegas, los críticos y todas aquellas personas a las que uno puede hacer sombra, son los primeros que se desencadenan en contra, a pesar del evidente éxito al lograr un buen número de lectores. Fui tratado de todo, de pornógrafo, de libertino, de blasfemo, de lujurioso, de loco, y hasta se volvieron a poner en circulación las antiguas leyendas tan falsas como malvadas que me habían perseguido durante el régimen anterior. Y lo malo es que la impresión de *Aline et Valcour* se retrasaba, siendo así que era la obra en la que había depositado todas mis esperanzas.

5

Así las cosas, el 18 frimario del año II —mejor dicho, el 8 de diciembre de 1793, dejémonos de esa enorme bobada del efímero calendario republicano, monumento al artificio y la pedantería— fui detenido en mi domicilio y llevado a la prisión de Madelonnettes, en pleno período del Terror, bajo la acusación de haber solicitado un puesto en la Guardia Nacional, que entonces mandaba el comandante De Brissac, que luego se había revelado como un peligroso agente de Luis XVI. Cuando ahora pienso en aquella detención, todavía se me saltan las lágrimas, mientras oscuras sospechas asaltan mi mente. Dejando para después las lágrimas, empiezo por las sospechas. ¿Fue de verdad mi petición de entrar en la Guardia Nacional el auténtico motivo de mi nuevo encarcelamiento? Lo dudo mucho. Una detención en el período del Terror, bajo Robespierre, y con la siniestra sombra de su acusador público Fouquier-Tinville encima, uno de los mayores genocidas de la historia de Francia, suponía estar colocado en la escalera que subía hacia la guillotina. Pero habría que tener en cuenta que cuando De Brissac fue encargado de organizar la Guardia Nacional, sin observar su adscripción al antiguo régimen, nadie parecía sospechar de él, y era impensable que después se colocaría de nuevo al servicio del Capeto. Pero es que, además, si yo hubiera sido un conspirador al servicio de la monarquía, me hubieran admitido, y el rechazo que se me opuso entonces supondría en todo caso mi exoneración posterior, cosa que a ninguno de mis nuevos acusadores pareció pasarle por la cabeza. No, yo solicité pertenecer a la Guardia, quise ponerme a las órdenes de De Brissac, que luego sería agente declarado del enemigo, luego siempre fui un contrarrevolucionario. La paranoia de Robespierre y sus secuaces no conocía límites, y llegaba a todas partes, como suele suceder en la historia en estos casos de tiranía y crueldad absolutas, que se repiten con tanta frecuencia que constituyen ya una profunda señal de identidad de la raza humana.

Si ése no fue el verdadero motivo de mi detención, ¿cuál podía serlo en realidad? Veinte años después, creo haber encontrado la solución: *Justine*. Y no pronuncio el título de mi libro como algo concreto, como la verdadera razón, sino como un símbolo, una señal que encierra todo lo demás. Ya he apuntado antes cómo la Revolución se estaba convirtiendo en una Religión, y cómo el puritanismo de sus líderes había desembocado en el extremo más absoluto, en la paranoia del Incorruptible, en el rigor asesino de Robespierre. Robespierre fue un hombre íntegro, honrado, que jamás tuvo vicio alguno, un idealista completo, un peregrino del absoluto, y uno de los mayores asesinos de la historia.

Todo pensamiento que se piensa hasta el final desemboca en el absurdo: toda religión llevada al extremo atraviesa sus propios mártires para terminar en la inquisición, en las hogueras, en la dictadura absoluta. Lo que obsesionaba en mi persona a los dirigentes del Terror fue que yo suponía la rebelión absoluta, la exaltación del libertinaje, del erotismo, de la pornografía y de la blasfemia, y que en profundidad mis mensajes, dirigidos contra el antiguo régimen y sus valores en un principio, contenían —y contienen— todos los gérmenes posibles de rebelión contra todos los regímenes sin distinción. Sin decirlo, quisieron llevarme a la guillotina y eliminarme por mi vida y mis escritos, eso es todo. Y ahora puedo sacar la inevitable conclusión: como todos. Desde este punto de vista no hay diferencia alguna entre Luis XVI, Robespierre y ahora Napoleón, entre el antiguo régimen, la revolución y el imperio. Las diferencias son de matiz, y varían según las características personales de la víctima. Si yo hubiera sido pobre, Luis XVI me habría colgado, Robespierre no me guillotinó por un simple error burocrático, porque no me encontraron en el lugar donde creían que estaba, y Napoleón me hizo pasar por loco porque era lo suficientemente fuerte para no necesitar matarme, siendo yo por entonces ya bastante conocido. Los hospitales para locos darán mucho juego en el futuro.

¿Y las lágrimas? Lo dije casi en seguida: «Mi detención *nacional*, la guillotina bajo mis ojos, me ha causado cien veces más daño que el mal que me habían traído nunca todas las Bastillas imaginables.» No lo podía creer: «Las bestias feroces que me rodeaban —como puse en boca de María Antonieta, que era malvada pero hermosa— cada día inventan una nueva humillación para añadir al horror de mi destino: destilan gota a gota en mi corazón el veneno de la adversidad, cuentan con delicia mis suspiros y mientras engordan con mi propia sangre beben en el abrevadero de mis lágrimas.»

Estaba detenido como sospechoso, desde luego, pero todos sabíamos lo que eso quería decir. Y eso en el régimen que había instaurado la libertad, la igualdad y la fraternidad, que había suprimido las antiguas injusticias y las arbitrariedades, que iba a proporcionar la felicidad a todos los ciudadanos, el que me había liberado primero, y por el que yo había luchado y trabajado desde el principio, malgastando las escasas fuerzas que me quedaban. ¿Ése era mi premio? Todo era una inmensa y total estafa, y la ocasión era óptima para romper en una gigantesca carcajada si no fuera por el inminente peligro que corría mi cabeza de ser separada de mis hombros. Pensé en mis camaradas de la sección des Piques, en conseguir su testimonio, y todo fue inútil, pues primero dieron la callada por respuesta y luego elevaron a las autoridades un informe absolutamente contrario a mi persona, en el que decían que yo era un peligroso contrarrevolucionario que me había disfrazado de patriota y había obstaculizado constantemente los trabajos de la sección. «Si soy culpable —les había dicho— debo ser castigado; eso es lo justo, pero he sido durante diez años víctima del despotismo de los tiranos y adoraba a la revolución como mi liberadora. ¿Cómo es posible que la misma nación que rompió mis cadenas hace tres años pueda echármelas otra vez encima? Me arrojo en los brazos de mis conciudadanos que conocen mi patriotismo con la esperanza de que no me dejarán languidecer entre estos hierros.» Todo fue inútil, y además mis colegas me acusaron otra vez de libertino, de vicioso y de peligroso social. Ya estaba todo dicho. La revolución también produce granujas, o al menos ningún régimen los elimina, y el desorden y la dictadura, aunque parezcan antitéticos, los producen con mayor profusión.

Como además también la revolución segrega burocracia —términos que debieran ser contrapuestos pero que en realidad van tan unidos como la uña y la carne— me hicieron bailar de cárcel en cárcel y de prisión en prisión, y en menos de un año pasé de Madelonnettes a los Carmes, y de aquí a la antigua leprosería de Saint-Lazare. Todo un baile que realicé como si fuera mi propio espectador, como sonado, distante, estupefacto y en permanente estado de asombro ante lo que me sucedía.

Allí me crucé con el gran poeta André Chenier, que fue víctima de la guillotina, y después, en la prisión de Picpus, donde fui trasladado por enfermedad y que se hallaba a doscientos metros de donde estaba la máquina de matar —aunque no ha sido un mal invento este de la guillotina, demasiado humanitario a mi entender—, tuve un grave altercado con ese militar escritor llamado Choderlos de Laclos, autor de una de las obras más hermosas y traicioneras que darse puedan, *Las amistades peligrosas*, que fue un gran éxito de ventas y lecturas en los años previos a la revolución. Choderlos de Laclos estuvo también preso bajo el Terror, pero sobrevivió y luego acabaría su vida como un ilustre general retirado. Algunos me han reprochado que nunca haya hablado de él en mis escritos, siendo así que en mi biblioteca de la Bastilla figuraba su libro. Sí, leí con admiración, envidia e indignación creciente *Las amistades peligrosas*, esa novela que hubiera sido genial con otro final, con el verdadero final que exige, el triunfo de sus dos inimitables héroes, el vizconde de Valmont y la señora de Merteuil. Mas Choderlos de Laclos, como buen militar y estratega, los condena al final, mata a uno y arruina y pica de viruelas a la otra, lo que no es sino una concesión a la sociedad en la que vivía y en la que quería vender su libro, tan hermoso por otra parte. Todo lo contrario de lo que yo he hecho con los míos, que no creo le vayan a la zaga, y que preconizan la rebelión total y el triunfo del mal, caiga quien caiga.

Yo no hago concesiones a no ser en mi teatro. Laclos era un militar, esto es, un estratega, y la estrategia falsea el arte y la literatura en profundidad. No es de extrañar que nos enfrentásemos en la prisión, pues él había leído *Justine* y me trató con irritante desenvoltura y condescendencia, como si yo fuera un aprendiz, lo que me obligó a insultarle y a recuperar por un momento mis antiguas, violentas y audaces maneras. Nos tuvieron que separar, y prometí no volver a hablar jamás de él, a pesar de las altas cualidades de su maravillosa y frustrada novela. Algunos dirán que se trata de envidia pura y simple, pero creo haber expresado ya con claridad mi opinión, y, si bien reconozco que la obra de Laclos influyó en alguna de las mías —sobre todo en *Aline et Valcour*—, a estas alturas no me importa ya nada de lo que la gente pueda pensar, mi obra es lo suficientemente extensa para reducirla a uno de sus elementos, y que cada palo aguante su vela.

El 26 de julio de 1794, mientras yo estaba encarcelado en Picpus, tras ocho meses de encierro en cuatro prisiones distintas, el acusador público incluyó mi nombre en la que iba a ser una de sus últimas actuaciones, con otros veintisiete acusados que fuimos buscados por sus agentes en las diversas cárceles de París, citándonos para el día siguiente en el tribunal revolucionario. Allí, en ese siniestro papel figuro como «Aldonze Sade, ex conde, capitán de los guardias del Capeto en 1792, que ha mantenido correspondencia e inteligencia con los enemigos de la república. No ha dejado de combatir al gobierno revolucionario manteniendo en su sección que tal gobierno era impracticable. Se ha mostrado partidario del federalismo y del provocador y traidor Roland. En fin, parece que las pruebas de patriotismo que ha pretendido dar no han sido por su parte sino medios para escapar a la búsqueda de su complicidad en la conspiración del tirano del que no ha sido sino un vil satélite». Hay que reconocer que esta bestia feroz y sedienta de sangre de Fouquier-Tinville no escribía demasiado bien.

De los veintiocho acusados, sólo se pudo encontrar a veintitrés, por lo que cinco —yo era uno de ellos— pudimos escapar al suplicio. Y el mismo día, tras un breve paso delante del tribunal, veintiuno de ellos salieron rumbo a la guillotina y terminaron allí sus días. Sólo uno de ellos fue absuelto, mientras otra acusada sufría un ataque de locura furiosa, por lo que hubo que aplazar su juicio. Pero ya no hubo tiempo, pues al día siguiente Maximilien Robespierre, Saint-Just y otros veinte asesinos más hasta entonces disfrazados de patriotas dejaban también sus cabezas en el filo de la guillotina. Ya decía el doctor Samuel Johnson que el nacionalismo es el último refugio de los canallas.

Me libré por los pelos. Poco después pude escribir a Gaufridy en términos irónicos mis últimos días de Picpus: «Un paraíso terrestre: una hermosa casa, soberbio jardín, una sociedad escogida y mujeres amables, y de repente se abre bajo nuestras ventanas la plaza de las ejecuciones, y se instala el cementerio de guillotinados en medio de nuestro jardín. Enterramos mil ochocientos en treinta y cinco días, de los cuales casi un tercio eran de nuestra desgraciada residencia misma. Por fin mi nombre apareció en undécimo lugar en la lista cuando la espada de la justicia cayó la víspera sobre la ciudad, y sobre el nuevo Sila francés. Desde aquel momento todo se suavizó y gracias a los cálidos cuidados de la amable compañera que comparte mi corazón y mi vida desde hace cinco años pude ser liberado el pasado 24 vendimiario del año III», esto es, maldita sea, el 15 de octubre de 1794, tras 312 días de detención. Me salvé por los pelos, y también por casualidad, pues fue el azar quien dispuso, en medio de todo aquel caos administrativo que acompañaba al cataclismo sangriento del Terror, que me buscaran allí donde yo no estaba, tras tanto baile de prisión en prisión. Si llegué demasiado pronto a la demolición de la Bastilla, también fallé mi cita con la muerte a la que llegué demasiado tarde, cuando ya se había ido. ¡Vaya, pues, lo uno por lo otro, y estoy en paz con la muerte y con la libertad!

6

Poco más de cinco años me quedaban de libertad, y fue una época de miseria, tristeza, escasas alegrías, esperas desesperadas y traslados. Mi situación económica era insostenible, y hubo temporadas en las que llegamos a pasar hambre, mi dulce Constance —que me había asistido y defendido durante mi detención—, su hijo y yo, y tuvimos que cambiar varias veces de residencia, primero a Clichy, después a Saint-Ouen, en los suburbios del norte de París, y muchas veces Constance nos traía comida de las cenas con amigos suyos, o se quedaba a vivir en casas de otros para poder comer; fui empleado subalterno en un teatro en Versalles —ganando cuarenta céntimos al día— y hasta pasé una temporada en el hospital, donde al menos me dieron de comer todos los días y restauraron mis escasas fuerzas y mi frágil salud.

Francia también enjugaba sus heridas, en una reacción moderada que llevó al Directorio, al Consulado después y terminaría en el Imperio. Gaufridy había vuelto a su despacho, y me enviaba dinero de vez en cuando, pero no demasiado, aunque un poco más fui consiguiendo por la edición de nuevos libros, uno con mi propio nombre, el ya citado *Aline et Valcour*, que fue bien recibido, aunque no dejó de soportar malevolencias y acusaciones por parte de comentaristas que sabían que yo era el autor de la infame *Justine*. Me dieron por muerto en un periódico, me cubrieron de infamias e ignominias en una obra sobre la antigua aristocracia, y a todas las acusaciones que me atribuían la autoría de *Justine* replicaba repleto de falsa indignación.

La philosophie dans le boudoir tuvo que salir como «obra póstuma del autor de *Justine*», pero tampoco me sirvió de nada, por lo que la última novela que publiqué estando en libertad, una gigantesca ampliación de la historia de las dos hermanas, la buena víctima y la triunfadora malvada la publiqué en 1797 sin nombre alguno de autor. Hay que hacer constar asimismo que había tenido que cambiar de editor, pues Girouard había caído guillotinado bajo el Terror, y terminé en manos del impresor Nicolas Massé, que se reveló como una especie de delator o confidente de la policía. Nicolas-Edme Restif de la Bretonne, el miserable folletinista repleto de graforrea, que era monárquico o liberal según las conveniencias, ignorante y repleto de falsos saberes, más desordenado que una jungla, me hizo el equívoco honor de citarme varias veces en sus *Noches de París*, donde contó a su manera mis antiguas leyendas y toda suerte de infamias sobre mí. Al final, apenas pudo publicar, como ya he contado antes, una especie de novela tan erótica como las mías pero dirigida contra mí, su *Anti-Justine*, aunque de mucho menor calado que las mías, más desordenada, peor escrita y mucho más falsa e inauténtica.

Y tuve que vender La Coste, asunto del que también hablé con anterioridad. Me lo compró un hombre infame, un granuja oportunista que al final terminó mal, pero no me pagó un mal precio teniendo en cuenta los tiempos que corrían. Poco después, y con este motivo, viajé a Provenza, a La Coste, Saumane y Apt, con mi querida *Sensible*, que se ganó las simpatías de la familia Gaufridy. Pero todo el dinero que iba recibiendo, o al menos el que se sacaba del producto de mis bienes provenzales, de las ventas y las hipotecas, iba a parar a mis antiguas deudas, y sobre todo a mi esposa, que defendía sus intereses con uñas y dientes enarbolando la bandera de nuestros hijos. Hijos que, por su parte, y tras haber vuelto a Francia, consiguieron evitar su inscripción en las listas de emigrados, arguyendo el mayor, Louis-Marie, que había estado de viaje por sus estudios de botánica y grabado, y el menor, Claude-Armand, que su pertenencia a la Orden de Malta le había obligado a ocupar un puesto en el extranjero.

Y mientras tanto yo no conseguía que tacharan mi nombre de la lista de Avignon, a pesar de que presenté ciento cinco documentos atestiguando mis residencias permanentes en París. Se me contestó que los frecuentes cambios de nombres en mis documentos, en las inscripciones de mis bienes y hasta en las malditas listas, no permitían averiguar la verdad de mis testimonios, que si yo era Donatien-Alphonse-François de Sade no podía ser Louis o Aldonze u otros muchos nombres que también utilicé, y que por tanto no estaba en la lista, y que si estaba tenía que proporcionar documentos sobre los mismos nombres utilizados. La burocracia es a veces más terrible que la mayor de las tiranías. Y el colmo era que todo este complejo problema de mi imposible radiación de las listas de emigrados en la Vaucluse complicaba todas las operaciones que quisiera hacer con mis bienes, rentas y alquileres, pues no se sabía bien si estaban o no confiscados.

Al final, en diez volúmenes, el año 1797 publicaba la última y gran novela que he citado, la tercera versión de mi enorme fábula moral y erótica *La nouvelle Justine, ou les malheurs de la vertu*, primero sola en cuatro volúmenes, y luego seguida por su continuación y con el siguiente título: *La nouvelle Justine, ou les malheurs de la vertu suivie de l'histoire de Juliette, sa soeur ou les prospérités du vice*. Y antes de entrar en mis últimas prisiones sólo pude publicar las once breves novelas de *Les crimes de l'amour*, justo el año de 1800.

En el periódico *L'ami des lois* me defendí de la acusación vertida en *Le Tribunal d'Apollon*, que me atribuía la autoría de *Justine* y me daba al mismo tiempo por muerto, pero poco después se me contestaba en el mismo periódico con una violencia inusitada: «Tu flecha envenenada ha llegado hasta mí, en medio de los gritos de la indignación pública —se me decía—, pero no ha logrado alcanzarme. El mefítico olor que exhalaba habría bastado para reconocer la odiosa mano que la había lanzado. ¡Desgraciado, te has traicionado a ti mismo! ¿Quién no habrá reconocido al infame autor de la atroz *Justine*, al leer tus injurias estúpidas y tus afirmaciones tan sucias como repugnantes? ¿Cómo has podido, miserable, levantar el espeso velo que cubría tu abominable existencia? ¿Olvidas que la nada, para un monstruo como tú, sería una bendición del cielo?» Pues estábamos buenos, en medio de la miseria, del hambre, sin un ochavo, enfermo y ayudado únicamente por mi pobre Constance, que también tenía que ocuparse de su hijo.

Les crimes de l'amour, que yo creía ser una obra limpia y sin adherencias extrañas ni peligrosas, que podría ponerse en todas manos, mereció una crítica infame de un foliculario —no hay otra manera de calificarlo— de nombre Villeterque. Este seudocrítico, al que sin embargo reconozco capacidad de penetración, se había fijado sobre todo en el prólogo del libro, titulado *Idée sur les romans*, texto que considero bastante apreciable, aunque escrito acaso demasiado de prisa. (Mas ¿cuándo no escribí de prisa, ¡vive el cielo!?) En este escrito defiendo la novela que me gusta, la tradición de los griegos y latinos, de Cervantes y los ingleses, de la picaresca, pero también a Rousseau y los grandes maestros franceses, y sólo me acuso de haber atacado a fondo al imbécil de Restif, pues no merecía tanto la pena, y de haber silenciado el nombre de Choderlos de Laclos.

Pero Villeterque no me atacaba por eso, sino por ser el autor de esas obras «infames» cuya autoría yo renegaba, pero cuyos contenidos se transparentaban —y aquí la habilidad del maldito Villeterque— en las breves novelas de *Les crimes de l'amour.*

Tuve que publicar un panfleto demoledor contra Villeterque el foliculario, pero apenas pude hacer nada más. El 18 de agosto de 1800 la policía secuestraba en un taller de encuadernación una edición completa de *Justine*, con grabados obscenos. Y meses después, el 6 de marzo del año siguiente, la policía entró en las oficinas del editor Nicolas Massé, donde me encontraba por motivos de trabajo, registraron los talleres y se llevaron una serie de ejemplares de diversos libros y algunos manuscritos, entre ellos varios míos: *Juliette*, el *Boccace français*, los *Délassements du libertin ou la Neuvaine de Cythére*, las *Conversations du château de Charmelle* y una obra política, *Mes caprices ou un peu de tout.* Y también un ejemplar de *La nouvelle Justine* y el último volumen de *Juliette.* Ya estaba tan acostumbrado que no protesté lo más mínimo cuando en compañía del editor tuve que ir a la comisaría a prestar declaración. Ya no he vuelto a salir. ¿Habré perdido para siempre la libertad?

Otros registros tenían lugar al mismo tiempo, y todos iban dirigidos contra mí, ya que se hicieron en casa de un amigo y en nuestra residencia de Saint-Ouen, de donde se llevaron una serie de yesos obscenos y algunas tapicerías pícaras y galantes, dejando a Constance con las lágrimas en los ojos. El editor salió libre en seguida, y ahora hasta creo que él fue el delator, mientras a mí me conducían a la prefectura de policía, donde lo primero que me sorprendió fue la amabilidad y cortesía de los inspectores y guardianes, tanto en los traslados como en los interrogatorios. Estaba acostumbrado a la cárcel y a la privación de libertad, pero no a que me trataran con guante blanco. La policía de Napoleón —y Fouché no estaba lejos— iba cambiando de cara y se volvía al mismo tiempo mucho más peligrosa.

7

Por vez primera me detenían con claridad: por mis libros, de los que sin embargo yo me declaraba inocente. Los interrogatorios se sucedieron, tras dos días y dos noches de incomunicación. En un principio se pensó que la acusación se fundaba en que yo era también el autor de un panfleto dialogado, libertino, erótico y feroz que había aparecido poco antes, y en el que se atacaba con saña a Napoleón, Josephine de Beauharnais, Tallien, su esposa, Visconti, titulado *Zoloé et ses deux acholytes*. No es un mal libro, pero tampoco demasiado bueno, la sátira es demasiado espesa y gorda, la trama monótona, y no hay en él verdadera conclusión. Pero yo no fui el autor de *Zoloé*, y así lo declaro ahora para siempre, porque, cosa curiosa, en ningún momento durante los interrogatorios se me preguntó absolutamente nada sobre ese panfleto, que quede también constancia. Hay veces que hasta la policía está bien informada.

Y de todas maneras, ¿cómo defenderme de esta acusación? Claro está que yo no había escrito *Zoloé*, pero al negarlo —lo que era la pura verdad— mi negación se hubiera confundido, con la otra, con la que se refería a la autoría de las dos *Justine* y de *La philosophie dans le boudoir*. Días y noches me defendí contra esta acusación con todas mis fuerzas, aun sabiendo que eran completamente ciertas, ¡qué le voy a hacer!, y así llegué a escribir al ministro del Interior: «Ciudadano ministro, se me acusa de ser autor del libro infame de *Justine*. Esta acusación es falsa, os lo juro por lo más sagrado.» Sin embargo, en los registros habían encontrado mis manuscritos, por lo que alegué que yo no era el autor sino un simple copista, pero de nada me sirvió, y entonces me dediqué a pedir o la libertad o mi procesamiento. Ni lo uno ni lo otro. No me dejaron en libertad, y tampoco me procesaron. Se inauguraba un nuevo procedimiento penal que no tenía otro precedente que el de las infames y anteriores *lettres de cachet*. La dictadura napoleónica estaba en puertas. Al final, dado que un proceso judicial daría lugar al consiguiente escándalo, se decidió «depositarme» en la prisión de

Sainte-Pélagie por ser el autor de *Justine* y *Juliette*.

Las cosas estaban claras. Constance obtuvo la autorización de visitarme tres veces por semana. La prisión nueva no se anunciaba demasiado mal. Pero mis necesidades físicas, que habían resucitado gracias a los cuidados y colaboración de Constance Quesnet, se habían despertado y adquirido costumbres bastantes fijas, aunque menos imperiosas que las de cuando era joven. Ya tenía más de sesenta años, estaba gordo, no veía por un ojo, me movía con dificultades y respiraba mal, pero mi deseo languideciente seguía vivo, y mi tacto estaba intacto, tan virgen como el primer día. Total, que aprovechando la encarcelación en Sainte-Pélagie de un grupo de jóvenes aturdidos que habían organizado escándalos en el Théâtre Français, quise resucitar algunas de mis viejas costumbres. Sus celdas daban al mismo corredor que la mía, y tras haber realizado con éxito una prueba con uno de ellos, el siguiente se asustó, gritó y organizó una buena trapatiesta. Mis guardianes acudieron a toda velocidad, y la policía y el ministerio determinaron trasladarme a la prisión de Bicêtre, más conocida como «la Bastilla de la canalla». Era el 14 de marzo de 1803, casi dos años después de mi encarcelamiento.

En Bicêtre estuve poco más de un mes, pues mi familia, otra vez reorganizada, intervino para sacarme de allí. En efecto, esta cárcel innoble, sucia, maloliente y desordenada estaba repleta de delincuentes de toda calaña y catadura, rateros, homosexuales, prostitutas, asesinos y hasta simples mendigos pertinaces o enfermos y miserables, y desde luego no era sitio adecuado para un anciano de más de sesenta años, lo que al parecer fue el argumento decisivo. La sociedad francesa se estaba reconstituyendo, y muchos de los antiguos aristócratas que habían sabido bandearse se estaban aliando con burgueses o nuevos financieros para configurar un bloque social poderoso, cuyo conservadurismo fundamental estaba bastante disimulado. Napoleón nunca hubiese podido triunfar del todo sin el apoyo de esa nueva clase dirigente que tanto juego está dando ahora mismo bajo la restauración de Luis XVIII. Y si los Montreuil ya no eran lo que habían sido —el presidente había muerto poco después del Terror—, los Sade estaban cada vez más vivos: Louis en el ejército, pero sobre todo mi segundo hijo Claude-Armand, a quien no le faltaban relaciones con esta clase dirigente. En fin, que entre mi avanzada edad, los miedos a posibles nuevos escándalos y la influencia de mi familia, mi estancia en Bicêtre apenas duró un mes.

Durante este mes, no obstante, me crucé en los pasillos de la cárcel con el futuro escritor Charles Nodier, que trazó un buen retrato de mi persona, cuya copia tuvo a bien enviarme, pues todavía no ha publicado sus recuerdos: «Sólo advertí en él en primer lugar una gran obesidad, que le molestaba en sus movimientos lo bastante como para impedirle desplegar un resto de gracia y elegancia que se encontraban sin embargo en su lenguaje y en el conjunto de sus maneras. Sus ojos cansados conservaban, empero, no sé qué de fino y brillante, que se reanimaba de vez en cuando como expira una chispa sobre un carbón apagado.»

Y de esta manera, el 27 de abril de 1803 —ya hace más de once años de aquello— o como entonces se decía el 7 floreal del año XI, conducido por un oficial de paz entré por segunda vez en la casa de salud de Charenton-Saint-Maurice, donde había pasado entre 1789 y 1790 los últimos meses de prisión bajo el régimen del terror, que después se había derrumbado en medio de tan terribles convulsiones, que, con todo, yo había ido atravesando en medio de dificultades sin cuento. El antiguo hospicio había sido desafectado en 1795, y dos años más tarde las viejas instalaciones —a las que se habían unido otras nuevas— estaban dispuestas para la curación y tratamiento de todo tipo de alienaciones y locuras. La autoridad gubernamental a la que esta casa de salud o manicomio estaba sujeto era el Ministerio del Interior, y el lugar les pareció adecuado para mi albergue y custodia al mismo tiempo, pues mi persona, tanto como autor de libros obscenos también podía ser considerada como un alienado mental, al menos tan episódico como frecuente. El director era el señor Coulmier, que había sido fraile premonstratense antes de la revolución y hasta superior de su convento, pero que después había sido representante del pueblo y personaje influyente en los años republicanos. En realidad, y como luego se vio, el señor Coulmier tenía sobre todo un excelente enchufe con el propio Napoleón Bonaparte, quien le mantuvo en su puesto hasta su abdicación después de Waterloo. Y entre sus ayudantes se hallaba un antiguo conocido mío, el doctor Gastaldy, que había sido director de la casa de locos de Avignon.

El hospicio de Charenton está situado en el pueblecito del mismo nombre, a dos leguas de París, en las orillas del Marne. Está constituido por una gran finca, con tres cuerpos de edificios, un huerto de cierta extensión, aunque mal cultivado, una pequeña isla en el río, una capilla y un pequeño edificio para enfermería. El edificio central estaba dedicado a la dirección y servicios administrativos, el de la derecha a hombres y el de la izquierda a mujeres. Cada uno de estos dos edificios poseía su cuerpo de duchas, esencial para el tratamiento de los alienados, y constaba de varios pisos —algunos en semisótano, demasiado húmedos y siempre sucios, para los enfermos más peligrosos—, donde residían los encerrados, tanto enfermos como pensionistas allí depositados por sus familias, que tenían que pagar sus gastos de alojamiento y manutención. Yo pertenecía de hecho a esta última clase, de tal manera que pude obtener un alojamiento digno, al que luego, mediante la debida autorización, pudo venir a hospedarse mi buena *Sensible*.

El señor Coulmier era un hombre no muy alto, bastante feo, pero de una notable inteligencia que le hacía parecer amable y flexible, cuando en verdad era siempre bastante autoritario. Llevaba el hospicio con mano férrea, aunque todo el mundo parecía estar contento y hasta se le quería y respetaba. Era además un hombre culto, que había leído mucho, y con el que coincidí en el amor al teatro. Mientras tanto, Constance Quesnet seguía pidiendo mi liberación, y yo llegué a escribir al nuevo ministro, el señor Fouché, exponiéndole lo arbitrario de mi detención y encarcelamiento: «He sido indebidamente privado de mi libertad desde hace ya casi cuatro años, y sólo con cierta filosofía he podido soportar las vejaciones que me han sido perpetradas con las excusas más ridículas. Las leyes y reglamentos sobre la libertad individual no han sido nunca tan violadas como en mi caso, pues es sin juicio, ni acto legal alguno, como se me mantiene bajo estos cerrojos, tanto en razón de una obra obscena que se me atribuye por error, como por diversas fábulas que la gente se complace en inventar sobre mi vida sin fundamento alguno. En consecuencia, señor Fouché, me encuentro en la necesidad de recurrir a su autoridad y sobre todo a su equidad para obtener mi liberación... Esperando que os dignéis tomar en consideración esta justa demanda de un sexagenario, que así os deberá todo lo que más pueda desear.»

De todas formas, Charenton no era exactamente una cárcel. Es verdad que no podía salir de aquí, y que, aunque en algunas ocasiones solicité ir a París para resolver algún problema de mis finanzas, siempre me denegaron el permiso, salvo una vez, en la que pude salir para firmar ante notario mi autorización a la boda de mi hijo Claude-Armand, a la que durante algún tiempo me negué, pero fue con el solo permiso del señor Coulmier. El prefecto de policía reiteraba de vez en cuando sus instrucciones para que se me vigilara estrechamente, dado mi carácter rebelde e incorregible. En cierta ocasión, la policía registró mi apartamento, y secuestró todo papel y manuscrito que encontró, y hasta se hizo con una versión de *Les journées de Florbelle*, obra de la que felizmente guardo una copia, no me vaya a pasar lo que sucedió con *Les 120 journées de Sodome*, cuyo extravío, no me cansaré de repetirlo, es el mayor dolor de mi vida. Pero Coulmier me permitía entrar y salir de mi apartamento a voluntad, pasear por el extenso jardín, por las orillas del Marne, recibir y hacer visitas, pues mis puertas estaban siempre abiertas, disponer de libros, de papel y plumas, y hasta relacionarme con la servidumbre y con los alienados no peligrosos según mi voluntad. En cierta ocasión hasta ayudé a misa, y pasé la escudilla para los óbolos de los asistentes, pero ello llegó a oídos del señor Dubois, prefecto de policía, que envió un rapapolvo a Coulmier: «Este individuo —es decir, yo— sólo fue transferido de Bicêtre, donde hubiera debido terminar sus días, para facilitar a su familia el arreglo de sus asuntos, pero se trata de un preso, y no podéis ni debéis en ningún caso, ni bajo el pretexto que sea, permitirle salir sin una autorización expresa y formal por mi parte.» Pero el señor Coulmier replicaría después que le humillaba sentirse carcelero de nadie, y que Charenton no era una prisión, sino una casa de salud.

Mis·días se sucedían y se parecían terriblemente unos a otros, al lado de mi gentil Constance, y reconstruyendo *L'histoire d'Émile*, la primera parte de *Florbelle*, que me habían arrebatado. Mi familia me compró todos los bienes que me quedaban, salvo el castillo y tierras de Saumane, señalándome a cambio una renta de cinco mil francos anuales, y además tenía que pagar mi pensión, cosa que Claude-Armand siempre hizo a regañadientes y con cuentagotas, hasta el punto de que aún debe a este hospicio más de siete mil francos. El doctor Gastaldy murió pronto, y le sucedió desgraciadamente su adjunto, el doctor Antoine-Athanase Royer-Collard, que me tenía ojeriza y no dejó de enviar constantemente informes no sólo en mi contra, sino también de los favores que me rendía el director Coulmier.

Como ya he indicado, mi hijo Claude-Armand se casó con una Sade d'Eyguiéres, prima suya, a lo que me opuse, aunque terminé cediendo, y el mayor, Louis-Marie, que había vuelto al ejército con Napoleón, se prometió también, pero cayó muerto en Italia, en una emboscada, en 1809. Mi esposa también falleció ese mismo año, en su castillo d'Échaouffour, que había heredado de sus padres, y donde, enormemente obesa y ciega, residía en compañía de nuestra hija Madeleine-Laure. Descanse en paz mi pobre Renée-Pélagie, mi santurrona mal pervertida, que hizo todo lo posible por ser una buena esposa, pero a la que le fallaron las fuerzas al final. Cada cual depende de su cuerpo, como yo he dependido del mío, causante de todas mis desgracias al fin y al cabo, pero también fuente de todos mis placeres y de la escasa dosis de felicidad real que me tocó en suerte, de las toneladas de felicidad imaginaria que me ha sido permitido disfrutar hasta en las más húmedas y sombrías mazmorras, donde siempre pude sentirme el hombre más libre que pensarse pueda. Desde Charenton, un día lo dije en una carta a Gaufridy: «No soy feliz, pero me mantengo bien.» ¿Qué más podía pedir?

Y ya no tuve más libertad, pero pude imaginarla otra vez a través del teatro, como he dicho al empezar estos recuerdos. Desde 1805 y hasta el año pasado hemos tenido en Charenton casi una función teatral al mes, lo que nos sirvió primero de placer y diversión, y después como un excelente procedimiento terapéutico para los enfermos alienados que no estuvieran sujetos a graves crisis, que así podían utilizar sus talentos —que poseen, y algunos de ellos con extraña y poderosa intensidad— y la gran cantidad de tiempo libre de que allí gozaban, entreteniéndose y entreteniendo a los demás al mismo tiempo. En mi opinión, se trató de una medida acertada por parte del director Coulmier, que me apoyó en todo momento, pues resultaba ser beneficiosa para enfermos y asilados en general, y hasta consiguió una considerable repercusión exterior. Representábamos piezas de todas clases, clásicas y modernas, desde Molière —con preferencias a Corneille y Racine, que no daban tantos resultados—, pero también de Marivaux o Beaumarchais, y hasta alguna de las mías, antiguas o escritas a propósito para este extraño escenario, como la que hice para una fiesta que dimos a Coulmier. En su honor escribí *La fête de l'amitié*, un vodevil en el que introduje otra pieza con aspectos clásicos, *L'hommage à la reconnaissance*, de la que estoy bastante satisfecho. Y terminé y pasé a limpio *Les journées de Florbelle ou la nature dévoilée, suivies des Mémoires de l'abbé de Modose et des aventures d'Émilie de Volnange, servant de preuves aux assertions*, la obra que, a pesar de todas las admoniciones, registros, requisiciones y secuestros parciales, constituye mi gran consuelo, y que guardo como oro en paño, hasta el punto de que jamás confesaré dónde. Recuerdo el susto que se llevó mi pobre *Sensible* cuando la policía me arrebató el primer manuscrito, pues ni ella sabía de mis precauciones, y hasta Coulmier estuvo consolándonos durante casi dos horas una vez que los inspectores se marcharon con su botín.

8

Antes de morir, mi hijo Louis me trajo el primer volumen de un libro que estaba escribiendo, *L'histoire de France*, pero que desgraciadamente no iba a poder terminar. Lo lamento, pues mostraba buenas dotes, y al final me caía mejor que Claude-Armand, a pesar de nuestras disensiones que estallaron cuando decidió hacerse militar de infantería, en lugar de servir en caballería, arma que tantos goces me había proporcionado en mi juventud. También he llevado durante todos estos años un diario íntimo, del que tengo completos cuatro cuadernos, en el que hago constar todo lo que me sucede y se me pasa por la cabeza, desde mis juegos sexuales —que señalo en clave con el signo ∅, que creo será transparente para todo quien lo lea—, hasta mis obsesiones por los números y sus combinaciones, que recordaban las estériles profecías a las que me dedicaba en Vincennes y la Bastilla. ¡Qué le vamos a hacer! Me parece más serio creer en los números que en Dios, vaya lo uno por lo otro. Mis fiestas con ∅ fueron sencillas, con uno y otro sexo. Mi gentil *Sensible* me traía muchachas de París para colmar mis necesidades, y hasta aceptó —aunque a regañadientes, pues a veces se ha enfadado— mi larga relación con Madeleine Leclerc estos últimos dos años. Y así conozco al final de mi vida cuál es el rostro del amor verdadero, el de mi querida Constance Quesnet, bendita sea.

Mientras tanto, nuestro teatro marchaba a las mil maravillas, y hasta se hacía famoso en París, pues tuvimos que abrir las puertas y dejar entrar a gente de fuera para contribuir a los espectáculos y como espectadores. Gente de toda especie, aristócratas, comediantes, burgueses y hasta religiosos querían venir a ver nuestras funciones, que se daban en un gran salón habilitado en la planta baja del edificio para hombres, justo debajo de mi apartamento. Tenía un gran escenario y un foso para orquesta, así como un gran patio de butacas con unos palcos elevados a ambos lados. Cantantes como la señorita de Saint-Aubin, actrices como la Flore, una dama de honor de la reina de Holanda, y hasta el arzobispo de París, monseñor Maury, vinieron a contemplar nuestros espectáculos y dieron testimonio de ellos. ¡Lo que me divertí componiendo una cancioncilla para monseñor! Esta proyección exterior hizo que las funciones dejaran de ser tan puras y cerradas como al principio, pues en ellas, entre el público y los actores se mezclaban gentes de fuera, lo que si bien hizo que el valor terapéutico de esta actividad no fuera tan preciso, también elevó considerablemente su calidad. Yo hacía de todo: elegía las piezas, las montaba, me ocupaba de la tramoya, el vestuario, de los decorados y de la iluminación, dirigía a los actores, vigilaba su dicción, y hasta me convertía en intérprete a mi vez cuando se me antojaba. «Se organizaban bailes, conciertos, representaciones teatrales, y así el señor De Sade se convirtió en un personaje importante en la casa de Charenton —se ha dicho—, con sus reuniones, festines y todo eso, aunque las costumbres eran acaso demasiado ligeras y en exceso desenvueltas. Y así no es extraño que entre las acusaciones contra aquella casa, una de las más frecuentes fueran las dirigidas contra la relación existente entre el director y el señor De Sade.»

Entre ellas las más graves fueron las vertidas por el doctor Royer-Collard, o las de Hippolyte de Colins, un militar que allí prestó sus servicios. «Existe en Charenton un hombre —decía el medicastro citado— cuya audaz inmoralidad ha vuelto demasiado célebre, y cuya presencia en este hospicio implica inconvenientes gravísimos, y hablo del infame autor de *Justine*. Este hombre no está loco, su delirio es el del vicio, y no es en una casa dedicada al tratamiento médico de la alienación donde estos delirios pueden ser reprimidos. Es preciso que este individuo sea sometido al encierro más severo, tanto para poner a los demás al abrigo de sus furores, como para aislarle a él mismo de todos los objetos que puedan exaltar su espantosa pasión. En este caso Charenton no puede cumplir ninguna de estas dos condiciones. Y el señor De Sade goza de una libertad demasiado grande.» ¡Pues vaya!... Y luego se desencadenaba contra nuestros espectáculos teatrales, a los que negaba todo el valor terapéutico y hasta consideraba perjudiciales para la buena marcha de la salud de los asilados. ¡Lameculos! Pero lo cierto es que no sólo la policía, sino hasta el ministro Montalivet tomaron todas las disposiciones para transferirme a otra prisión, bien a la fortaleza de Ham o al Monte Saint-Michel, sitios más aislados y mucho más lejanos de París. Pero mi familia intervino, arguyendo que eso complicaría la gestión de sus intereses —que en parte seguían siendo míos—, mi avanzada edad y mi mal estado de salud, y sobre todo fue decisiva la intervención de mi prima Delphine de Talaru, que me sigue protegiendo todavía, haciéndome toda suerte de favores, y cuya protección bendigo. En realidad, Louise-Joséphine-Marie-Delphine de Rozières-Sorans, veintiséis años más joven que yo, no es mi prima, aunque así la llamo siempre, sino mi sobrina, pues su abuela era una Maillé de Carman, prima hermana de mi madre. Se casó con el célebre e infortunado conde Stanislas de Clermont-Tonnerre, revolucionario moderado que fue terriblemente asesinado, y después contrajo matrimonio por segunda vez con el marqués de Talaru, aliado con las mejores familias de Francia. No es que sea muy guapa, pero es pequeña, graciosa, brillante y bromista, y, pese a que fue encarcelada bajo el Terror tras la muerte espantosa de su primer marido, pudo salvarse al final, y así ahora me concede sus favores. Al mismo tiempo escribí al propio usurpador, a Napoleón, pidiendo mi libertad por enésima vez, y entre unas cosas y otras me dejaron en paz en Charenton, no sin que el señor Coulmier hubiera reafirmado otra vez su apoyo a mi persona.

Como puede verse, no estoy solo, y hasta veo alguna complacencia en un retrato que ha hecho de mí la señorita Flore, artista en el Théâtre des Variétés, del que me ha enviado una copia, y que piensa incluir en sus memorias: «Tenía —dice de mí, lo que me inquieta, pues me remite al pasado— una cabeza bastante hermosa, un poco alargada, la nariz aquilina, boca estrecha y el labio inferior salido. Las comisuras de su boca caían con una desdeñosa sonrisa. Sus ojos pequeños y brillantes se disimulaban bajo una fuerte arcada sombreada por unas espesas cejas: sus párpados plegados cubrían el ángulo de sus ojos, como los de los gatos: su frente descubierta se elevaba en óvalo y tenía los cabellos ligeramente rizados, a lo Luis XV, bien empolvados, y pese a su edad de setenta y dos años, la cabellera le pertenecía. Su talla era recta y elevada, sus maneras nobles y había conservado sus mejores modales y un espíritu vivaz.» Tampoco está tan mal.

Pasaré por alto el malévolo informe del antiguo oficial Hippolyte de Colins, que nos acusaba de charlatanes, de que nuestro teatro no servía para curar enfermos mentales, y de que además estos enfermos no intervenían apenas en las funciones, pues ya está bien de repetir siempre lo mismo. Sólo diré que en aquellos años escribí primero otra novela, *La marquise de Gange*, otra historia de virtud perseguida pero mucho más suavizada, que pude publicar el año pasado en casa del librero Béchet, aunque sin poner nombre de autor. Y he terminado otras dos más, la *Histoire secrète d'Isabelle de Bavière, reine de France, dans laquelle se trouvent des faits rares et inconnus, ou restés dans l'oubli jusqu'au ce jour, et soigneusement étayés de manuscrits authentiques, allemands, anglais et latins*, donde desenmascaro a esa reina que fue un monstruo de lujuria y maldad, y otra más circunstancial, *Adélaïde de Brunswick, princesse de Saxe, événement du XI siècle*, obras ambas que espero poder publicar sin problemas dentro de poco. De todas formas, y aunque con las ayudas que he descrito pudimos seguir con nuestros trabajos teatrales, los informes y las acusaciones arreciaron, y Napoleón decidió prolongar indefinidamente mi encierro. Fui abuelo por vez primera hace dos años, a mis setenta y un años, pues le nació una niña —que llamaron Laure— a mi hijo Claude-Armand. Y hace dos años también empecé a vivir otra historia erótica que todavía prosigue hoy, como si fuera mi última alegría.

Se trataba de una muchacha, recién salida de la niñez, hija de una de las subalternas de esta casa, que trabaja como ayudante de lavandería, y que tenía entonces dieciséis años de edad. En verdad fue su propia madre la que me la trajo por vez primera, enviándomela con la ropa lavada, y me cayó pronto en gracia, hasta que pude establecer con ella un sistema para que viniera a verme con mayor asiduidad y se prestase a ciertos juegos sexuales y eróticos que mi cuerpo necesitaba como el respirar. Madeleine Leclerc ha sido para mí algo más que un «objeto de lujuria», ya que no solamente he hecho ∅ con ella, o, según sus palabras, «hacer alcoba», sino que también le he enseñado a leer y a escribir e iniciado en los modos y maneras de comportarse. De esta manera, y mediante algunos francos por sesión, uno o varios según los resultados, que ella llamaba *figuras*, su madre no ha puesto objeción alguna a nuestras relaciones, a no ser para pedir otros favores, algún préstamo más, o recomendaciones ante la dirección del hospicio. Constance ha protestado alguna que otra vez, pero tampoco demasiado, como ya he dicho, y hasta se ha tratado alguna vez el que, en caso de que yo recobrase mi libertad, nos iríamos a vivir los tres juntos.

No ha sido el caso hasta ahora, y pienso que si llegara y plantease dificultades, no me arriesgaría nunca a perder a *Sensible*, a la que además lo único que le preocupa es la continuidad de la historia. Pero se trata de una continuidad ficticia, yo ya lo sé. No creo que Madeleine Leclerc me quiera, ni mucho menos: yo tampoco la quiero, aunque la necesite, que no es lo mismo. Ella a mí no me necesita, y hasta se va de juerga con sus jóvenes amigos muchos domingos y fiestas que no tiene trabajo, aunque luego me lo niegue una y mil veces. Es una granujilla, despierta, graciosa y viva, aunque un poco simple, y veo en ella como a través de un cristal, sé cuándo está disponible o no, hasta dónde puedo llegar y cuándo, y a veces la pongo a prueba estirando su voluntad para seguir ensayando la mía, y no me causa decepción alguna comprobar sus desfallecimientos y engaños. O hasta traiciones, pues estoy seguro de que se trata también de una pequeña espía que informa a su madre, a la dirección del hospicio, y hasta a la policía, de todo lo que se entera, lo que me obliga a no mostrarme más que bajo los aspectos de los que deseo que ella informe. La vida está muy cara en estos tiempos, y basta con tener cuidado. Por otra parte, después de 96 visitas —64 de ellas con ∅— ha llegado la hora de las vacas flacas, pues tras la derrota de Napoleón y la restauración de Luis XVIII, que también me ha mantenido aquí hasta ahora, Coulmier cesó en sus funciones y fue nombrado director de Charenton el señor Roulhac de Maupas, un protegido del doctor Royer-Collard, quien lo primero que hizo fue prohibir las representaciones teatrales. Y lo segundo, una vez más, pedir mi traslado, hasta con la excusa de que mi familia, en concreto su jefe, mi hijo Claude-Armand, debe al hospicio por pensiones no pagadas la cifra de 8 934 francos, que además se niega a pagar. No sabe bien este nuevo director con quién ha topado, pues menudo tacaño es mi hijo. Roulhac de Maupas me ha secuestrado una pieza teatral, la ópera *La tour mysterieuse*, ha prohibido que otros enfermos o empleados saquen copia de mis manuscritos, y no se ve con fuerzas para vigilarme como él cree que se debe en este establecimiento.

Me molestaría cambiar de lugar, ser trasladado a una verdadera prisión, pues no creo que Charenton lo haya sido al fin y al cabo, y tampoco que existan establecimientos similares. Curiosamente, he atravesado las peores prisiones, el terror revolucionario, la sombra de la guillotina, y es aquí, casi al final de mi vida, cuando, no es que me haya sentido feliz, pero al menos han sido unos años donde no he sido infeliz. Mi cuerpo está cansado, ya no reacciona como antes, me siento pesado, lleno de dolores, no veo bien y apenas puedo escribir. Me queda una última esperanza, la de que, vista mi edad y mis condiciones físicas, que me impiden ya hacer cualquier cosa, lo que quiere decir que tampoco podría hacer el mal que ellos temen de mí, y en vista también de que no puedo quedarme aquí, decreten mi libertad. Luis XVIII tiene que ganarse su puesto, y no puede gobernar como lo hicieron sus antepasados, pues la idea republicana ha anclado ya en la sociedad francesa a pesar de todo. Tiene que ser un rey liberal, constitucional si cabe, y desconfiar de las tentaciones absolutistas, pues en caso contrario podría terminar mal. Pero, en fin, ¿quién se acordará de mí, a no ser para recordar desmanes legendarios, en los que la fantasía deforma la realidad hasta la exasperación? Y luego están mis libros, que se editan y leen clandestinamente, pero que ya no me dan un ochavo, aunque me aseguren la eternidad. Una eternidad sulfurosa.

Se ha apagado el fuego de la chimenea. Tengo frío, y voy a tener que llamar a *Sensible* para que me ayude a acostarme, ya que no puedo hacerlo solo. Empieza a amanecer al otro lado del Marne, y las aguas del río y la vegetación del jardín aparecen como difuminados a esta hora de la madrugada, cuando los perfiles tiemblan sin acabar de encontrarse todavía, y los colores empiezan a nacer desde su propio interior. No sé por qué he tenido que recordar hoy mi vida de manera tan larga como profusa. Me ha salido de un tirón: mala señal. Dicen que quienes van a morir recuerdan velozmente los principales episodios de su vida, y algo así me ha sucedido a mí esta noche. Mi vida... Todavía no le he encontrado su verdadero sentido. He sido más feliz que nadie, pero también el más desdichado. No sé si mi vida ha sido una vida frustrada, y en todo caso sé muy bien que cuando muera no moriré del todo, que no moriré nunca del todo. Y también sé por qué: no hice nada, o apenas, pero lo imaginé todo. Y la imaginación también es una manera de vivir y de conocer, y el conocimiento, bíblico o no, es la vida.

D.-A.-F. DE SADE

Noche del 7 al 8 de noviembre de 1814.

EPÍLOGO

El día 1 de diciembre de 1814 el marqués de Sade no podía caminar. Fue trasladado a otro departamento de dos cuartos dentro del hospicio, donde vino a verle su hijo Claude-Armand al día siguiente, quien encomendó al ayudante médico, el joven doctor Ramon, que pasara la noche al lado de su padre. Tras la visita del cura del hospicio, el abad Geoffroy, el doctor Ramon administró al enfermo una tisana y una poción contra la «obstrucción pulmonar en forma de asma», pues su respiración era «laboriosa, trabajosa». Poco rato después, el doctor Ramon se acercó de nuevo, extrañado de no oír nada, y comprobó que el anciano acababa de morir. El director Roulhac de Maupas comunicó a la mañana siguiente al director general de la policía la muerte del marqués de Sade, que sufría «una fiebre adinámica y gangrenosa». Sus habitaciones fueron selladas. Al terminar la mañana, el alcalde de Charenton, señor Finot, certificó la muerte, a las diez horas de la tarde del día anterior, de Donatien-Alphonse-François, conde Desade, hombre de letras, a los setenta y cuatro años de edad, vecino de Charenton.

La terminología médica de la época no permite dilucidar cuál fue la causa exacta de la muerte. Sade sufría sobre todo del bajo vientre y de los testículos, por lo que podría haberse tratado de un cáncer, de una hernia estrangulada, o de una oclusión intestinal.

La señora Constance Quesnet, al que el marqués de Sade había dejado legataria del primer activo de su herencia, no recibió al final nada, por las maniobras jurídicas de la familia, que se apropió de lo poco que queda-

ba. El cadáver fue enterrado en el jardín de Charenton, en el extremo oriental derecho, al límite del bosque de Vincennes. Diez años después el cementerio fue desafectado, y los restos exhumados fueron arrojados en una fosa común, pero el doctor Ramon se quedó con el cráneo del marqués, que luego cedió a un frenólogo alemán, el señor Spurzheim, quien falleció repentinamente sin haber llegado a devolverlo. El cráneo nunca fue encontrado.

Por último, la policía se incautó de todas las pertenencias del marqués, muebles, cuadros, vestimenta, objetos, libros y manuscritos, que el conde Claude-Armand de Sade pudo recuperar frente a lo establecido por su padre en favor de la señora Quesnet, mediante falsas subastas. Algunos de los manuscritos —entre ellos el de Les journées de Florbelle— *fueron quemados en las dependencias policiales en presencia de Claude-Armand de Sade, que lo había autorizado previamente. La familia tampoco llegó a pagar jamás la deuda contraída con el hospicio de Charenton. Sólo una de las últimas voluntades que el marqués escribió en su testamento se cumplió: su cuerpo fue inhumado entero, sin ser objeto de autopsia ni de disección.*

CÓDIGO DE SEÑALES

No, desde luego; no soy el marqués de Sade. Proclamar esta obviedad no hubiera sido necesario de tratarse de cualquier otro personaje. Mas dado el hecho de que las características de esta colección obligan a este título —*Yo, Sade*—, algo se subleva en lo más profundo del redactor y le impele a distanciarse del sujeto elegido. Ya desde el principio, por tanto, salta a la vista la *diferencia*. Subrayarla resulta un deber elemental, o casi de primera necesidad.

Pues el tema quema, y eso hasta casi dos siglos después. Y añadiré más: no solamente no soy el marqués de Sade, sino que pienso además no quererlo ser de ninguna manera. Ello complica sobremanera las cosas, siendo así que una de mis obligaciones es representar al personaje hablando en primera persona; esto es, intentando introducirse en su interior. ¿Cómo imaginarle así, desde dentro, sin querer en ningún momento hacerlo así? La distancia que impone el tema —¿por qué llamarle tema si se trata de un sujeto?— es producto de esa *diferencia* maldita, de un hiato impuesto por el terror que se vuelve casi reverencial casi. Suele suceder al enfrentarse con Sade, si se quiere hacer con un mínimo de rigor: nos encontramos, inermes y desvalidos, de pie y vacilando ante el misterio, ante el vacío, ante un abismo que acaso pudiera ser la entrada del infierno. La siguiente sensación es la de poner pies en polvorosa.

Y sin embargo, no se olvide, se trata de un misterio encerrado en un prolongado rosario de palabras: de un misterio *literario* en resumidas cuentas; podría hablarse del marqués de Sade como de un personaje histórico más, contar su vida y nada más, de no ser por un dato que no sólo lo potencia, sino que le impone otro sentido mayor: se trata de un escritor, de un hombre que escribió casi sin parar ensayos, novelas, relatos y cuentos, poemas y obras teatrales, aparte de una voluminosa correspondencia. En todo ello, más de diez mil páginas que han sobrevivido a la persecución, a la censura, al silencio y hasta la hoguera, Donatien-Alphonse-François, conde de Sade —lo de marqués sólo lo fue en su juventud, antes de la muerte de su padre, pues el título que correspondía al jefe de familia era el de conde, utilizando el de marqués sólo el heredero— mantuvo siempre una misma postura, una idea fundamental, un sermón permanente que chocó frontalmente contra la sociedad de su tiempo y que en gran medida sigue chocando ahora. Ése fue su delito, su pecado en suma, pues, pese a todos los rastros y leyendas más o menos —siempre más— negras, su biografía histórica no presenta en ningún momento la extrema radicalidad que sus escritos podrían dejar suponer: fue un ser aparte, un libertino, un aristócrata corrompido y cruel, y hasta posiblemente un delincuente, pero no un asesino, ni un criminal, y su principal delito fue el de expresión. Hoy podría tratarse de apología del terrorismo, o simplemente del crimen, pero nada más. Y nada menos, desde luego.

Fue, por tanto, un loco o un delincuente, mas con tanta potencia en su discurso y con tanta pasión, que las fronteras y los calificativos tiemblan y palidecen. Si tras el examen de su vida se le absuelve como criminal, en lo de la locura hay que andarse con más cuidado. ¿Quién sabe dónde está el límite, la frontera entre la razón y la locura? André Malraux decía que todo pensamiento que se piensa hasta el final desemboca en el absurdo. Todos conocemos, o hemos leído acerca de personajes que llevaron hasta la locura sus mejores intenciones: santos, héroes, lectores que, traspasando la realidad con sus credos y místicas, se instalaron en el reino de lo irreal, esto es, de la locura. Don Quijote, en el reino de lo imaginario, Hölderlin y Nietzsche, en el de lo real, nos han reflejado como nadie, tras atravesar esa frágil frontera que va de la razón a la locura. Al fin y al cabo, sucede con la locura lo mismo que con la enfermedad, y ya se sabe que desde nada más nacer nos configuramos como un deshilvanado paquete de vísceras en mayor o menor grado de descomposición. No es que la enfermedad sea ausencia de salud, sino al revés. Es la salud la que no existe sino en función de la ausencia —o latencia— de la enfermedad, del mismo modo que la razón no reside sino en el control de esas fuerzas extrañas y misteriosas que nos empujan a la protesta, al exceso, a la transgresión. Sólo esa censura impuesta por la sociedad, por la civilización y el concepto de locura imponen la convención mínima que llamamos razón para poder entendernos. ¿Qué pasaría si dejáramos a los cuerpos en soledad con sus instintos?

Y aquí aparece Sade, con su aureola de sangre y sexo, con su leyenda de torturas, asesinatos y prisiones alucinadas a lo Piranese. Ha habido locos grandes escritores, ya lo he dicho, y hasta deliberados e impenitentes delincuentes como Jean Genet. Lo de Sade, sin embargo, va mucho más allá. Bien es cierto que, a pesar de sus sermones, nunca llegó a ser como aquel mariscal de santa Juana de Arco, Gilles de Rais, convicto y condenado a la hoguera por corrupción y asesinato de niños y niñas en cantidades variables pero considerables. Pero Gilles de Rais no escribió nada, y no es más que historia. Ésa es otra característica de la *diferencia* sadiana: escribió, y su escritura —mil veces peor que su vida, pues en ella fueron sus fantasmas los que testimoniaron— sigue viva, a pesar de todos los intentos habidos durante más de un siglo para ahogarla de raíz, para enmudecerla, para suprimirla de la faz de la tierra.

Bien: ni soy el marqués de Sade, aunque le he dado la palabra, ni quisiera haberlo sido ni por lo que hizo, ni por lo que fue, ni por lo que dijo, y no creo que haya nadie que quisiera serlo del todo. He procurado que sus palabras, las que he puesto en su boca, hayan sido en muchos casos las suyas propias, reflejando con exactitud los hechos, pero no desde luego los pensamientos, donde me he permitido extrapolar a mi antojo, que nunca desborda el leal entender del lector. Pero creo que ése es precisamente el derecho de cualquier biografía novelada. No ser infiel con lo que en realidad sucedió, e imaginar todo lo que a su lado fue o pudo haber sido. Sólo el deseo de iluminar una obra poco conocida, mal interpretada y peor utilizada legitima esta imaginación.

Pero, con todas estas cautelas, la pregunta fundamental queda en el aire: ¿por qué Sade? Y aquí debo reconocer —y luego justificar— esta elección, que es completamente mía. ¿Por qué haber elegido entonces este personaje no querido, no deseado desde luego, y en cierto modo a mis ojos *inelegible*? Supongo que podría responder alegando cierto espíritu de contradicción que me caracteriza desde mi más tierna infancia, que se exacerbó posteriormente ante una situación política concreta que me conformó durante cuarenta años, y que desde luego se plasmó en una profesión ejercida desde hace casi treinta, la de crítico literario. Esta contradicción en este caso recae sobre mí mismo y me impele a elegir un *extremo*, algo que en principio me obliga a ponerme en tela de juicio mientras escribo estas mismas páginas. Como ejercicio no está mal. ¿Cómo se puede ser crítico sin un buen sentido de la contradicción? ¿Cómo se puede ser crítico sin ser algo *voyeur* —empleo el término francés, más gráfico y perverso que el inocente castellano de «mirón»— sin ser en buena medida bastante sádico, y, desde luego, dados los resultados posteriores, sin una buena dosis de masoquismo? Y así entramos en lo más vivo del sujeto, aunque todavía no haya dicho —contado— nada. Vayamos a la historia.

* * *

Tengo que empezar esta pequeña historia a mediados de aquella época que luego ha sido conocida como «la década prodigiosa». En realidad, a principios de los años sesenta, nadie en España hubiera dado un ardite por ella. El régimen anterior se encaminaba por los primeros derroteros del desarrollo económico, y el mundo despertaba a la ilusión colectiva que las presencias de Kennedy en Estados Unidos, Kruschev en la Unión Soviética y Juan XXIII en el Vaticano parecían alumbrar. En lo que a mí respecta, recién llegado a Madrid a estudiar periodismo, obtenía mi primer trabajo como secretario de redacción de la revista *Acento cultural*, que dirigida por Carlos Vélez editaba el vertical y ya decadente Sindicato Español Universitario. En aquella revista se dieron cita los más conspicuos representantes de la generación del realismo social, y contaba desde el principio entre sus redactores y colaboradores con una larga serie de escritores, artistas e intelectuales de todo tipo: Isaac Montero, que fue su primer redactor jefe, Jesús López Pacheco, Armando López Salinas, Antonio Ferres, Juan García Hortelano, Alfonso Sastre, Antonio Giménez Pericás, Luis de Pablo, Antonio Fernández Alba... No es el momento de trazar la historia de esta revista, clave en el desarrollo de la cultura española de aquellos años, sino tan sólo de citar algunos botones de muestra.

Lo cierto es que aquella década terminó mal, tras el fracaso de la primavera de Praga, el endurecimiento del régimen soviético, la instalación de España en la sociedad de consumo, la frustración de «los sucesos de mayo de 1968» en Francia, la matanza en la plaza mexicana de las Tres Culturas y los albores de la crisis económica que Richard Nixon, poco después, iniciaría al declarar la suspensión por parte norteamericana de los acuerdos de Bretton Woods, lo que abriría la puerta a las crisis petroleras de la década siguiente. Por lo que a mí respecta, la década prodigiosa me abandonó en París, donde en setiembre de 1970 me hacía cargo de la corresponsalía del desaparecido diario *Informaciones*. Entre medio se había dado en las letras españolas el mal-llamado-boom de la novela latinoamericana, y del realismo de principios de los sesenta se desembocaba en el estructuralismo francés del final de aquella década. Ahora ya sé por qué se le ha llamado prodigiosa, algo que nadie en un principio hubiera podido pensar. Sencillamente, para mi generación, todo sucedió en los años sesenta; se abrieron todas las esperanzas y se fueron cerrando después una tras otra, se cegaron los viejos e intransitables caminos, que abandonamos no sin cierto regocijo, y se alumbraron otros nuevos que todo parecían permitir. Los setenta y los ochenta se encargarían a su vez de mostrarnos la verdadera faz de un mundo presto ya para las agonías artificiales de un nuevo milenarismo. Hasta en España don Manuel Fraga promulgaba una nueva e inútil Ley de Prensa y en el mundo triunfaban los Beatles sin saber muy bien para qué, ¡vaya por Dios!

También el marqués de Sade jugó un papel en todos aquellos años. A principios de la década, su segundo nacimiento, después del largo silencio impuesto sobre su nombre durante todo el siglo anterior, y del que había empezado a despertar a principios del nuestro de la mano de Apollinaire y de los surrealistas después, parecía haber entrado en la recta final. El editor y sadófilo impenitente Jean-Jacques Pauvert —nombre clave en toda esta historia—, que ya había publicado alguna obra suelta del marqués, se disponía a editar toda su obra completa, en una cincuentena de volúmenes de los que no todos llegarían a aparecer, a causa de las persecuciones, de las censuras y los procesos subsiguientes. Pero entre 1962 y 1966, con mayor astucia, Gilbert Lely —otro nombre clave— publicaba por suscripción, y en tirada limitada a 4 500 ejemplares, en el Cercle du Livre Précieux de París, lo que arriesgadamente denominaba «edición definitiva» de las obras completas del marqués de Sade. Esta edición, claro está, no se puso a la venta, y sus dieciséis gruesos volúmenes —en ocho tomos dobles— sólo se vendieron como he dicho por suscripción, de mano en mano, y sin derecho a publicidad ni propaganda alguna. Aunque de hecho ninguna de estas ediciones puede considerarse como completa, y en los últimos años —a partir de 1986— Jean-Jacques Pauvert ha iniciado otra nueva, que todavía no ha podido terminar, habiendo tan sólo publicado diez volúmenes hasta el momento en que se escriben estas líneas. La edición de Gilbert Lely —que falleció en 1985— se completó después con otro grueso tomo; pero en todo caso no incluyó algunos otros textos descubiertos después, como un *Journal inédit*, que el marqués llevó en sus años de encierro en Charenton —del que sólo se conocen tres cuadernos—, y en todo caso prescindió olímpicamente de una parte considerable de la obra del marqués, su teatro, del que sólo se seleccionaron una obra larga *Oxtiern, ou les malheurs du libertinage*, y otra corta, *Le philosophe soi-disant*, y ello por la sencilla razón de que fueron publicadas la primera en vida por su propio autor y la segunda por el mismo Lely anteriormente. Pero para consultar el grueso del teatro del marqués, mucho más convencional y posibilista que el resto de su obra, y de escasos valores teatrales —aunque de gran importancia para cualquier estudio sobre el marqués, su vida y su obra en general— hay que acudir a los volúmenes XXXII, XXXIII, XXXIV y XXXV de la primera edición citada de Jean-Jacques Pauvert. Y por último, la bibliografía sadiana se incrementó considerablemente en los años sesenta no sólo en Francia, sino en otros países, como Alemania, Inglaterra, Estados Unidos e Italia, los grandes intelectuales del momento —Bataille, Blanchot, Barthes, Lacan, etc.— se acercaron a su obra, y la revista *Tel Quel*, que dirigía por entonces un primer y candoroso revolucionario, Philippe Sollers, le dedicó un número monográfico de gran interés. En la bibliografía final se podrá comprobar el panorama.

Bien, pero ¿cómo un jovencito aprendiz de crítico y de periodista cultural podía en aquellos años en Madrid conocer toda aquella efervescencia sadiana? En principio, Sade fue para mí lo que para todos: un nombre. Un nombre extraño, casi mítico, pues había dado lugar a un adjetivo, lo que suele ser la mejor consagración existente, pues convierte en general el nombre propio. Los grandes escritores de la historia universal han visto así consagrados sus nombres, con mayor o peor fortuna, y así un acontecimiento es «homérico», un humor «cervantino» y una complejidad «kafkiana», aunque también en todo esto existen razones de eufonía y sencillez en la pronunciación y la mnemotecnia, desde luego. Al fin y al cabo, si el adjetivo «sádico» ha alcanzado su gran difusión ha sido no por la importancia literaria de Sade —no reconocida por todos, pese a la extensión en el uso del adjetivo—, sino por los estudios médicos, sexológicos que en él se apoyaron y casi desde el principio, y desde luego por las citadas razones de eufonía, fácil pronunciación y grafismo. Por el contrario, el de «masoquista», fundado en la obra de otro escritor de importancia, pero de mucha menor categoría histórica y cultural como Leopold von Sacher-Masoch —el famoso autor de *La Venus de las pieles*—, también impuesto por la medicina, por la sexología, la psicología y psiquiatría, no conlleva pese a todo el sello radical del de «sádico». Sobre todo cuando, al fin y al cabo, las últimas teorías indican que sadismo y masoquismo nunca se dan solos, siempre van unidos en mayor o menor medida, y forman como las dos caras de una misma moneda: lo que en la primitiva psiquiatría se denominaba *algolagnia*, esto es, la unión de placer y dolor, o el surgimiento del primero a causa del segundo, y que puede ser activa —el sadismo— o pasiva —el masoquismo—, claro está. Las vueltas que da el mundo.

Pues bien, aquel jovencito aprendiz de periodista y crítico pero en realidad lector tenaz, voraz y empecinado —lo demás son máscaras—, conocía en el Madrid de los años sesenta el nombre del marqués de Sade, hasta había consultado su nombre en diccionarios y enciclopedias, donde muchas veces ni siquiera figuraba, y hasta se había tropezado en el Rastro o en la Cuesta de Claudio Moyano con algunas deleznables ediciones de cariz descaradamente pornográfico y mercantil, que se suponía eran traducciones de las obras del marqués. Libros mal editados, de cubiertas más o menos escandalosas, con falsos pies de imprenta muchas veces mexicanos, que —luego lo supe— eran tan falsos en sus títulos y detalles como en sus propios textos. Se trataba de simples productos clandestinos del mercado habitual de la pornografía, en los que sólo el nombre del autor, el del maléfico y legendario marqués de Sade, contribuía a la seducción de la oferta. ¡Cuántas *Justinas, Julietas* y *Sodomas* han pasado por nuestras manos sin que nada tuvieran que ver con los libros originales del marqués!

Sin embargo el nombre maldito proseguía su imperceptible camino a través de otros canales. Primero las fichas bibliográficas, o algunos diccionarios, como ya he dicho; las referencias de otros escritores después, desde la primera, del «divino marqués» en el soneto que Rubén Darío dedicó al marqués de Bradomín de Valle-Inclán. En aquellos años se publicaba también un hermoso y sutil estudio de la heterodoxia en la literatura de José Bergamín, que había regresado del exilio para volver a huir otra vez a principios de los sesenta tras el célebre panfleto de los «101 dálmatas», como la propaganda franquista denominaría al escrito de poco más de un centenar de intelectuales descontentos por la actuación del régimen en la represión de las huelgas de los mineros de Asturias, y que encabezaron José Luis Aranguren y José Bergamín. El libro de Bergamín se titulaba *Fronteras infernales de la poesía*, y uno de sus capítulos estaba dedicado al marqués de Sade. Todavía hoy tengo que proclamar que aquel primer texto serio sobre el marqués sigue siendo uno de los mejores que jamás he leído sobre su obra, y hasta pone el dedo en la llaga de uno de los principales defectos de su obra, el de su carácter pedagógico. ¿Sade pedagogo? Desde luego, pues era simplemente un hijo de su siglo, del llamado siglo de las luces, ni más ni menos.

Las referencias y las citas se multiplicaban por doquier. Caían en nuestras manos los primeros libros de Blanchot, del que su *Lautréamont y Sade* nos marcaba profundamente. Así las cosas, obtuve fácilmente una edición de bolsillo francesa de un libro de título inexistente, *Histoire de Léonore et Sainville*, con un posfacio también de Blanchot: en realidad se trataba de una parte de su novela «filosófica» *Aline et Valcour*, libro menos «peligroso» que otros de su autor, que hasta pudo publicarlo en vida sin ser por ello perseguido. En verdad que fue el primer texto real que pude leer con garantías de nuestro autor, a pesar de tratarse de un fragmento; pero la extensión de dicho fragmento y su presentación lo configuraban como algo que sí podía parecerse a una «obra» en sí. Su lectura me fascinó: escrita como un cuento filosófico del siglo de las luces, con referencias a los grandes autores cuya racionalidad y espíritu crítico chocaban de frente con la ortodoxia del régimen del general Franco —que asimismo entonces estaba cambiando de cara y liberalizándose parcialmente a mediados de los sesenta—, participaba también de la novela de aventuras, de la de viajes, y no carecía de ciertos aspectos de la novela gótica, con mezcla de terror, suspense y cierto velado erotismo; pero además el libro tenía un contenido político evidente, y contraponía, en los viajes de los protagonistas, una dictadura absolutista con el régimen igualitario y socializante de Zamé. Un hallazgo increíble, y donde menos podía pensarse, desde luego: en un texto calificado en principio como erótico, libertino y pornográfico, que se convertía pura y simplemente en un texto político.

Sin darme demasiada cuenta había encontrado el punto de abordaje para una obra que en principio no me atraía demasiado, aunque sin conocerla claro está; pero su carácter en principio erótico, pornográfico y hasta aureolado de una atmósfera criminal de torturas, asesinatos y crueldades de todo tipo, no parecía destinado a seducirme demasiado, de no ser por su aspecto marginal, o de producto censurado y perseguido desde sus orígenes. Al mismo tiempo, hay que tener en cuenta que en aquellos años todo lo político cobraba un valor sobreañadido, lo que en ocasiones nos llevó en nuestra generación a sobrevalorar productos de escasa entidad por lo que tenían de combate político, de lucha contra la dictadura anterior, o como elemento de liberación. Así las cosas, el marqués de Sade era uno más en este rosario de combatientes perseguidos, y su obra, en consecuencia, un elemento de liberación. Ya parecía colocarse todo en su sitio.

Un insólito hallazgo en la cuesta de Claudio Moyano vino a colmar el primer gran hueco, el de la biografía misma del escritor. Se trataba del libro, traducido del alemán por un misterioso «Óscar de Onyx», y publicado en España en 1924, del doctor Eugen Duehren, y titulado simple y sencillamente *El marqués de Sade*. Cuatrocientas páginas de gran formato y encuadernadas en verde oscuro, raro ejemplar de un libro curioso, no demasiado bueno en sus análisis ni demasiado fiable en sus datos, pero que durante mucho tiempo me proporcionó una buena base documental sobre el tema. Hay que tener en cuenta además que Eugen Duehren —seudónimo del médico alemán Iwan Bloch— era ni más ni menos que el primer editor, en 1904, de la obra más «maldita» de todas las de Sade, *Les 120 journées de Sodome ou l'École du libertinage*, el célebre manuscrito en forma de interminable rollo de papel, que el marqués había escrito durante su prisión en la Bastilla, y que había perdido el 14 de julio de 1789, cuando, en pleno estallido de la Revolución francesa, el pueblo de París había asaltado la célebre fortaleza, liberando a los escasos presos que quedaban dentro —Sade había sido transferido a otra prisión unos días antes, pero sus efectos personales seguían en la Bastilla— y matando a sus carceleros. Aquel hecho histórico proporcionó a la naciente revolución su primera imagen de marca, hasta el punto de que la citada fecha es hoy, más de dos siglos después, la fiesta nacional francesa; pero también fue uno de los días más amargos en la vida del marqués De Sade, que nunca se consoló de la pérdida de su manuscrito. Esta obra maldita, que no se sabe bien si está o no terminada además —hay opiniones para todos los gustos—, fue robada de la celda de Sade, recuperada por algún coleccionista, hasta que cayó en manos del doctor Duehren, que la publicó el año citado en París en el Club des Bibliophiles; pero hoy todos están de acuerdo en que aquella edición fue más bien lamentable, pues está plagada de miles de errores.

Naturalmente yo no conocía toda la historia entonces; lo único que me chocó en la lectura del libro de Duehren fue un extenso prólogo del traductor al castellano, «Óscar de Onyx», que constituía un ataque en toda regla contra el marqués de Sade. Tampoco el libro propiamente dicho estaba exento de paradojas, siendo la mayor sin duda la francofobia de Eugen Duehren, cosa que en principio hubiera debido extrañarme, después de dedicar tanto esfuerzo a una figura que fuese lo que fuese no dejaba por ello de ser francesa.

Pero, en fin, así las cosas aparece ahora un nuevo personaje, que ya ha sido citado dos veces con anterioridad en estas páginas, una en la dedicatoria, y otra al empezar este personal código de señales: el del músico español Luis de Pablo, uno de los creadores y artistas más rigurosos de nuestro tiempo, y cuya amistad personal constituye uno de los hechos más ricos y ejemplares de mi vida. Como ya he dicho, mi encuentro con Luis de Pablo tuvo lugar a principios de la década prodigiosa, más exactamente a finales de enero de 1960. Yo me había incorporado como secretario de redacción a la revista *Acento cultural*, en la que además me hice cargo de la sección de literatura e inicié mis primeros trabajos de crítica literaria en Madrid. Luis de Pablo, cinco años mayor que yo, ya era un compositor que empezaba a ser conocido, había estrenado varias obras, había repudiado algunas otras iniciales, y se encaminaba con el rigor y la pasión que le caracterizan por los senderos de un dodecafonismo avanzado, de la música serial y aleatoria, empezando asimismo a codearse —más por el extranjero que en el interior de España, como nos suele suceder— con las principales figuras de la vanguardia musical de aquel tiempo: Stockhausen, Boulez, Berio y así sucesivamente. No puedo decir que conocer a Luis de Pablo me produjera un deslumbramiento instantáneo. Su amabilidad, su imperturbable cortesía, su equilibrio, hacían que su interlocutor se sintiera a sus anchas desde el primer momento: siempre es él quien tiende la mano, el primero en entablar el diálogo, como si todo fuese lo más natural del mundo. Nunca le he visto darse la menor importancia, pues siempre dirige todos sus esfuerzos a dar la sensación a sus amigos e interlocutores que la relación se establece en un esencial plano de igualdad.

El deslumbramiento llega después, lentamente, cuando tras largas horas de amena y prolongada charla, nos vamos dando cuenta de la envergadura de quien tenemos delante. Su talento, su capacidad de análisis, sus dotes de invención, su pasión contenida, la amplitud de sus conocimientos, su gran erudición que se dispersa por los más insólitos caminos, su espíritu crítico y un optimismo inveterado invaden todos los terrenos con una extraña ternura objetiva. Así las cosas, aquel empleado matutino de la compañía Iberia, que trabajaba de ocho de la mañana a tres de la tarde, y siempre iba cargado de partituras que transportaba en preciosas carteras de cuero árabes, o algo así, no solamente me enseñó música —arte al que siempre he sido aficionado—, sino que supo introducirme en muchos de sus secretos, me reveló la esencia de la música contemporánea —aparentemente tan difícil, pero que en sus labios se convierte en algo tan sencillo y elemental casi como el canto gregoriano—, y además me descubrió grandes poetas contemporáneos, de Saint-John Perse a Henri Michaux, muchas de las grandes novelas latinoamericanas de aquellos años, algunos aspectos de la zoología y hasta singulares secretos de la gastronomía y la cocina, y no me enseñó rumano porque mis dotes para el aprendizaje de cualquier idioma son más bien mínimas. Para terminar este insuficiente retrato, sólo contaré los libros que una tarde se acumulaban en su mesilla de noche, en la habitación que ocupaba, y en la que vivía con su familia en la madrileña calle de Velázquez: una historia del alfabeto, *El número de oro*, de Mathyla Gyka, la *Introducción a la modernidad*, de Henri Lefebvre, y algún que otro libro sobre música.

Pues bien, en el transcurso de aquellos primeros años —debía de ser en 1965— sorprendí en su biblioteca un grueso volumen negro, francés, encuadernado y con grandes letras doradas que rezaban en su encabezamiento lo siguiente: «D.-A.-F. DE SADE.» Era uno de los ocho gruesos volúmenes de la edición del Cercle du Livre Précieux de las Obras completas del marqués, en la edición sólo para suscriptores que había lanzado Gilbert Lely, y a la que me he referido anteriormente. Ante mi sorpresa, Luis me dejó el volumen, que devoré con ansiedad y rapidez, y me instruyó sobre cómo podría conseguirse dicha edición, que él mismo estaba adquiriendo por aquel entonces. Bastaba con escribir a la editorial e informarse de las condiciones de pago, lo que hice a continuación y con la sorpresa de que no hubo dificultad alguna. La edición estaba en curso —no terminaría hasta el año siguiente— y todavía existían ejemplares, que podía adquirir mediante el sencillo procedimiento de recibir mensualmente a contra reembolso cada volumen. Así lo hice, y éste fue el principio del fin. Por fin conocí de primera mano y directamente lo que había escrito en realidad el marqués de Sade, quién había sido en verdad, en una edición seria y fiable, a la que sigo conservando un cariño total, a pesar de que no sea tan «definitiva» como reza en su presentación. La dedicatoria de Luis de Pablo está en su debido lugar, como puede verse, aunque lamente no poder ofrecerle nada mejor que esta humilde historia novelada, de la que él encendió —sin que ni su figura ni su obra tengan nada que ver con la del marqués— la mecha.

A partir de entonces, y hasta hoy, ha transcurrido casi un cuarto de siglo. En todos estos años he escrito en numerosas ocasiones sobre Sade, autor que ya no ha dejado de estar de actualidad. A finales de la década prodigiosa pude conseguir una edición argentina del número de *Tel Quel* dedicado al marqués, y poco después escribir sobre él en el diario *Informaciones*. A resultas de aquel artículo, donde hacía referencia a la obra teatral del marqués, la editorial Edicusa, de la revista *Cuadernos para el Diálogo*, más concretamente su director —y otro gran amigo mío—, Pedro Altares, me propuso traducir algo de Sade para la colección teatral que entonces habían empezado a publicar y que dirigían Miguel Bilbatúa, Ángel Fernández Santos, Manuel Pérez Estremera y el malogrado Carlos Rodríguez Sanz, el único al que nunca llegué a conocer personalmente, pues también me honra la amistad de los otros tres. En realidad hice una trampa, ya que sólo conocía dos obras de teatro de Sade, las incluidas en la citada edición de Gilbert Lely, que, como ya he indicado, pasa por alto injustamente el grueso del teatro sadiano. Pero las propuse, y tras la aceptación por parte de los editores, las traduje en colaboración con la que hoy es mi esposa y entonces era mi amiga Jacqueline Imbert —con la que además he traducido muchos otros libros, en una tarea apasionante, mal pagada y constante, pese a ser esporádica—, y añadí al pequeño volumen un extenso prólogo de más de treinta páginas, lo más largo que hasta hoy he escrito sobre el divino marqués. El volumen, incluyendo *Oxtiern o las desdichas del libertinaje* y *El filósofo en su opinión,* se publicó en 1970 y alcanzó tres reediciones: entonces se combatía contra la dictadura de todas las maneras, desde luego. Es la primera noticia que tengo de una edición en España de obras del marqués de Sade medianamente fiable, salvando los posibles defectos del prólogo y la traducción. Poco después aparecía en Barcelona, en la editorial Llibres de Sinera y en traducción de Pere Gimferrer, una de las últimas y menos radicales novelas del marqués, *La marquesa de Gange*. Como se ve, el mundo editorial español se acercaba a Sade, aunque, dadas las circunstancias políticas en las que entonces vivía España, tuvo que hacerlo por el lado más «posibilista» y convencional, el que menos riesgos presentaba. Y aún hubo otras ediciones más, antes de 1975 —fecha de la muerte del general Franco—, la de la *Historia de Leonora y Sainville,* a cuya edición francesa me he referido anteriormente, y que se publicó en la editorial Fundamentos, *La historia secreta de Isabel de Baviera, Los crímenes del amor* —también con prólogo mío, en Al-borak— y una selección de su *Correspondencia,* bien preparada, prologada y traducida por Menene Gras Balaguer, en Anagrama.

Tras el cambio de régimen ha habido algunas otras ediciones de obras de Sade, empezando por *Alina y Valcour, La nueva Justina* y la *Historia de Julieta,* todo ello en Fundamentos, la *Justina,* en edición escolar, con traducción y estudio preliminar de Isabel Brouard en Ediciones Cátedra, y *La filosofía en el tocador* en Tusquets editores, libro este último que también fue publicado en París anteriormente en traducción de Agustín García Calvo. Asimismo, esta última editorial, que tiene el proyecto de editar toda la obra narrativa de Sade, ha publicado el primer volumen de la gran biografía del marqués que está apareciendo en Francia de Jean-Jacques Pauvert —han aparecido los dos primeros y se anuncia un tercero—, y que aquí ha sido traducido con el título *Sade, una inocencia salvaje (1740-1777).*

Y esto es todo, o casi, pues no creo que nunca se pueda estar seguro de todo en ningún momento. La expresión lacaniana de que la esquizofrenia apunta en mayor o menor grado según la rotundez de cualquier afirmación me parece una saludable norma de conducta. Después de tantas y tan prolijas explicaciones, era preciso dar la palabra al propio marqués de Sade: su monólogo ha sido tan exacto en los datos como imaginario en la expresión, claro está. Y como pienso que era conveniente escuchar su propia voz, he incluido como prefacio el texto de un fragmento del propio testamento del marqués, en el que, tras haber legado los restos dispersos de su fortuna maltrecha, explica lo que pretendía que se hiciera con su cadáver. Nada de lo que allí se dijo se cumplió. Sade fue enterrado religiosamente en el cementerio del hospicio de Charenton, su cráneo fue robado y se perdió, y sus restos asimismo se perdieron. Tampoco existe ningún retrato suyo, salvo atribuciones más o menos dudosas. Sólo quedan sus palabras.

DE UN TESTAMENTO

. . . .

Quinto *y final: Prohíbo absolutamente que mi cuerpo sea abierto, bajo cualquier pretexto que fuere; y pido, con el más vivo encarecimiento, que sea guardado durante cuarenta y ocho horas en la misma habitación en la que haya fallecido, colocado en un ataúd de madera, que no será clavado hasta el final de las cuarenta y ocho horas aquí prescritas, a cuya terminación dicho ataúd será cla-*

vado. Durante este intervalo, se enviará un recado urgente al señor Le Normand, comerciante en madera, en el bulevar de la Igualdad, número ciento uno, en Versalles, rogándole que venga personalmente, seguido de una carreta, a buscar mi cuerpo para transportarlo bajo su escolta en la citada carreta al bosque de mis tierras de la Malmaison, ayuntamiento de Émancé, cerca de Épernon, donde quiero que sea colocado, sin ceremonia de ninguna especie, en el primer matorral espeso que se encuentra en el citado bosque, entrando en él por el lado del antiguo palacio por la gran alameda que lo divide. La fosa practicada en dicho bosquecillo será cavada por el granjero de la Malmaison, bajo la inspección del señor Le Normand, que no dejará mi cuerpo antes de haberlo colocado en la citada fosa; si así lo deseara, podrá hacerse acompañar en esta ceremonia por aquellos de mis parientes o amigos que, sin especie alguna de boato, hayan tenido a bien concederme esta última señal de adhesión. La fosa, una vez recubierta, será sembrada por encima de madroños, para que, a continuación, el terreno de la citada fosa otra vez de nuevo guarnecido, y encontrándose el bosquecillo tan espeso como antes lo estuviere, las huellas de mi tumba desaparezcan de por encima de la superficie de la tierra, como yo mismo me enorgullezco de que mi memoria se desvanecerá del espíritu de los hombres, exceptuando sin embargo del puñado de quienes han tenido a bien amarme hasta el último momento, y de los que me llevo un tan tierno recuerdo a la tumba.

Hecho en Charenton-Saint-Maurice, en buen estado de razón y salud, este treinta de enero de mil ochocientos seis.

D.-A.-F. SADE

BIBLIOGRAFÍA

A) Obras del marqués de Sade

No existe todavía una edición completa de la obra del marqués de Sade. Las más importantes hasta hoy son dos:

Oeuvres complètes du marquis de Sade (Nouvelle édition), París, Cercle du livre precieux, 1966-1967, en 16 tomos agrupados en 8 volúmenes dobles de más de mil páginas cada uno, con el siguiente sumario:

1-2: *Vie du marquis de Sade, avec un examen de ses ouvrages,* por Gilbert Lely.

3-4: *Justine ou les malheurs de la vertu. La philosophie dans le boudoir. Aline et Valcour ou le roman philosophique* (tomo I).

5-6: *Aline et Valcour ou le roman philosophique* (tomo II). *La nouvelle Justine ou les malheurs de la vertu, suivie de l'histoire de Juliette, sa soeur, ou les prospérités du vice* (tomo I).

7-8: Ídem, tomos II y III.

9-10: Ídem, tomo IV. *Les crimes de l'amour,* seguido de *L'auteur des crimes de l'amour à Villeterque, folliculaire,* y precedida de *Idée sur les romans.*

11-12: *La marquise de Gange,* precedida de *Opuscules politiques* y de *Oxtiern ou les malheurs du libertinage. Correspondance.*

13-14: *Les 120 journées de Sodome ou l'école du libertinage. Historiettes, contes et fabliaux. Les infortunes de la vertu.*

15-16: *Histoire secrète d'Isabelle de Bavière, reine de France,* precedida de *Notes littéraires pour Les journées de Florbelle* y de *Adelaïde de Brunswick, princesse de Saxe. Voyage d'Italie,* precedida de *Premières oeuvres,* seguidas de *Opuscules sur le théâtre publié...*

Esta edición viene acompañada de múltiples prólogos y estudios de los principales especialistas, pero, aunque se denomina «definitiva» no lo es, y debe ser completada por:

Journal inédit, Marquis de Sade, París, Gallimard, 1970.

—, *Téâtre*, París, Jean-Jacques Pauvert, 1970, en Oeuvres completes, volúmenes XXXII, XXXIII, XXXIV y XXXV.

—, «Lettres et mélanges litteraires», *Recueil inédit. Lettres inèdites*, París, Borderie, 1980.

Jean-Jacques Pauvert ha iniciado la publicación de una nueva edición de la obra de Sade que pretende ser más completa, donde se ha previsto publicar el teatro también, así como numerosos inéditos, todo ello según el orden cronológico como fue escrito, pero sin incluir la correspondencia. La edición se inició en 1986, y tenía prevista la publicación de 15 volúmenes, de los que a finales de 1989 sólo habían aparecido diez.

B) Traducciones españolas

Oxtiern o las desdichas del libertinaje y *El filósofo en su opinión*, Madrid, Cuadernos para el diálogo, 1970, traducción de Rafael y Jacqueline Conte. Prólogo de Rafael Conte.

La marquesa de Gange, Barcelona, 1971.

La historia secreta de Isabel de Baviera, Barcelona, 1971.

Ideas sobre la novela, seguido de *El autor de los crímenes del amor contra Villeterque, foliculario*, Barcelona, Anagrama, 1971, traducción de Joaquín Jordá.

Los crímenes del amor, Madrid, Al-Borak, 1973, traducción de J. F. Vidal Jové, prólogo de Rafael Conte.

Los infortunios de la virtud y *El presidente burlado*, Madrid, Akal, 1974, traducción de César Santos Fontenla.

Justine, Madrid, 1976, Editorial Fundamentos, traducción de Pilar Calvo.

Correspondencia, Barcelona, 1975, Anagrama, traducción y prólogo de Menene Gras Balaguer.

Justina o los infortunios de la virtud, Madrid, 1985, Cátedra, traducción y prólogo de Isabel Brouard.

La filosofía en el tocador, Barcelona, 1988, Tusquets, traducción de Ricardo Pochtar. Ha habido traducciones anteriores de Mauro Armiño (Akal) y Agustín García Calvo (Ruedo Ibérico, París, y Lucina, Madrid).

La Editorial Fundamentos ha publicado también ediciones que no he podido consultar de *Historia de Leonora y Sainville, Alina y Valcour, Historia de Julieta* y *Los ciento veinte días de Sodoma*.

C) Obras sobre el marqués de Sade

La bibliografía sobre Sade es ya ingente, desde los primitivos textos de Jules Janin, Restif de la Bretonne, Charles Nodier, Algernon Swinburne, o las primeras ediciones y biografías de Apollinaire, Pierre Bourdin, Henri de Almeras y Jean Desbordes. El médico alemán Iwan Bloch, bajo el seudónimo de Eugen Duehren, fue quien descubrió y publicó *Los 120 días de Sodoma*, así como un estudio, *El marqués de Sade* (traducción española de Óscar de Onyx, Madrid, 1924); la primera bibliografía sobre este tema es de tipo médico, psicoanalítico y sexológico, mientras que los estudios literarios —pese a la gran cantidad de referencias de todo tipo, en Flaubert, Baudelaire, los Goncourt, que siempre han abundado, como en el caso de Valle-Inclán y Rubén Darío en España— no empezaron en serio hasta Apollinaire y los surrealistas. Grandes pensadores y ensayistas como Georges Bataille, Maurice Blanchot, Roland Barthes, Mario Praz, Edmund Wilson, Octavio Paz, José Bergamín, Fernando Savater, Agustín García Calvo, Jean Paulhan, Jacques Lacan, Philippe Sollers, Julien Gracq, Simone de Beauvoir o Albert Camus, se han inclinado específicamente sobre la obra del marqués.

1) *Libros*

Guillaume Apollinaire, *Le marquis de Sade*, París, 1909.

Maurice Blanchot, *Lautreamont et Sade*, París, 1949.

Roland Barthes, *Sade, Fourier, Loyola*, París, 1970.

Georges Bataille, *La litterature et le mal*, París, 1957.

Jean-Jacques Brochier, *Sade*, París, 1966.

Henri Fauville, *La Coste, Sade en Provence*, Aix-en-Provence, 1984.

Maurice Heine, *Le marquis de Sade*, París, 1950.

Pierre Klossowski, *Sade, mon prochain*, París, 1967.

Françoise Laugaa-Traut: *Lectures de Sade*, París, 1973.

Gilbert Lely, *Vie du marquis de Sade* (varias ediciones, la principal en París, 1966, con adaptación para bolsillo, y renovada en París, Mercure de France, 1989).

El ensayo más provocativo y reciente es el de Annie Le Brun, *Soudain, un bloc d'abîme, Sade*, París, 1986, que sirve de introducción a la nueva edición de obras completas de J. J. Pauvert.

Jean-Jacques Pauvert, *Sade vivant*, tomo I (1740-1777), tomo II (1777-1793), París, Robert Laffont, 1986 y 1989.

(Esta biografía monumental, destinada a ser la obra básica sobre el tema —junto con los trabajos de Maurice Heine y sobre todos el de Gilbert Lely, que sigue siendo hasta 1989 el más completo—, no se ha completado todavía. Hay traducción española del primer volumen publicada por Tusquets editores en 1989.)
Raymond Jean, *Un portrait de Sade,* Arles, 1989.
Existe un estudio publicado en España sobre Sade, en 1971: *El marqués de Sade, profeta del infierno,* por Pedro Sánchez Paredes, Editorial Guadarrama.

2) *Publicaciones colectivas*

Le marquis de Sade, Colloque d'Aix-en-Provence, París, 1968.
Tel Quel, número 28, París, 1967.
Europe, número 522, París, 1972.
Oblicues, números 12 y 13, París, 1977.
Liberation, «N'y allez pas sans lumière», 23 de mayo de 1986.

Índice onomástico

MEMORIA de la HISTORIA

Títulos publicados

1/Fernando Vizcaíno Casas
ISABEL, CAMISA VIEJA
El popularísimo escritor español aborda el género biográfico con gran rigor y amenidad.

2/Carlos Fisas
HISTORIAS DE LAS REINAS DE ESPAÑA
*La Casa de Austria
Una semblanza sorprendente de las grandes desconocidas de nuestra historia: las mujeres que compartieron el trono de España.

3/Juan Antonio Vallejo-Nágera
PERFILES HUMANOS
Protagonistas de la Historia vistos desde un ángulo insólito.

4/Juan Eslava Galán
YO, ANÍBAL
La figura trágica de Aníbal, que, haciendo honor a un juramento emitido en su infancia, se propuso sojuzgar a Roma y restituir a Cartago el dominio del Mediterráneo.

5/J. J. Benítez
YO, JULIO VERNE
Confesiones del más incomprendido de los genios.

6/Néstor Luján
LA VIDA COTIDIANA EN EL SIGLO DE ORO ESPAÑOL
Una visión amplísima y profunda de uno de los períodos más apasionantes de la historia de España.

7/Fernando Díaz-Plaja
A LA SOMBRA DE LA GUILLOTINA
La cara sangrienta de la Revolución francesa cuando el trágico invento era dueño de Francia.

8/Fernando Vizcaíno Casas
LAS MUJERES DEL REY CATÓLICO

Una apasionante combinación de historia y fantasía, documento y novela, tan rigurosa y amena como Isabel, camisa vieja.

9/Cruz Martínez Esteruelas
FRANCISCO DE BORJA, EL NIETO DEL ESCÁNDALO

El gran santo jesuita en el apasionante escenario del siglo XVI.

10/Cristóbal Zaragoza
YO, JUAN PRIM

Una espléndida interiorización del drama, la agonía y la muerte del general Prim.

11/Ricardo de la Cierva
YO, FELIPE II

Un retrato histórico plenamente humano y muy distinto de las interpretaciones rutinarias.

12/Carmen Barberá
YO, LUCRECIA BORGIA

La turbulenta y dramática vida de uno de los personajes femeninos más enigmáticos de la historia.

13/Juan Antonio Vallejo-Nágera
LOCOS EGREGIOS

Una visión muy original de personajes esenciales del pasado.

14/Carlos Fisas
HISTORIA DE LAS HISTORIAS DE AMOR

«El Amor es un no sé qué que empieza no se sabe cómo y termina no se sabe cuándo.»

15/Eduardo Chamorro
YO, CONDE-DUQUE DE OLIVARES

Luces y tinieblas de un hombre que intentó llevar a cabo un ambicioso programa de reformas para España.

16/Carlos Fisas
HISTORIAS DE LA HISTORIA

El popular espacio radiofónico corregido y aumentado.

17/Carlos Fisas
HISTORIAS DE LA HISTORIA/Segunda serie

Las anécdotas más sorprendentes y divertidas de los grandes personajes del pasado.

18/Carlos Fisas
HISTORIAS DE LA HISTORIA/Tercera serie

Intimidades y sucesos históricos contados por el más ameno de los cronistas.

19/Carlos Fisas
HISTORIAS DE LA HISTORIA/Cuarta serie
Episodios curiosos y significativos que le harán pasar un rato divertido.

20/José María Gironella
YO, MAHOMA
Un retrato vivo y profundo de uno de los personajes que más han contribuido a la historia de la humanidad.

21/Su Alteza Real Princesa Miguel de Kent
REINAS QUE VIENEN DE LEJOS
Retratos de ocho mujeres que ejercieron una gran influencia en la historia de sus países de adopción.

22/José Luis Martín Vigil
YO, IGNACIO DE LOYOLA
Un libro ameno, polémico y riguroso sobre el fundador de la Compañía de Jesús.

23/Rafael Abella
LOS PIRATAS DEL NUEVO MUNDO
El relato de uno de los episodios más sangrientos de la historia que se lee como la más apasionante novela de aventuras.

24/José Luis Olaizola
EL CID, EL ÚLTIMO HÉROE
Un relato que permite comprender quién fue realmente este gran personaje de la Edad Media.

25/María José y Pedro Voltes
MADRES Y NIÑOS EN LA HISTORIA DE ESPAÑA
Grandezas y miserias de la vida íntima de otros tiempos.

26/Fernando Fernán-Gómez
HISTORIAS DE LA PICARESCA
Desde la antigüedad hasta hoy, un retrato de la peripecia humana a través de un anecdotario sorprendente.

27/Fernando Díaz-Plaja
LAS ESPAÑAS DE GOYA
Desde el rey hasta el mendigo, desde el sueño feliz hasta la pesadilla, toda una época reflejada en la obra de un pintor genial.

28/Juan Manuel González Cremona
CARLOS V, SEÑOR DE DOS MUNDOS
La vida del hombre que, entre su nacimiento en un excusado y su muerte en un monasterio, fue el gobernante más poderoso de la Tierra.

29/Néstor Luján
EL COLLAR DE MARÍA ANTONIETA
Una intriga que sacudió los cimientos de Francia en vísperas de la gran Revolución.

30/José Luis Vila-San-Juan
CORONAS SIN CABEZA, CABEZAS SIN CORONA
Quiénes fueron, y por qué les destronaron, los últimos soberanos de las grandes monarquías convertidas en repúblicas.

31/Víctor Alba
LINCOLN
La vida de uno de los personajes más singulares de la historia contemporánea a través de las crónicas de un imaginario periodista.

32/Carlos Fisas
HISTORIAS DE LAS REINAS DE ESPAÑA
**La Casa de Borbón
Divertidas anécdotas y episodios picantes de la vida privada y pública de algunas de las mujeres que más influyeron en el destino de nuestro país.

33/Ottorino Gurgo
PILATOS
Una visión distinta de la personalidad atormentada de un hombre que ha simbolizado siempre la cobardía y el cinismo.